"这么细的缝, 为什么要
把它扔掉?"

"关你的事"

欣梦享
ENJOY LIVING

破折号;;

慢夏

Summer Time

海峡出版发行集团 | 海峡文艺出版社

图书在版编目（CIP）数据

慢夏 / 破折号 yiyi 著 . — 福州 : 海峡文艺出版社，
2022.10
ISBN 978-7-5550-3114-7

Ⅰ. ①慢… Ⅱ. ①破… Ⅲ. ①长篇小说－中国－当代
Ⅳ. ① I247.5

中国版本图书馆 CIP 数据核字 (2022) 第 154151 号

慢 夏

破折号 yiyi　著

出 版 人	林　滨	
出版统筹	李亚丽	
责任编辑	邱戊琴	
编辑助理	王清云	
特约监制	杨　琴	
特约策划	孙一民	
出版发行	海峡文艺出版社	
经　　销	福建新华发行（集团）有限责任公司	
社　　址	福州市东水路 76 号 14 层	
发 行 部	0591－87536797	
印　　刷	三河市兴博印务有限公司	
厂　　址	河北省廊坊市三河市杨庄镇大窝头村西	
开　　本	880 毫米 × 1230 毫米　　1/32	
字　　数	258 千字	
印　　张	9	
版　　次	2022 年 10 月第 1 版	
印　　次	2022 年 10 月第 1 次印刷	
书　　号	ISBN 978-7-5550-3114-7	
定　　价	49.80 元	

如发现印装质量问题，请寄承印厂调换

段凯峰觉得自己就像希腊神话里人面兽身的牧神，

在梦中惊扰了仙女，

梦醒以后，她就不见了......

目录
contents

楔子

明天要给导师交论文了。

易礼诗对着电脑敲下最后一个字，又检查了一遍格式，保存过后才放心地关闭文档。

她的导师是他们音乐学院音乐剧专业的学科带头人。和其他比较有艺术气息的老师不同，这位老师比较入世，潜心学术的同时还爱做做微商赚点小钱，喜欢在朋友圈卖玉。她脾气也不大好，而且每次给他们几个教育硕士上课都搭着本科生一起上，风格随意，不拘一格。

把论文初稿交过去也不知道导师什么时候批复。

放在电脑旁的手机突然传来一声微信提示音。思绪被打断，易礼诗皱了皱眉头，拿起手机一看，发件人是她这两个月的网聊对象，谭子毅。

这个弟弟已经从一开始的对她完全不理睬，进步到了有话必回，虽然从没主动找过她，但总算没再把她当空气。最近这段时间他回复起来明显比以前快了很多，甚至开始试图打探她的现实生活。

这种程度的好奇心，当然不足以让她自作多情到以为谭子毅这种浪子会对手机对面的她有什么想法。她只是觉得她自己的脑子有点问题。

一口气憋到现在，也发泄得差不多了。她看着屏幕上对方发过来的那句"你那边下雨了吗"，内心突然涌上了无尽的烦躁。

她没有回复他，翻出取卡针将手机里的电话卡卸下来，扔进了抽屉。

就这样吧，学姐的学业比较重要，不陪你玩了。

第一章
返校

A 大体育学院辅导员办公室。

王辅导员正在整理这个星期运动训练专业的寝室卫生检查情况，看着表格上一整版的扣分记录，气得差点心脏病发作。看来这个月学院的评比又要垫底，他坐回座位上顺了好一会儿气才接受这个事实。

眼睛瞟到手机屏幕上的日历，他又喃喃自语着道："段凯峰今天要来办理复学手续吧……这个点了，怎么还没来？"

旁边的实习生是团总支的小干事，被分到辅导员办公室帮忙干活儿的。小姑娘特别机灵，耳朵也很灵敏，听见他这句话，随口问道："段凯峰是谁啊？"

王辅导员看了她一眼，说道："你刚来，不认识他很正常，因为你来我们办公室时他已经休学了。"

"休学？"

"是啊，比赛时被人垫脚，伤到了脚踝，去美国休养了大半年。"王辅导员说着自己又摇了下头，"可惜了，也不知道恢复得怎么样。"

实习生正准备继续问什么，就听见办公室的门被人敲了三下。她扭头一看，一个身材高大的男生正站在门口，身着简单的 T 恤、短裤，露出来的四肢是经常晒太阳的健康肤色，显得肌肉十分结实。

王辅导员惊喜地招呼他："段凯峰，来来来，快进来！"

男生点了点头，慢慢走到办公桌前。实习生快速地将他从头到脚扫了一眼，他的 T 恤和短裤上都标着细小的品牌 Logo，还是很难买到的高奢与小众设计师的联名款，脚下踩着的则是一双被黄牛炒得特别贵的球鞋。活脱脱的一副富家公子哥儿的模样。

辅导员还在那边跟段凯峰寒暄："跟教练打过招呼没？"

段凯峰点点头："嗯，一回来就跟教练联系了，暂时先不打比赛，坐替补席看饮水机。"

"看饮水机"是没机会上场的队员们坐替补席观赛时调侃自己的话，辅导员一听心里又是一阵唏嘘，这个哥们从进学校起就没坐过冷板凳，这下也不知道心理有没有落差，回头估计还得给他找个心理医生咨询一下。

王辅导员顿时又有些心疼自己，他累死累活地管着六个班，这群精力旺盛的小崽子宿舍卫生做不好就算了，心理问题还得由他负责，真是拿着卖白菜的薪水操着卖白粉的心。他这么负责的辅导员去哪里找？

王辅导员一边佩服自己，一边又鼓励段凯峰道："你这时候回来正好，还有一个月就期末考试了，加把劲，争取少补考几门。"说着朝段凯峰递过去一张表："把这张申请表填了，拿去教务处和学工处盖章，再交回来就行了。"

"谢谢老师。"段凯峰礼貌地道了一声谢，躬下高大的身躯在桌面上将那张表填好，打了个招呼就往教务处去了。

直到段凯峰走远了，王辅导员才瞥了一眼刚刚一直没出声的实习生，揶揄着道："哎哎哎，眼珠子可以收回来了啊！"

实习生像是才回过神来，双手扒着办公桌的边缘眼冒精光："王老师！他真的好帅啊！我的天！"

"别那么激动，人家都没看你一眼。"王辅导员对这种情形已经见怪不怪。

实习生看得很开，笑呵呵地回答道："老师，这你就不懂了吧？这种男神本来就只适合远观，他要是看了我，我还得苦恼和他的孩子该取什么名字，我就这样看一眼挺好的。"

王辅导员彻底无语，挥了挥手就赶她去旁边的桌子边整理资料去了。

复学手续全部办完时，已经快到中午。

正值下课的点，段凯峰接到室友的电话，说订了餐要为他接风洗尘。下午还有课，所以地方没订太远，就在大学城附近。

一行人在体育学院门口汇合。日头太猛，连风都是热的，太阳穿透一团团乳白色的积云洒下来，将人的头皮都晒得发痛。但体育学院的学生向来喜欢彰显所谓的阳刚之气，倔强得宁愿被晒伤也没几个人打伞。这和隔壁音乐学院蜂拥而出的学生们形成了鲜明对比。音乐学院的未来的艺术家们，男的女的都怕晒，一眼望去，视线所及之处全是五颜六色的太阳伞。

强烈的阳光照得音乐学院门口的牌匾有些刺眼。段凯峰突然停下脚步，扭头朝里面看了看。

身后的谭子毅没留神撞了上来，一脸奇怪地问道："怎么了？"

"没什么，"段凯峰摇摇头，率先走向人行横道，"走吧。"

谭子毅站在原地停留了一会儿，才拔腿跟上去。

每到下课的点，贯穿大学城的那条不算宽的马路都会被挤得水泄不通。蝉鸣声和路上堵得走不动的汽车的鸣笛声交织在一起。环境原本就嘈杂，如今还因为谭子毅的那张脸变得愈加让人烦躁。

易礼诗撑着伞，只在人群中远远地看了谭子毅一眼，便急忙转过了身。

她今天上午没课，专门跑来院里练琴，刚好赶上温敏上完专业课，于是两个人约着一起吃午饭。

"你和谭子毅那事儿还没过去呢？不是没和他聊了吗？"温敏也早就看到那几个打篮球的体育生了，没办法，他们身高太优越，光站在那里就比别人高出一大截。

"早没聊了，"易礼诗仍旧没转身，脸色有些尴尬，"就是想起来还是会觉得很耻辱，你知道的，我记仇。"

温敏忍不住和她同仇敌忾："不怪你，遇到他那样嘴贱的，你还真拿他没办法。"她看到了谭子毅故意在音乐学院的门口停留，赚足了眼球才走，活像一只开屏的孔雀，正准备嗤笑一声，目光却被路边上正在等红绿灯的另一个身影吸引。

"咦？那不是段凯峰吗？他回来了……"温敏拉了拉易礼诗，"哎，诗诗，给你看个帅哥。"

可惜易礼诗的反应慢了一拍，等到她终于找准温敏指的方向时，帅哥已经连背影都看不到了。

　　A 城的夏天是离不开空调的夏天。期末考试周，易礼诗考完最后一门政治后，就躲回了自己在音乐学院旁边的出租屋吹空调，晚上她还要去培训班做兼职，她得趁着这几个小时的空当恢复一下体力。

研究生班级群里突然传来一条消息，是班长发的，问下周三还有没有谁在学校。

他们的班级群很少会有同学在里面聊天，基本上相当于一个兼职发布群，谁需要找人兼职就在群里发发消息。有的兼职档次比较高，如音乐厅、乐团等器乐伴奏类兼职；有的兼职谈不上档次，是个研究生就能做，如音乐培训班器乐、声乐老师类兼职。

当然，专业课学得特别好的同学是不屑于参与此类兼职的——他们都是导师直接介绍推荐。

易礼诗属于专业课学得中等的那类学生，她本科专业是声乐，研究生保研读了个两年的教育硕士，直接转了理论。钢琴、声乐都会，但都不精通，因此她也只能去培训班教教小孩子考级的钢琴。

她下周三没事，再加上她很缺钱，所以她看到这条消息的时候反应很快，直接在群里回复说她还在学校。

班长的私信来得更快："下周三有老师需要一个研究生给本科生监考，上午一堂下午一堂。"

易："有报酬吗？"

班长："一堂一百元。"

这个报酬不算高，她给小孩子上课一节课四十五分钟也有六十元，一天的时间浪费在那里才赚两百元，时间成本划不来，还不如躺在家里休息。可是她在这正儿八经地跟人聊了半天，直接拒绝又不好，正想找个什么理由，班长又发了一条消息过来："那就这么说定了！"

　　喂！谁跟你说定了？

　　易礼诗烦躁地将手机扔到一边，自己生了会儿闷气，又想通了。

　　算了，能多赚一点是一点吧，毕竟麻雀再小也是肉啊。

第二章

监考

本科生的公共科目考试地点在另一个校区。星期三一大早，易礼诗就坐公交车赶过去，一路马不停蹄地确定了考场，领了试卷，听学校领导强调了几句考场纪律后，就跟着主监考提前进了考场。她是副监考，主要负责站在门口给考生安检等这些杂事，主监考就站在讲台上给学生拆分试卷，维持考场纪律。

易礼诗将考生名单从试卷袋中拿出来，贴在教室的前门上，然后拿着安检仪守在门口发呆。

本科生来得很不积极，离开考就剩半个小时了，一个考生都还没到。

易礼诗闲着无聊，就靠在门框上看自己刚刚张贴好的考生信息，突然发现这个考场的考生……都是体育学院的。专业是……运动训练！

易礼诗立刻直起了脊背，神色紧张地在那张考生名单上搜索了几遍，确定没有谭子毅的名字后，才缓缓地松了一口气。

告白被谭子毅拒绝后注册小号和他网聊那件事只是易礼诗的一时冲动，冲动过后她回想起那段经历简直觉得尴尬得脚趾抠地，恨不得把那段记忆从脑海里扯出来再扔在地上踩两脚。虽然谭子毅不一定还记得她这个人，但她一想起谭子毅向他所谓的兄弟吹嘘过的那些过分的话，就觉得自己当时正确的做法应该是找人打他一顿，而不是去专门弄个小号处心积虑地和他玩那种报复游戏。

不过，学艺术的人嘛，脑回路总会有些异于常人的，她也不过是浪费了自己几个月的时间而已。只是那种社会性死亡现场她真的不想再经历了。幸好他不在这个考场。

易礼诗正胡思乱想着，几个考生走到了考场门口，她开始认真地核对他们的准考证和身份证，然后拿着安检仪扫描他们全身，让考生将手机放到指定地点。

这些体育生一个个人高马大的，往她面前一站跟堵墙似的，每次核对考生信息时，她都得抬头仰望他们的脸，相同的动作重复多了她的脖子便有些酸，到后来，她已经完全不想抬头，身份证和准考证一致就放他们进去。

反正待会儿坐在座位上还会再核对一遍，就暂时不费这个劲了。

一只手又递过来一张准考证，易礼诗接过来一看，发现自己对准考证上面的这个名字有印象——段凯峰，二零一八级运动训练一班。

之所以会对这个名字有印象，完全是因为她在莫名其妙地决定要报复谭子毅的那段日子里，查过他们那一届所有篮球赛的数据。各大高校篮球专业的学生之间有一个大学生篮球联赛积分排行榜，段凯峰作为一名本科生，排名非常靠前，排在他前面的那几位都是打 CUBA（中国大学生篮球联赛）的研究生。

而且，段凯峰还有一个夺人眼球的地方——他的球员档案上面，证件照拍得很帅，跟其他球员的证件照简直不在一个水平。当时，她还对着那张证件照犯了一阵花痴，才继续往下找谭子毅。段凯峰那种大神，看看就行了，跟她不是一个世界的人。

谭子毅的排名挺靠后的，她翻了好几页才找到他，因为他的身高只有一米八三，所以五场比赛有四场是替补，根本没有什么上场的机会，但那时候她觉得谭子毅的身高跟她很搭，再高了就容易显得不和谐——看看他们队里的那几个中锋和大前锋，将近两米的身高，让人看了就害怕。

"老师？"一声低沉的询问将她的思绪拉回来，她这才发现自己拿着段凯峰的准考证发了好一会儿呆。匆匆抬头看了他一眼，跟身份证上的

照片核对了一下，她就将那两张证件递了回去。

段凯峰将自己的手机递给她，她拿着手机打开安检仪在他全身扫了一遍，结束的时候，突然觉得有些脱力。

毋庸置疑，段凯峰本人比证件照上还要帅，头发剃得很短，露出张扬的五官，眉骨舒展，鼻梁高悬，帅得很凌厉。有很多关于"高傲"的词汇可以形容他，但她莫名其妙地感觉他的脾气其实还不错，因为安检结束的时候，他还对她说了一声"谢谢老师"。

在此之前，她拿着安检仪触上他胸口的时候没控制住力道，那个黑色的仪器打上了他的胸膛。一连闹了两个乌龙，这很难不让人怀疑她是不是别有用心的。她有些心虚地抬头看他，却发现他并没有在意，眼神不知道注视着哪里，反正注意力不在她身上。向她道谢只是条件反射般的礼貌行为，却在无形当中缓解了她的尴尬。

易礼诗知道自己脑补过头了，于是定了定神，认真完成接下来的任务。

这场是英语考试，开考三十分钟，迟到的考生禁止入场。

易礼诗拿着考生名单走到座位上去让他们一一签名。走到段凯峰旁边的时候，他正趴在桌面上睡觉，卷子比他的脸都干净，连姓名和准考证号都还没填。

易礼诗轻轻敲了敲段凯峰的桌面，他圆鼓鼓的后脑勺拱了拱，悠悠转醒，迷迷糊糊地去拿桌面上的笔，却不小心将笔碰到了地上。

段凯峰伸手去捡，结实的小臂不小心擦过她的小腿。

虽然隔着裙子，易礼诗的小腿上却冒起了鸡皮疙瘩。

"对不起。"段凯峰低声道了一句歉，捡起笔来准备在考生名单上填写自己的名字。然而或许是他刚睡醒，人还有点迷糊，眼睛在纸上扫了半天硬是没找到自己的名字在哪儿。

易礼诗回过神来，伸出手在那张表上点了点。

段凯峰顺着她的手指看过去，正准备提笔，突然目光定格在她的手指上不动了。

易礼诗觉得有些纳闷，耐心地等待了几秒钟，发现段凯峰还是没反应，只是眼神黏在她的手指上，像是要看出一朵花来。

其他考生渐渐注意到他们这边的动静，纷纷抬起头来张望着。原本昏昏欲睡地坐在讲台上的主考官立刻精神起来，神情严肃地发话："安静，自己做自己的。"

段凯峰在这时候突然抬头望向她，眼里还有着几丝刚刚睡着导致的红血丝。

易礼诗不知道段凯峰在这时候看她是什么意思，她只知道她不能在他的桌边再停留了，不然所有人都会怀疑她在帮他作弊。

易礼诗又敲了敲他的桌子，指着考生名单上该他签名的那一栏空格，公事公办地道："签名。"

段凯峰眨眨眼睛，低头在她指定的那一栏写下自己的名字。字迹说实话挺幼稚的，典型的体育生的粗犷字迹。写完以后他还冲她扬起那张颇引人注目的脸，像是在对她说：这样可以了吗？

易礼诗看了一眼，指着他的答题卡轻声提醒："姓名、准考证号还没写。"

谢天谢地，他终于没有再看她，乖乖地拿起铅笔开始填涂答题卡。

易礼诗拿着考生名单走向下一位考生，心里不自觉地松了一口气。

考场里的考生全部填写完毕后，易礼诗在教室最后面的凳子上坐好，盯着他们防止有人作弊。这群体育生大概是有多动症，坐着也不安分，老是喜欢闹出点声响来，要么突然唉声叹气，要么突然拖动椅子。

只有少数几个人还算规矩。易礼诗看了看段凯峰的后脑勺，他看起来好像是个很安静的人，背影也有些眼熟。

不过，像他这样连后脑勺都长得好看的人，的确是走在路上无论是谁都会想要回头看一眼的。体育学院就在音乐学院的旁边，兴许是在食堂看见过他也说不定。

可他刚刚到底在看些什么呢？易礼诗将手举到眼前看了看，难道是觉得她的小指长得很奇怪？

平心而论，她的小指的确是有点奇怪的，第一个关节发育畸形，所以导致了整根小指头有点弯曲。其他手指都很正常，细长白皙，手背上还有几个浅浅的肉窝，看起来就是一双没受过苦的手，但偏偏两个小指头是弯曲的，像是被人掰折了一样。

这是她家的家族遗传，她的爷爷是这样，她的爸爸和姑姑是这样，到了她身上也是这样。她从小没觉得自己有缺陷，就是弹琴的时候会有瓶颈，她不适合弹跨度很大的曲子，因为她勉强只能在钢琴跨十度音。

但就这样一双手也不至于让他看那么久吧？毕竟，他连她的脸都没兴趣看。

段凯峰好像终于开始动笔答题了。

大概是不想看到这么个帅哥实际上是个用脑子换了颜值的花瓶吧，总之她觉得有些欣慰。

只是下午的考试有点难熬，有了上午那堂考试的一系列插曲，她已经没办法按平常心来对待段凯峰了，不管是给他安检还是帮他检查试卷填涂情况，她都能感觉到段凯峰在盯着她，她不用跟他对视也能知道那眼神里面的探究意味浓厚。

她被段凯峰看得有些烦躁，忍不住瞪了他一眼，这个举动却莫名其妙地取悦了他，他低下头，嘴角好像往上翘了翘，凌厉的五官立刻显得柔和起来。

太犯规了。

好不容易耗到考试结束，易礼诗匆匆收了试卷就跟着主考官一起去了会议室。

坐在段凯峰后面的男同学拍了拍他的肩膀："凯峰，待会儿一起去聚餐吗？晚上有舞蹈系的妹子一起。"

段凯峰将视线从易礼诗可以算得上"落荒而逃"的背影上收回来，摇摇头答道："不了，我还有事。"

这个男同学是段凯峰的另一个室友，名字叫毛峰，坐在他身后的时候便将他今天的反常举动全部收进了眼里，闻言笑话他道："你看上那个副监考了吗？对她这么感兴趣？"

段凯峰的确对易礼诗挺感兴趣，他一边收拾东西一边简短地回复了一句："嗯。"

怪事，铁树要开花了。毛峰回忆了一下那个副监考的模样，长得是挺漂亮的，但也不是什么天仙，而且气质有点丧，就跟在脸上写着"我很忙，别烦我"一样，让人望而却步。

他怎么都没想到，段凯峰这种没吃过爱情的苦的菜鸟选手，竟然相中了个 S 级难度的，真是值得佩服。

毛峰在心里默默地为今天冲着段凯峰来的舞蹈系妹子点了一支蜡烛。

第三章
微信

易礼诗交完试卷就去了食堂吃饭，这个校区食堂里的土豆排骨面很好吃，是她每次过来上公共课时的必点菜。

正吃着，突然一片阴影笼罩过来，她抬头一看，今天考场上那个奇怪的帅哥学弟正端着餐盘站在她面前。

"我能坐这里吗？"段凯峰问。

易礼诗的神经紧绷起来，段凯峰这副样子实在是太给人带来压迫感了，像头冷硬的、喜欢横冲直撞的狼，原本还应该有些目中无人，然而不知道怎么的，突然将她看进了眼里。这不是件好事，理智告诉她要远离。

"坐吧。"易礼诗说。

有时候理智根本没什么用。

身躯高大的段凯峰在易礼诗面前坐下，像座小山一样。他其实不是那种特别壮硕的身材，只是骨架比较大，每块肌肉都长得恰到好处，因此浑身都散发着一种力量感。她在给他做安检的时候，就已经将他从头到脚观察了个遍。

食堂的饭菜看起来不怎么合他的胃口，他吃得很安静，每夹一样菜都要挑挑拣拣半天，跟她以往见过的体育生很不一样。体育生一般胃口大得像牛，米饭都是拿盆装的，吃什么不重要，重要的是能吃饱。

"老师，"段凯峰低着头开口，"你已经盯着我看一天了。"

偷看人被抓包，易礼诗突然感觉一阵慌乱，忙不迭地解释道："我，我，我没有啊，是你在看我吧？"

"你如果不看我，又怎么知道我在看你？"段凯峰像是存心要让她难堪，干脆放下了筷子，一本正经地跟她理论，"而且，你还吃我豆腐。"

这可是非常严重的指控，易礼诗立刻反驳："那只是正常的安检。"

每个考生她都是这样检查的，看看他们有没有携带作弊的电子设备和大沓的小抄。

段凯峰没接话，只是平静地看着她。

易礼诗被他看得一阵心虚，最后，无力地说道："我知道你们这些学生，一天到晚就想揪老师的毛病，最好能掌握点举报的证据，搞个大事件。不过，你的算盘大概要落空了，我不是什么老师，我只是你们旁边音乐学院的学姐，你这样指控我没有意义。"

"学姐？"段凯峰换了个称呼，没有纠结她语气中的嘲讽，"音乐学院的？"

易礼诗："嗯。"

段凯峰："大几？"

易礼诗："研一。"

段凯峰了然地点点头，话题又转了回来："所以你刚刚承认了？"

"……"易礼诗不是什么纯情小白花，话说到这个份上，结合他今天的表现，她明白过来他大概是有什么意图，于是她开门见山地问道："你想怎么样？"

段凯峰微微挑了一下眉，从口袋里掏出手机点了几下，调出微信二维码界面，屏幕朝向她："你先加我，我再告诉你。"

原本被帅哥追着要微信，是一件能让虚荣心产生极大满足感的事情，但是，她瞧着段凯峰那张没什么表情的冷脸，竟疑心那下面在酝酿着什么坏水。

易礼诗有些认命地拿出手机，随意地瞟了一眼他的二维码，等等，他的微信二维码中间那个头像为什么那么熟悉？

手机扫码的速度比易礼诗的脑子要快很多，在她想清楚那原本应该是谁的微信头像之前，她的手机已经将他的二维码扫好，停留在了"申请添加好友"这个界面。她不可置信地盯着那个头像和微信名来回看了很多遍，大拇指悬在屏幕右上角那个"发送"的按钮上颤抖着。

为什么……为什么扫出来会是谭子毅的微信号？

一根食指轻轻搭上易礼诗迟迟没有按下发送键的大拇指，带着不容拒绝的力度往下一扣，她的拇指指腹就触上了屏幕。她阻止不及，只能眼睁睁地看着那个发送邀请"咻"的一声飞了出去。

而段凯峰那个罪魁祸首却轻轻巧巧地将手收回，光速同意了她的添加邀请。

被他触碰的地方还在发麻。比手更麻的是她的脑子，不是发麻的"麻"，是一团乱麻的"麻"。

易礼诗太过震惊，所以一时之间不敢相信。反复翻看了一下他的朋友圈，她才终于确信，之前的网聊对象不是她以为的谭子毅，而是坐在她面前的段凯峰。

可是，为什么会这样呢？

易礼诗现在有一箩筐的疑问想弄清楚，但是，段凯峰看她的目光充满着审视的意味，不知道是否已经将她看穿。她加快了低头扒面的动作，还将一小块排骨咬进嘴里，强迫自己冷静下来。

不要慌，段凯峰认不出来的，她的朋友圈里都是些吃喝玩乐的日常，间或有一些她在培训班教的小孩子弹钢琴的视频，正常得不能再正常，任谁都没办法将她和那个小号里的花痴联系起来。

一顿饭吃得味同嚼蜡，两个人沉默着将碗筷放到指定的餐具回收地点，然后心照不宣地一起走出食堂。

易礼诗在内心里盘算着和他道别，却听见段凯峰悠悠地说道："学姐，我刚刚看了一下你的朋友圈，你应该不是那样的人，是我误会你了，今天这件事情，我该向你道歉。"

他到底有什么毛病？

易礼诗被段凯峰弄得心情忽上忽下，一时之间语气也不怎么好："没事。"

声音听起来有些气鼓鼓的。

段凯峰走下几级台阶，站到易礼诗的面前跟她平视："这么晚了，为表示歉意，我送你回去吧。"

段凯峰到底有多高呢？易礼诗记起来以前看过他的球员档案，裸高一米八八，控球后卫。

其实她只看了一遍，但莫名其妙地就将他的资料记得清清楚楚，或许是因为他那张出众的脸，让任何人都会不自觉地多看一眼。

几个月前，她化身迷妹，一心想要认识的人从谭子毅变成了段凯峰，这个事实突然让她的内心泛起了隐秘的满足感，这种满足感在他送她回去的路上变得多少有些煎熬。

他们在出租车的后座上并排坐着，男生的腿太长，逼仄的座位让他不得不将双腿分开，以前她挺讨厌男生在座位上大剌剌地分开双腿坐着的，特别是坐地铁、公交的时候，挤得旁边人只能缩成一团。可是同样的动作，段凯峰做起来却丝毫不令她反感，她想这应该就是传说中的双标了吧。

易礼诗租房子的小区是音乐学院后面的教师公寓，很老的一片小区，挨着音乐学院的围墙，本来就不宽的小巷子还摆着一溜夜市摊子，摩托车、自行车跟行人一起在巷子内穿梭，行走其间稍不留意可能就会被自行车的把手给蹭到臂膀。

易礼诗走在段凯峰的前面，鲜少回头看他有没有跟上来，她知道，他一直走在她的身后。路灯从背后照过来，他的影子将她裹挟，看起来像是在拥抱她。

有一个瞬间，他的确是差点抱住了她。因为从他们身后驶来一辆电动车，车主大概是个刚上手的学生，车子被他掌控得歪七扭八，把手快要撞上她的时候，她的双肩被身后的段凯峰抱住，轻巧地往旁边一带，贴近了他的身体。

地上的影子只剩下他的，她的影子完全被覆盖，只有小半截头部从他的肩头探出来。落在她头顶的气息有些烫，带着少年人的强悍与灼热。

今天是本科生期末考试的最后一天，学校一下子走了不少学生，卖鸡蛋灌饼的老太太今晚的生意有些冷清，闲着无聊注意到了摊位面前那对看起来暧昧气息爆棚的男女，忍不住笑出了声。

易礼诗稍微挣扎了一下，段凯峰便放开了她，她埋着头继续往前走，脚步变得有些慌乱。

这条巷子平时她打工回来自己一个人走时，总感觉长得看不到尽头，从公交车站走到小区楼道腿都要走断，可是今天，她还没反应过来，老旧的小区大门就出现在了眼前。她一时之间不知道是平时兼职太累了，还是今天的同伴太让她感到心神不宁了。

不能再让他送了。易礼诗回身向段凯峰道别："我到了，谢谢。"

小区门卫室昏暗的灯光漏出来，洒到他一边的侧脸上，高挺的鼻梁将光线阻挡，另一边脸是暗的，他没什么表情地点点头："嗯，你进去吧，再见。"

一句平常的"再见"，却莫名让易礼诗想起了他们聊天的那段日子。

一开始，他是真的完全不理她，她绞尽脑汁迎合他的口味发过去的消息宛如石沉大海，从来没有得到过只言片语的回应。她也不觉得奇怪，只觉得谭子毅这个人实在是道貌岸然，隔着网络装得那么冷淡，谁知道他私底下是什么货色。

没想到她一开始就认错了人，不管这其中有什么误会，段凯峰也是她不该再继续产生交集的人。本来就是一场误会，那个小号上的女孩也不是真实的她。

易礼诗没有回应段凯峰说的那句"再见"，正如几个月前她没有回复他最后一条微信一样，转身就准备离开。

段凯峰在这时候又叫住了她。

"学姐，"段凯峰说，"今天我一直想跟你说，你的声音……"

拜托，不要说我的声音听起来很耳熟……

"……很好听。"

她的声音……很好听？

她的声音当然很好听，毕竟她是学声乐的。

声乐这东西，好像是广大艺考生们考大学最容易走的捷径，虽然后天努力也很重要，但是先天条件更为关键。她接触音乐还算早，因为她父母唱歌都很好听，她父亲还会一点小提琴，只是水平比较业余罢了，因为他是自学的。

小时候，父亲也认认真真地教过她一段时间，半吊子的老师教出来的学生水平自然不怎么样，至少她没办法走专业路线。

幸运的是她在声乐上还算有点天赋，从高二开始只学了两年，艺考就靠声乐考上了现在这所双一流大学。不幸的是，她的嗓音条件虽然不错，但由于她的身板比较瘦，肺活量太小，受限于身体条件，注定不能在音乐表演领域有所成就，最后只能转理论，走教育路线。

她的声音当然好听，声线舒缓清澈，干净又饱满，那时候为了吸引谭子毅，再狠狠地甩掉他，她用尽了所有的耐性，几乎每天晚上都会给他录一首自己清唱的歌发过去，中文歌、英文歌、日语歌信手拈来，每首都是用不同于她平时说话的声线来唱的，虽然谭子毅不一定能听出来她的声音，但注意一点总不是什么坏事。

在她发到第二十八首歌的时候，他终于第一次，回复了她。

那首歌是他自己分享在朋友圈的，她看到那条朋友圈时刚好在培训班上课，趁着学生没来，手边又有钢琴，就把手机架在一旁对着键盘拍了一段自弹自唱的视频。没露脸，镜头全程对准她的手指。

所以难怪他今天在考场会盯着她的小指头看。

可是，谭子毅究竟为什么会变成段凯峰？她真的不知道，因为她和谭子毅原本就不熟。

易礼诗弄到谭子毅微信号的过程有些复杂。

或许是因为太过复杂了，所以微信号在传递的过程中应该是出了什

么问题，总之，到她手里的时候，就是这么个名字"喔"，头像是漫威版蝙蝠侠，朋友圈半年可见，基本不发日常，一发就是转发篮球新闻的微信号。

"段凯峰……"易礼诗靠在床头，喃喃着念了一句他的名字。

仅凭一个小指弯曲的特征，他应该不会认出她来吧？

再说了，即使是有所怀疑，那易礼诗对他而言也顶多是个狂热的迷妹而已，不值一提。

虽然这的确是一个天大的乌龙。

第四章

琴房

暑期的研究生琴房还是很热闹的，吵吵嚷嚷地从每一间紧闭的门里传出断断续续的弹奏声，各种乐器奏成的曲子交织在一起，虽然不成曲调，但有一种奇异的、积极向上的美感。

易礼诗升上了研究生以后，才有资格来研究生琴房练琴，以前只能去本科生琴房。本科生琴房的琴比较老旧，虽然一栋楼有整整七层。一层有多少间琴房她没有数过，但她数过一层楼大概坏了多少架琴。有些琴只有轻微的踏板损坏，这种小问题不影响弹奏，有些是音不准，有些却是连琴键都被抠掉。

琴坏到实在不能用的琴房会被学民乐的同学占用，自己配一把锁，把乐器搬进去，将琴房锁上。其他同学想要练琴的话通常需要记住哪几间琴房的琴比较好，每次来找琴房阿姨拿钥匙的时候都需要先观察一下自己心仪的那间琴房的钥匙还有没有挂在阿姨那里，如果仍然挂在那里，说明今天的运气比较好。

学校每年都会请人来修理钢琴，但修好又莫名其妙地坏掉，也不知道到底是哪些人弄坏的。就跟我们永远都不知道学校的公共厕所到底是哪些人不冲水一样。

研究生琴房的好琴比较多，因为有很多老师会把上课的小教室设在那里——教授们在另外一栋楼上课，拥有自己单独的大教室。

易礼诗今天占了一间好琴房，运气还不错。但她也知道，自己大概是在做梦，因为有些事物不合理地出现在这个场景里。

比如暑假的琴房是不会开门的，因为琴房阿姨也要放暑假。比如她占到的这间琴房摆放的钢琴是一台雅马哈，这种琴房她从来没有抢到过，因为钢琴专业的学生就跟在琴房扎了根一样，把这种琴房霸占得死死的。又比如，某个不该出现在这个场景的人物，高大的身躯将她困在门板和他的胸膛中间，双手握住她的肩膀，她僵直着身体，动弹不得，这次她没有叫错他的名字："段凯峰。"

"嗯。"他回答得有些漫不经心。

易礼诗："你想干什么？"

段凯峰冲她笑了一下，没说话，直接伸手将她抄起来，抱到琴盖上面坐好。她仰着脑袋呆呆地看向他，他却垂着眼眸，注意力全在她的手上。

放在膝头的双手被他牵起，拿到眼前端详。他的手掌很热，指根也是，拇指摩挲着她的掌心，像是舍不得离开。

琴房的门上开了一扇小窗，每个进琴房的学生喜欢做的第一件事就是抽出一页琴谱夹进窗户缝里，将那扇小窗遮得严严实实的。外面的同学看见窗户被遮住，便知道琴房里有人，这是音乐学院里约定俗成的规矩。还有一扇大窗开在另外一侧，统一对着林木茂盛的山体，私密性特别好。

梦里的段凯峰突然低下头来将嘴唇贴在了她的手腕上。

突如其来的动作令她感到有些紧张，掌心冒出一层薄汗，只有被他吻住的血管隔着一层皮肤在狂跳。

她的手指不安分地勾了勾，从他的眉心抚过。他眼皮颤抖着，和她对视了一下，又瞥见她那根小指。

"你的小指，弹琴的时候会疼吗？"段凯峰突然问道。

易礼诗："不疼啊。"

她愣住，因为他的吻，轻轻地落在了她的指尖。

在这一瞬间，隔壁琴房的声音好像都消失不见了，整个空间里只剩下她的呼吸声。

易礼诗缓缓地睁开眼睛，钢琴、琴凳，还有那个轻吻着她指尖的人全都消失不见了，入目是单调的天花板和床头闪着昏黄光亮的小夜灯。

果然是在做梦。

易礼诗揉了揉眼睛，才发现自己的脸在发烫。好丢脸，居然做这样的梦。

可是，他以前是真的问过这样的话。

只不过那时候她还以为他是谭子毅，心里还很鄙视地想着这大概又是什么撩妹伎俩，她才不能因为这随随便便的一句算不上关心的话而心软。

段凯峰回到家的时候，他妈妈杨晗女士正在琴房看着他弟弟弹钢琴，听见他回来的动静，赶紧迎出来问他有没有吃晚饭。

他知道，他妈妈会这么热情，完全是因为不想在琴房待下去了。

弟弟其实钢琴弹得还不错，只是注意力有点欠缺，所以他的钢琴老师要求每次练琴的时候家长都必须陪着他。但他妈妈实在不是那种贤妻良母的类型，至少在段凯峰小时候，她很少陪他出去参加比赛。她把空闲时间都用在了自己身上，美容院、下午茶、购物、旅行，这些都比养儿子重要。

在段凯峰十四岁那年，他妈妈给他生了个弟弟。

父母可能是觉得他这个大儿子的性子被他们养得太过于沉闷了，因此对小儿子有求必应，力求将他养得活泼可爱一点。

"我要受不了了，"杨晗开始吐槽，"为什么煜其不像你小时候那么省心？"

段凯峰没有回答，她也不指望他说话，自言自语地道："还有一个月考级，我忍！"

"妈，你有没有想过给他找一个陪练？"段凯峰突然提议道。

"陪练？"杨晗有些犹豫，"可是老师说，煜其完全能跟上，不需要找陪练，最好是家长陪着。"

"我是看你这样太辛苦，脸色好像也没前段时间好看了。"段凯峰说，"不过你要是觉得没必要，就算了吧。"说完他便上楼回了房间。

琴房里的声音早在杨晗出来的时候就停下了，像是在找准一切机会偷懒。她慢吞吞地走回去，到门口的时候，才听见一阵慌里慌张的脚步声，人还没坐稳，就在钢琴上叮叮咚咚地敲起来。还是她出琴房之前的那个小节，都不知道换个地方弹，真是蠢得可以。

杨晗摸了摸自己的脸，很久都没去过美容院了，感觉脸又垮了一点。

看来是这段时间太累了。

段凯峰在加了易礼诗的微信之后，就再也没找过她。一开始她还很庸人自扰地设想了各种万一他发消息过来，她该怎么拒绝的可能性。

如果在附近偶遇，她该不该装作没有看到？他那么扎眼，装作看不到好像也不太实际。

手机像是什么有害物品一样，她连看一眼都不敢看。每当有消息提醒时，她都会心惊肉跳一阵，然后装作特别不在意的样子，故意慢吞吞地先做别的事再拿起手机点开屏幕。在发现那只是某些 App（手机软件）发来的毫无营养的热点推送时，内心也不知道究竟是庆幸多一点还是失望多一点。

虽然早就打定主意要和那段乌龙的网聊经历说拜拜，不再和段凯峰扯上关系，但是这几天他完全没有动静，又让她产生了一种网友在现实世界里见面却惨遭对方嫌弃的挫败感。

这大概是虚荣心在作祟。

所幸，易礼诗没有纠结太久就将这件事抛到了脑后，毕竟每天需要她操心的事也很多。

易礼诗的兼职一直要做到七月底钢琴考级结束，她在一家培训机构带了五个学钢琴的学生，那家培训机构的老板很好说话，给她排课尽量都排在一天，她跑一趟五节课连在一起，能节省很多时间。

她虽然主专业是声乐，但钢琴弹得还不错，因为声乐专业的学生需要给自己弹钢琴伴奏，所以对于一些考级的曲目，她可以说是非常得心应手。

钢琴考级在即，有不少学生都选择了加课，由一星期一节课改为了一星期两节课。这对她来说不是坏事，她能赚得更多。

一天，她上完课，老板突然把她叫到前台，问她有个钢琴家教的活给她，她愿不愿意去。雇主住的地方有点远，但开价很高，一小时两百元，报销来回车费。

"小朋友考几级啊？"易礼诗问。

"五级，"老板答道，"那个小朋友另外有钢琴老师，是你们音乐学院的教授，你去只是给他当陪练，去一次至少练两个小时吧。"

"陪练开价这么高？"易礼诗感到有些惊讶，一般钢琴培训机构的陪练课是主课的半价，在她兼职的这家机构，三十块钱一节陪练课顶天了。

老板也感到挺惊讶的："可能不懂行情吧，毕竟你们院里教授上课挺贵的，她自己要给那么多，我也不好意思压价呀。"

这倒是真的，她们音乐学院的教授给外面学生上课都是天价。

"不过，这么好的事，为什么让我去呢？"易礼诗问。

老板窝在前台的椅子里说道："因为你乖。"

易礼诗："……"

"因为你手上的学生流失率最小，"老板实话实说地道，"你们这些学生啊，总觉得我们这种培训机构抽成太多，自己拿的钱太少，跟家长混熟以后，就想着绕过我们私下跟家长联系，商量课时费上门去上课。我这边兼职的学生来来往往，就你是最稳定的，所以有好事就想到你喽。"

老板说的这种现象在学生兼职中的确很常见。培训机构请老师过来上课，课时费和老师五五分成，这种市面上随处可见的培训机构的一节课本来收费就不高，抽成以后分到老师手上的钱更少。易礼诗的很多同学都是本科期间在培训班积累了一定的教学经验后，就绕过培训班直接和家长联系，上门去做家教，那样收入更可观。

但易礼诗一直留在培训学校不是因为她太有契约精神，而是因为她太懒。坐着公交车往返于各个小区比来培训班一次性上多节课要累得多，再加上做家教这种事，给她的体验感并不怎么好，或许是她的运气欠佳，遇到的多是些奇葩家长，要么觉得她这种学生兼职低人一等，要么给钱给得不痛快，总之，在她看来，她还是比较适合加入培训机构，这样跟家长交流不用太频繁。

可是眼下她缺钱，而这次的开价真的很诱人。

"好，我去。"易礼诗说。

所有不情愿的事情只是因为筹码不够诱人而已。

那个考五级的小朋友名叫段煜其，住的地方有点远，位于市郊的别墅区。她不是本地人，也不太关心房价，只知道住那里的人都很有钱，其他的倒没什么概念。

虽然学生家长说了报销车费，但易礼诗还是很谨慎地选择了公交出行，报销车费这种事，空口无凭，万一到了那里家长不认，她也只能吃哑巴亏，公交车虽然耗时长一点，但幸好有直达车，坐起来不是很累。

高档小区的物业十分尽责，在门口仔细盘问了她半天，和业主联系过后，才用一辆摆渡车绕着盘山公路将她送到要去的地址。

开门的应该是这家的保姆，十分热情地将她迎了进去。客厅的沙发旁站着女主人和一个六岁的小男孩。等到易礼诗走过来，示意她坐下之后，女主人才带着她儿子坐下。

夏日炎炎，易礼诗进来的路上出了不少汗，保姆还给她端了杯解暑的冰镇西瓜汁，一系列动作都十分妥帖，显见这是一个有教养的人家。

学琴的小朋友长得特别可爱，小小年纪就能看出来以后会是个帅哥，大抵好看的人都长得差不多，他看起来帅得还有点面熟，面容酷似坐在他旁边的母亲。

女主人面容精致，眉目如画，保养得看不出年龄。

在易礼诗打量女主人的同时，对方也在打量着易礼诗。

上门做家教的第一印象十分重要，易礼诗自认为自己掌握到了精髓，那就是着装必须淡化性别感。她今天穿了一件简单的白色印花 T 恤，一条黑色七分裤，脚踩一双匡威 1970s，素面朝天，看起来要多普通有多普通。

易礼诗从女主人的眼里看到了赞赏。第一关顺利通过，接下来就看她能不能降住这位段煜其小朋友了。

一般学琴的小朋友都会有厌学情绪，他们刚开始接触钢琴时可能是出于好玩，自己根本就不清楚接下来需要付出多少努力才能弹好一首曲子，一旦他们意识到为了弹好钢琴需要牺牲自己的大部分玩乐时间，就会不自觉地找各种借口去偷懒。

小孩子爱玩是天性。段煜其就是这么一个天性活泼爱玩的小朋友，其实他的手型和弹奏姿势都很标准，看谱的习惯很好，但他的注意力很难长时间集中，弹奏时最大的毛病就是熟悉的地方节奏快得飞起，不熟的地方又不自觉地把节奏放慢，全曲节奏不统一。这是很多小孩子弹琴的通病，需要慢慢纠正。

易礼诗耐心十足，不笑的时候又没什么亲和力，这在段煜其的妈妈看来简直就是个完美的陪练老师。特别是看到自己儿子坐在她的旁边乖乖地练了一个小时居然没喊一句累，她顿时放下心来，主动走上前去问道："儿子，要不要休息一下，喝杯水啊？"

段煜其这才欢呼一声，高兴地冲出了琴房。

这是个在家里极其受宠的小孩，才刚刚接触钢琴而已，用的练习琴就是施坦威 K132，易礼诗甚至觉得，如果不是他的年纪太小，这家人估计直接想给他整一台九尺施坦威来着。

"易老师，待会儿你再看着他练一小时吧！"段煜其的妈妈开心地说道，"我还有点事，先出门了。结束以后我的大儿子会一次性地将二十节课的钱结给你，还有你的路费！辛苦你了！"说完就飘飘然地走出了琴房。

易礼诗也觉得挺飘飘然的，她最喜欢这种提前给钱的家长了！免去了每次上完课还得磨磨蹭蹭地等着家长结课时费的尴尬。

她今天的运气真不错！

第五章
躲避

　　钢琴考级的曲目是由一首练习曲，两首乐曲，以及评委当场抽取的某个调的基本练习组成，段煜其的钢琴老师已经将他考级的曲目定好，易礼诗只用看着他练习就行了。

　　没有家长在旁边看着，段煜其第二个小时显得有些坐立难安，不停地问她要不要喝水，要不要看看他的玩具。人是真的很机灵，想要什么不直接说，拐弯抹角地想偷懒，被拒绝后也不会发脾气，而是像小大人一样叹口气，又继续乖乖地练习。不过眼睛时时刻刻都盯着墙上的挂钟，看钟的时间比看谱子的时间还长。

　　好不容易挨过了两个小时，还不等易礼诗发话，段煜其就直接放下了弹琴的手，两截藕根似的手臂放上膝头，侧过脸对她眨着眼睛道："易老师，时间到啦！"

　　易礼诗摸摸段煜其的头："那好吧，今天就练到这里吧！"

　　段煜其欢呼了一声，扔下一句"我去找我哥来"，就冲出了琴房。

　　易礼诗坐在琴凳上没事做，就将段煜其的书整理了一下，把琴盖盖上，然后胳膊肘撑在琴盖上静静地等着段煜其的哥哥过来付钱。一下子四千块钱到手，心里还有点小雀跃。

　　不过她刚刚摸他的头好像摸得有点敷衍，课后的鼓励环节有点对不起这个课时费。

但她真的不是特别喜欢小孩，遇到可爱的学生她顶多在内心感叹几句"卡哇伊"，然后觉得省事而已，如果要让她自己嫁个人忍受生孩子、养孩子的痛苦，她就觉得，还是自己一个人过吧。

　　正胡思乱想着，身后传来一阵脚步声，她刚准备回头，右肩就被人轻轻敲了一下，她往右边扭了一下头，看了个空。

　　"学姐。"一个冷淡又熟悉的声音在她的左边响起来，霸道地钻进她的耳朵里。作为一名音乐生，她的耳朵向来很好，只一声，她就辨认出来这是段凯峰的声音。

　　易礼诗那时候的表情一定很不好看，只涂了防晒霜、化了两道眉毛，连口红都没涂的她，还失去了平日精心打扮出来的美貌。更糟的是，她条件反射般地往左边转头，结果幅度有点大，嘴唇不小心擦过他的面颊。

　　难挨的沉默蔓延开来，段凯峰的侧脸悬在离她的脸大概十厘米的位置僵住，她眼睁睁地看着他的脸慢慢转红，然后，她不自觉地伸出手来帮他擦了擦那块被她蹭过的皮肤。他的肤色是常年沐浴在阳光下的健康的小麦色，脸上的皮肤虽然不白，但她隔这么近看，居然看不到毛孔。体育生不都是容易长痘吗？他为什么脸上一颗痘痘都没有？

　　"哈哈，"易礼诗干笑两声，又在他的脸上摸了两下，"不好意思。"

　　段凯峰没有看她，直起身子走到钢琴旁站好，沉默了一下，说道："看来你不适合玩我们这种游戏。"

　　什么？什么游戏？就是打她左肩结果从她右肩冒出头来的这种幼稚的、小男生才会玩的小把戏吗？那她当然不适合玩。毕竟她又不是小孩子。

　　只是，他为什么会出现在这里？

　　等会儿，他也姓"段"！所以他就是段煜其的妈妈说的那个大儿子？

　　这种巧合她活了二十八年还从来没有遇到过，而且段凯峰看起来好像丝毫不意外她会出现在这里。

　　"这是怎么回事？"易礼诗感到疑惑了。

　　段凯峰拿了他弟弟的节拍器在手里把玩，比起易礼诗的问题，他似乎对那上面的数字更为感兴趣，一直试图将指针拨到某个位置。如果易礼诗这时候愿意仔细观察他,兴许会发现他其实有点紧张,可惜她这时候满脑子都是"我今天没化妆,我今天不美了,为什么不化妆的时候总会遇到帅哥"这种过于在意外貌的想法,因此根本没勇气抬起头来直视他。

易礼诗只是觉得那根指针被他拨得有点烦人,嘀嗒嘀嗒的节奏声在琴房里回响着,听得她焦虑症要犯了。

终于,段凯峰像是玩够了那个节拍器,随意搁回了原处,然后开口道:"我从你的朋友圈看到你兼职的那家琴行的信息,然后去找了你们老板。"倒是意外地坦诚。

"你为什么要特意做这种事情?"易礼诗接着问,不过眼睛依旧没看段凯峰。

"我的心里在怀疑一件事,但是不知道该怎么去证明。"段凯峰不愿意透露太多的信息,只是反问易礼诗,"来我家陪我弟弟练琴,对你来说是一件很苦恼的事情吗?"

"那倒……也没有。"易礼诗轻声说,"你弟弟挺好带的。"

毕竟报酬丰厚,她也不是个矫情的人,只是段凯峰就像一颗定时炸弹,她知道他大概是想知道她究竟是不是那个和他聊了几个月,最后又莫名其妙地消失的女人,但知道了又想怎么样呢?

易礼诗不清楚段凯峰的目的,所以只能百般防备。毕竟她完全不了解段凯峰是一个什么样的人,短暂接触根本没法判断一个人的品性。就像谭子毅,从表面上也看不出来他是个花花公子一样。

"既然你没有感觉苦恼,那你一个星期来三次怎么样?"段凯峰拿起手机,点开她的微信对话框,一次性给她转了五千元钱,"一小时两百元,这里是二十个小时的钱,另外一千元是你的路费。"

虽然易礼诗在这几天里幻想过无数次段凯峰会给她发什么消息,但第一条微信便是给她转账五千元这种操作,还是让她出乎意料。即使交易再正当不过,她也很不好意思当着他的面收钱。

微信!你已经是个成熟的 App 了,怎么就不能像支付宝一样自动收钱呢?

"路费用不了这么多。"易礼诗装模作样地推脱。

段凯峰:"没关系,我们这里离学校也挺远的,来一趟不容易。"

再掰扯就有点过了,易礼诗懂得见好就收的道理,麻溜地点了确认收款,然后站起来告别:"那今天就到这里吧,我明天在培训班还有课,后天再来。"

段凯峰点点头,跟在她后面出了琴房。

段煜其练完了两小时琴后简直如混世魔王附体,手里拿着一根雪糕在客厅的超大沙发上蹦跶着,见易礼诗出来,又噔噔噔地跑去厨房拿了一根新的雪糕冲过来,献宝似的说道:"易老师,这个给你吃!"

段煜其向来很乐于分享,更何况哥哥一早就吩咐了他今天要表现得乖一点,有奖励,所以他便分享得更为乐意。

只是段煜其拿的那支雪糕刚好是易礼诗不喜欢的巧克力味,所以她委婉地拒绝了,并且还蹲下身子耐心地问道:"今天的课堂内容还有什么不懂的地方吗?有问题可以问我。"

好不容易下课了,还得回忆课堂内容,这对小孩子来讲简直是个噩梦,于是段煜其惊恐地摇了摇头,赶紧蹦蹦跳跳地走了。

易礼诗一脸无辜地站起身,听见身后的段凯峰轻笑了一声,然后说道:"走吧,我送你。"

嗯?不是已经给了路费了吗?为什么还要送她?

像是知道易礼诗在想什么,段凯峰补充了一句:"我要去学校训练,顺便把你捎回去。"

这就十分顺理成章了。

对于段凯峰才大二便有车这件事,易礼诗并不奇怪,他们音乐学院也有挺多这种隐形富二代。本科的时候跟她这种家境平平的人挤一个四人间,在热成狗的夏天的晚上和室友一起抱怨学校小气得连空调都不肯装,实际上自己用着价值几十万元的乐器,出去比赛都要给自己的乐器买保险。住宿舍与过集体生活只是他们在体验人生百态而已,回到家又是有保姆伺候的少爷、小姐。

易礼诗坐在副驾驶座，手心无意识地摩擦着车内的真皮内饰，正盘算着她这个月加上培训班的收入一共能赚多少钱，思绪却突然被正在开车的段凯峰打断。

"我有一个问题。"段凯峰说。

这句话说得没头没尾，但易礼诗知道段凯峰是什么意思，因为她刚刚问了他弟弟对于课堂内容还有什么不懂的地方，所以他才借此机会对她进行试探。

可易礼诗被无法逾越的贫富差距打击得没有心情应付他任何的试探，所以她决定无论他问出什么问题来，她都要冒着得罪雇主的危险，怼得他后悔今天开着这么好的车在她面前炫富。

一直没等到易礼诗的回应，段凯峰短暂地沉默了一下，但他明显不是一个会善罢甘休的人，因此，在将车开出小区大门后，才缓缓地问道："你今天为什么……一直不肯看我？"

这是什么鬼问题？所以段凯峰刚刚在那里酝酿了半天只是想知道这个？

易礼诗有些烦躁地拨了拨头发，决定实话实说："我今天没化妆。"

段凯峰像是听到了什么意料之外的答案，分神仔细看了她一眼，然后说道："没看出来。"

易礼诗："……"

果然是不看长相只看身材的体育生。

"你每天都要兼职吗？"段凯峰又问。

易礼诗："到考级之前，一星期兼职五天吧。"培训班去两天，他这里三天。

段凯峰点点头："到你了。"

很突兀的一句话，但易礼诗能听懂。她真的好恨自己之前跟他聊天那段时间那么费尽心思地去了解那个微信对面的他，导致他现在不管说什么突兀的话，她都能听懂他的意思。

段凯峰刚刚那句话的意思是：轮到易礼诗问他问题了。

易礼诗有点犹豫要不要装作听不懂，毕竟她现在的人设是刚刚认识他的学姐，听不懂他的话很正常。所以她有点夸张地愣了一下，问道："啊？什么意思？"

段凯峰还是目视着前方，眼皮略微耷拉了一下，半遮住漆黑的眼珠："没什么，不用在意。"

段凯峰看起来有些失望，易礼诗条件反射般地想补救一下，就跟以前她无数次做的那样，她知道该怎么让他高兴，可是理智告诉她不行，不能哄他，一哄就露馅了。

密闭的车厢中气氛一下子变得有些冷，本来就不熟的两个人也不知道该怎么把气氛炒热，只能各自陷入沉思。在等红绿灯时，段凯峰拿起手机，打开听歌软件，问她："听歌吗？"

"嗯。"易礼诗点头表示赞同，听歌好，能缓解尴尬。可是，他放的那个歌单，真的让易礼诗越听越尴尬，因为每一首都是她曾经给他唱过的歌。

听着听着，易礼诗突然生出一股愧疚感。段凯峰好像出于某种原因，对那个她装出来的人有种她暂时还不清楚到什么程度的迷恋，可是不管是她唱的那些歌，还是她花心思哄的那个人，初衷都不是因为他。

而他想找的那个人，是她装出来的。那个甜美、可爱又热情奔放的人，不是真实的她。真实的她是现在坐在他旁边的这个冷淡的、矛盾的、不善言辞的、一点都不讨喜的人。

下车的时候，太阳正好斜挂在西边，将天上的云朵染出极为瑰丽的色彩。她撑开遮阳伞挡住看起来美丽，但温度灼人的夕阳，也挡住他一直盯在她身上的视线。

那五千块钱拿得太烫手了，她理亏。她的正常劳动根本不值这么多钱，她只能在给段煜其上课的时候，再多一点点耐心。

段煜其的钢琴老师是她所在的音乐学院的教授，名字叫汪坤，她没上过他的课，但听说过他。汪教授人很高，跟李斯特一样，手掌巨大。

据钢琴系的同学讲他能在钢琴上跨十二度音，因此上课的风格比较狂放，适合教男孩子。

由于风格太过狂放，所以段煜其有些小毛病他觉得没必要纠正。所幸他留下的课堂笔记很详尽，易礼诗按照他的要求来陪练，效果也是一天比一天好，杨晗对她越来越满意。

自从上次她和段凯峰有些不欢而散后，这几天段凯峰都没出现，是杨晗在家里陪着。她想着等考级结束后，还是把那一千块钱的路费退给他，所以依旧是坐公交车往返。

一天下午，她陪段煜其练了一个小时，课间休息时，段煜其照常跑出去喝东西。十分钟过去了，还没回来。

易礼诗拉开门找到保姆一问，才知道段煜其是看哥哥训练去了。

所以段凯峰今天在家？

易礼诗抿了抿嘴，拜托保姆帮她把段煜其叫回来，保姆却一脸歉意地回道："易老师，煜其的妈妈不在家，我们都叫不动他练琴的，还是麻烦你自己去叫一下吧，我带你过去。"

过去？

易礼诗没挪步，犹豫了一下才问道："他哥也叫不动他吗？由着他这样？"

保姆答道："凯峰应该不知道煜其偷跑过去了，他训练起来什么都看不见的，眼里只有篮球。"

不得不说，这两兄弟还真是天差地别，一个专注力惊人，很难被别的事物分心，一个像有多动症一样，鬼精鬼精的。

那她应该可以在不打扰到段凯峰的情况下就把段煜其给带回来。她默默地叹了一口气，跟上了保姆。

来过这里几次了，易礼诗从来都谨守着家教的基本礼仪，从不多作打量，也不去探究主人家的私事，一来便直奔琴房，连厕所都没在这家借用过。跟着保姆穿过一道走廊，她才发现这家人居然还在主屋旁边修了一座室内篮球馆。

难怪段凯峰篮球打得那么好，虽然她没见过段凯峰打球，但从数据上看，应该是很厉害了。

保姆把易礼诗带到篮球馆的门口就自顾自地忙活去了。大门虚掩着，易礼诗透过门缝往里面瞧了一眼，才发现这个篮球馆是二层楼。一屋子的运动器械后面，段煜其正踮起脚趴在玻璃上看得出神。

易礼诗不声不响地走过去轻轻敲了一下段煜其的脑袋，他才好似想起来自己把正事给忘了，两条眉毛皱起来，央求着道："易老师，我再看一下下！"

小孩儿崇拜大人好像是天性，况且哥哥的年纪比弟弟要大很多，段煜其喜欢黏着段凯峰很正常。

易礼诗没有催促段煜其，在他的旁边站好。段煜其见她这么好说话，也放下心来。

两个人一大一小两颗脑袋贴在玻璃上往球场里张望。

这种看球的视角很新奇，易礼诗感觉自己成了拥有 VIP 室的大佬，只不过球场上没有比赛。

段凯峰刚刚结束了体能训练，现在正一手拿着一个篮球在场边运球，旁边站了个陪练模样的人替他捡球。

易礼诗对于篮球的了解仅仅是靠前几个月的恶补，专业术语也不太懂，只觉得篮球就像长在他的手上一样。

段凯峰的运球手法灵活多变，看起来干净又利落。这是要经过日复一日、年复一年的枯燥训练才能达到的效果，就和学乐器一样，每天泡在琴房至少六个小时，指甲练劈，才能看起来毫不费力。

应该是有汗滴进眼睛里了，段凯峰突然停了下来，抱着球走到一旁拿毛巾擦汗，抬眼的时候却刚好撞上了站在二楼的易礼诗直勾勾的眼神。

第六章

我知道是你

时间仿佛静止了。对视了大概有五秒钟的时间，易礼诗才后知后觉地慌乱起来。如果可以给她重来的机会，她一定不会选择像个傻子一样欲盖弥彰地蹲下来。

是的，理智断了线的她，选择了最蠢的方法，毫无气势地蹲了下来，试图装作自己从来没有在这里出现过。脑子混乱得想哭，明明不想和段凯峰再扯上关系，却又跑到离琴房这么远的地方看他练球，虽然主观上不是来看他，但怎么想都有种没办法解释的味道。她唾弃着自己的行为，自暴自弃地叹了一口气。

身边的段煜其条件反射般地跟着易礼诗一起蹲下来，他不明白发生了什么，小声地问道："易老师，你躲什么呀？"

易礼诗凝视着他包子一样嫩生生的脸庞，定了定神，脱力一般靠着墙坐下来，手指揪着身下的地毯垂头丧气地说道："没什么，休息时间到了，我们该走了。"

快乐的时光总是这么短暂，六岁的小朋友扁了扁嘴，顺势在她的身边坐下，老气横秋地叹了一口气："我好想马上就考完级啊，那样爸爸、妈妈就能带我出去玩了。"

段煜其会拐着弯偷懒，但很少会这么直接抱怨学琴很苦。易礼诗觉得自己应该和他有点课堂之外的交流，于是她问道："学钢琴是你自己选的吗？"

段煜其摇摇头："不是，我妈妈让我学的，我自己更想像哥哥一样打篮球。"

易礼诗："那你为什么不学篮球呢？"

段煜其："妈妈说，打球太危险了，容易受伤，哥哥去年就受了伤。"

段凯峰去年受伤了？

易礼诗转过头，语气急迫地问道："受的什么伤？什么时候受伤的？"

具体受了什么伤，段煜其也不是很清楚："我不知道呀，只知道那时候妈妈经常抱着我哭，还怪爸爸逼着哥哥打球。哥哥有大半年的时间都不在家里，在美国的房子里养伤，夏天的时候才回来。"

所以易礼诗和他聊天的那段时间刚好是他养伤的时间吗？

还没想出个所以然来，健身房的门便被人推开了，出现在门口的身影高得仿佛头都要顶上门框。她坐在地毯上看着段凯峰慢慢走近，脖子仰得酸痛，一时之间忘了打招呼。

说好的眼里只有篮球呢？说好的专注力惊人呢？为什么要专门跑上来？

段煜其反应很快地叫了一声"哥哥"，伸出手来做出一个要抱抱的姿势。段凯峰顺势弯下腰来将他抱起来，从袖口露出来的手臂离她的侧脸很近，她得以近距离观察那臂膀用力时肌肉鼓胀起来形成的漂亮沟壑。

易礼诗的目光顺着他的动作往上看，不经意又对上他的视线。她实在不该看他的，这好像是自己在求他过来抱她一样。

段凯峰愣了一下，应该是误会了什么，一只手将他弟弟扛好，然后倾身凑过来，伸出另一只手从她的腋下穿过，大掌张开将她的腰肢包裹住，直接把她从地板上抄了起来。

易礼诗的确是鬼迷心窍了，被人揽住的第一反应竟然是想赞叹他的臂力惊人，站起来之后才想起来这样的姿势未免也太过亲密。不知道是不是因为他刚刚运动过，所以体温高于常人，贴近的瞬间的鼻息好热。她瑟缩了一下，他便马上松开她，将手背到身后。

两个人你看着我，我看着你，都没有说话。

最终还是易礼诗先反应过来，嗫嚅着说道："我不是想要你过来……"

段凯峰没什么表情地点点头："哦。"

趴在段凯峰肩头的段煜其，突然揪了揪他的耳朵："哥哥！你的耳朵好红！"

是吗？易礼诗飞快地瞟了一眼段凯峰的耳朵，果然很红。她奇迹般地镇定下来，赶紧解释道："刚刚我不是故意打扰你的。"

"我知道。"段凯峰有些欲盖弥彰地摸了摸耳朵，没再看她。

段煜其适时地替她补充道："易老师是来抓我的！"

易礼诗打心眼里感谢他这个神队友。

"是吗？"听见段煜其在旁边插话，段凯峰把他放下来，问道，"所以你又偷懒了？"

哥哥有时候有点严肃，段煜其不说话了，扁着小嘴偷偷地看易礼诗。易礼诗觉得自己应该投桃报李一下，于是走过去一边拉住他的手臂往门口走一边说道："好啦好啦，我们回去上课啦。"

"学姐。"段凯峰在易礼诗的身后叫住了她。

一大一小两个人齐刷刷地回头。段凯峰停顿了一下，问道："你想……下去玩一下吗？"

太阳在云层中燃烧，光线透过篮球馆的窗户撒进来，地板锃亮。段煜其难得有机会进入球场，疯了一样地在地板上撒欢，那个陪练模样的男人应该和他的关系很好，一直陪在他身边防止他受伤。

易礼诗是个尽职的老师，收到邀请的第一时间心里还惦记着她的工作，勒令段煜其回琴房练满一个小时之后才肯放他来球场。而段煜其那个小鬼，居然和她讨价还价，说他要是乖乖地回去练琴，她下课之后就得陪他来球场玩。

放任学生骑到自己头上不是她的风格，她当即便回道："你要是今天想让我陪你玩，那你考级之前的每一节课，都不许中途跑过来。"

段煜其皱着一张小脸思索了大半天，才忍痛答应。

小孩儿往往比大人要更加信守承诺,易礼诗愿意给予学生最基本的信任,所以即使她很想下课之后直接离开,但为了不失信于人,她还是跟着段煜其回到了篮球馆。

易礼诗坐在场边,接过段凯峰递过来的水,一脸担忧地问道:"你妈妈不是不让他接触篮球吗?就这样让他进来,你们会不会挨骂?"

"我在场的话,没关系的。"段凯峰仰头喝了几口水,挺无所谓的样子。他换了一身衣服,好像已经洗过澡了,身上有股好闻的柚子味。

就这样和他坐在一起,易礼诗仍旧感觉很不自在,只能找一些不会冷场的话题瞎聊。

段凯峰看起来也是一样,是个极其不擅长主动和人交流的人。

坦率地说,如果没有那一场乌龙,如果她没有在微信上对他说出那样狂热又虚假的话,如果她单纯只是因为过来做家教而认识他,那她一定不会表现得这样拧巴。帅气又有教养的男生,谁不想接近呢?即使只是作为朋友相处。

只是,事情的走向从一开始就是错的,所以她只能尽力保持平常心,眼睛追着场上的段煜其跑,试图忽略坐在身边的段凯峰。

段凯峰:"想玩一下吗?"

易礼诗的眼前突然出现一颗篮球,她定睛一看,发现是段凯峰单手将那颗篮球捧到了她的面前。

段凯峰冲她露出一个笑容,眼睛亮亮的。他应该很少这样逗别人,她总觉得这样的表情他做出来有些笨拙,可爱到让人不忍心拒绝。

"怎么玩?"易礼诗伸手接过来,"我不会。"

"嗯……"段凯峰认真地想了想,"首先你要熟悉这颗球,球性训练这些,一开始是指拨球……"说着,声音又低下来,"好像有些无聊。"

"没有啊,"易礼诗摇摇头,"反正不是正儿八经学,接触一下其实也挺好玩的。一旦爱好变成了学习任务,那才叫惨。"她抬起下巴指了指场中间的厌学儿童段煜其,两个人情不自禁地笑了笑。

紧张的情绪得到缓解,易礼诗双手捧着球问道:"你刚刚说的指拨球，是什么？"

段凯峰不着痕迹地松了一口气，伸手抓来另一颗球，两手张开将球放在指尖快速地拨弄了几下："就是用手指来拨球。"他在说什么废话……好在易礼诗并没有介意，学着他的样子拨弄了几下，只是不得要领，球老是脱手跑出去。

段凯峰替易礼诗捡了三次球之后，看见她一脸歉意的表情，才想起来自己刚刚根本没把要领告诉她。

"你要用指尖来抓球，"段凯峰坐回易礼诗的身边，侧身面向她，伸手替她将球固定住，"大拇指托住球，另外八根手指来拨动，掌心窝起来悬空。"

太近了……虽然他的表情再正常不过，但他的肩膀太舒展宽阔，以至她总有一种他一伸手就会完全将她揽在臂弯的错觉。

段凯峰："……手指抓住球的纹路会轻松一点。"

"哦哦。"易礼诗回过神来，连忙跟随指令将姿势摆好。

易礼诗的小指突然被人触碰了一下，轻轻地，一触即离。她怔怔地抬眼看向他，他不闪不避，盯住她的眼睛说道："学姐，我知道是你。"

第七章
阴差阳错

易礼诗从小到大都是一个行为上特别循规蹈矩的人。她出生在一个双职工家庭，家境虽然算不上殷实，但也算衣食无忧。她几乎没有叛逆期，一直在父母的羽翼下长大，至少在离巢之前，没有做过任何出格的举动。

易礼诗在本科期间谈过一场恋爱，对方是隔壁理工科学校的学生，不过没谈多久就分手了。两个人的性格不合，观念不合，分手分得也很平淡。但其实，最重要的原因，大概还是因为他不符合她对于男友的想象。

对于想要交往的类型，她的心中有一个非常具体的形象，身高一米八三左右，打篮球，背影挺拔好看。长相倒是其次，端正就行。

或许是因为要求太具体，后来她一直没有找到合适的人选。

直到有一次他们班的班长组织了一场跟体院的联谊活动，她在那次联谊活动中看到了被拉来凑数的谭子毅，便自认为找到了她的理想型。

谭子毅身高刚好一米八三，还打篮球。她见过的体院小哥哥里，比他高的没他帅，比他帅的没他高，他整个人就长在她的审美点上。

可惜，易礼诗不符合谭子毅的审美。

易礼诗在联谊还没结束时就跟着谭子毅出了包厢，彼时他正靠在走廊上抽烟，一副百无聊赖的样子。

易礼诗已经不想回忆那时候用什么语气和什么方式提出要和他交往

的，她只知道谭子毅盯着她看了一会儿，慢吞吞地将烟灭了，然后漫不经心地笑了笑，说道："姐姐，说实话我平时训练挺忙的，正常的交往顺序对我来讲效率太低了。如果你不够开放，就别来找我了。"

易礼诗沉默下来了，这和她设想的恋爱流程相差甚远。好不容易鼓起勇气向人请求交往却得到这样的回复，虽然她也未必有几分真心，但这话听着还是有点伤人。

如果，和谭子毅的交集只到这里的话，那她顶多是觉得自己受到了侮辱，对这种类型的男生从此敬而远之便罢。但后来她还和他在食堂打过一回照面。

易礼诗端着餐盘装作没看到谭子毅，谭子毅也没有要打招呼的想法，和同伴商量着要吃什么。

易礼诗没了吃东西的兴致，匆匆扒了几口饭便打算离开。走出食堂才发现自己忘了拿书，折返回去，回到食堂门口时刚好听到谭子毅和同伴在聊天。

"挺尴尬的，"易礼诗听见谭子毅说，"就刚刚那个学姐啊，上次联谊时碰到的，直接冲过来说想和我谈恋爱。"

"你反正到处拈花惹草。"谭子毅的同伴随口应和，"长得好看吗？我刚刚没注意看。"

"挺好看的，气质嘛，有些冷，不过你又不是不知道，那种看起来高冷不可侵犯的人，最碰不得。"

两个人渐渐走远了，易礼诗还站在原地没动。可是即使她在原地气得发抖，也不得不承认，她没有任何立场跑到谭子毅面前去反驳他，因为他说的句句都是真的，事情也的确是她自己做过的，只是她没想到谭子毅会扬扬得意地把这件事情当作谈资大肆宣扬。

易礼诗曾经也有过好斗的时候，但结果不怎么好，所以后来对一些事情，她便学会了看开。说得好听一点叫远离麻烦，说得难听一点叫夹紧尾巴做人。

只是这口气她实在咽不下去，她那时候的脑回路也很奇葩，她就是和这种人睾上了，不管怎么样她也要报复他一把。

易礼诗托温敏帮她要到了谭子毅的微信。

拿到谭子毅的微信的那一刻，易礼诗在心里暗暗地想，你不是觉得我甩不掉吗？那我就真的缠上你，再狠狠甩掉你喽。

将段凯峰卷进来，完全是易礼诗无意当中造的孽。

段凯峰那时候在想什么？一个莫名其妙的女的突然加了他，像迷妹一样每天对他嘘寒问暖，变着花样引起他注意，还老是给他唱歌表演才艺。他是养伤太无聊了，所以才没把她拉黑吗？还是他觉得她太傻，想知道她还能作出什么妖来，所以就顺水推舟了呢？他会不会在跟她聊天的同时也在跟别人聊天？

可他看起来不像是那种会喜欢和人聊天的人。

算了，谭子毅看起来也不像是那种不尊重女性的渣男，可丝毫不耽误他就是渣男。

他们都在一个染缸里，段凯峰凭什么会是特别的那一个呢？

球场中央段煜其的笑声一直在回荡，衬得场边的气氛越发地死寂。

"不……"半晌，她才本能地否认，手指想要回缩，但硬生生地忍住，"我听不懂你在说什么。"

段凯峰的目光滑向她弯曲的小指指尖，看过来的时候又坚定了几分："你之前给我发过弹琴的视频，我认得你的手。"

"我不知道有谁给你发过什么视频，但是，"易礼诗举着自己的小指，还在垂死挣扎，"这样的小指，也不算很独特吧？有人还长过六根指头呢。"她尽力做出一副十分坦荡的样子，特地将手伸到段凯峰面前，以证明自己一点都不虚。

察觉到易礼诗一直在抗拒，段凯峰将她手里的篮球拿回自己手上，身子往后撤开一点距离，试图让自己表现得不要太咄咄逼人，但眼神仍旧注视着她不肯移开："不只是手指，还有声音，你唱歌的声音，说话的声音，这些我都知道。"他好看的眉头皱起来，表情满是不解，"你为什么不肯承认？是因为我那时候老是不理你，所以你生气了吗？你不喜

欢我了吗？"

　　这个误会真的大发了。她该怎么告诉段凯峰，那时候她的一系列行为跟"喜欢"，甚至跟他本人没有半毛钱关系呢？

　　思来想去都还是不能把这件事摊开来说，不然把谭子毅牵扯进来，事情更不好收场。她还有一年就毕业了，毕业之前绝对不能出什么打乱她生活节奏的幺蛾子，只能装傻到底了。

　　"我真的不知道你在说什么，"多说多错，不能再这样纠缠下去了，易礼诗起身告别，"我还有事，就……就先走了。"

　　段凯峰随之站起来，将篮球放在地板上，闷头跟着易礼诗往外走，只是四肢的不协调暴露了他现在实在是有些不知所措。

　　"哥哥！"疯玩得满头大汗的段煜其突然跑过来，仰着脑袋看了看易礼诗，又看了看段凯峰，扁着嘴问道："易老师，你要走了吗？"

　　小孩子有时候就是这样奇怪，对他好一点，他就会对人产生莫名的依赖。易礼诗不得不停下脚步，蹲下来平视他："是啊，我要去赶公交车了，下次我再过来。"

　　"可是，"段煜其偏了偏头，说出的话天真，却又一针见血，"你还没有陪我玩啊，你刚刚一直在陪哥哥玩。"

　　一句话让原本就尴尬的气氛直接冻结，易礼诗语塞，愣在原地，不知道该怎么回答。还是段凯峰先反应过来，蹲在弟弟的面前，认认真真地说道："是哥哥，先缠着易老师的，对不起。"

　　"那好吧，那我原谅你，"段煜其转向易礼诗，特别大方地说道，"那老师，你下次再陪我玩吧。"

　　段煜其很好哄，只要把他当作大人平等对话，他就会给予很正面的回馈。

　　被这样一打岔，原本急于逃离的易礼诗反而平静下来，她冲着段煜其点点头，露出自认为最温和的笑容："嗯，谢谢你，那下次再见。"

　　一番告别过后，易礼诗才提着包往外走。

　　身后一直跟着另一道不属于她的脚步声，易礼诗没回头，默默地穿过这栋宅子，走到门口时才脱力般叹了一口气，回身看向段凯峰。

对方却一脸无辜的表情："我去学校。"

一句话直接把她的话全堵住了。易礼诗停顿了一下，问道："又去训练？"

段凯峰："嗯。"

"不是才练过吗？"练完之后还特地洗了个澡，弄得自己清清爽爽的，反倒显得她形容狼狈。

"刚刚只是一些基本训练，去学校才正式上对抗，"段凯峰怕易礼诗不信，特地多解释了几句，"我之前落后了太多，开学想要打比赛的话，需要加训，训练师来我家不太方便，所以我都是约在学校。不是特地送你，你不用感觉有负担。"

段凯峰给出的理由都很令人信服，甚至熨帖到让人无法拒绝。二十岁左右的男生大多幼稚、莽撞、自大，还有着令人反感的迷之自信，但这些缺点段凯峰看起来都没有，他究竟是怎么长大的？他打球受伤的时候很多吗？

易礼诗其实不该对他有这么多好奇，但她对于现在的状况有些没办法处理。她想离段凯峰远一点，但意志力太不坚定，随随便便就能被动摇。如果是另外一个人，应该是能比她处理得更好吧，要拒绝就干脆拒绝，要接近就勇敢接近。而不是像她这样，犹犹豫豫的，一点都不果断。

坐进车里之后，易礼诗挑起了一个话题试图拿回点主动权："煜其说你之前受伤？你什么时候受的伤啊？"

段凯峰似乎很意外易礼诗会问起这个："就半年前，大一第一学期快要结束的时候。"他停顿了一下，又问道，"你不知道吗？"

"我应该知道吗？"易礼诗反问道。

段凯峰的表情变得有些奇怪："你那个时候那么……关心我，难道不是知道我受伤了吗？"

易礼诗决定收回关于段凯峰"不迷之自信"的评价，果然是学体育的男生，思维方式如此单纯，估计在他的眼里她爱他爱得癫狂。

易礼诗感到有些头疼，自觉再解释下去会越描越黑，所以放弃了努力："是不是不管我承不承认，对你来讲都不重要？"

"嗯。"段凯峰点点头，反正他知道是她。

易礼诗轻轻叹了一口气，又问："你受伤的时候疼吗？"

"倒地的时候挺疼的，做完手术后还好。主要是康复训练比较漫长，心理压力有点大。"段凯峰说话的时候嘴角微微上翘，语气轻描淡写的，是一副看开的样子。渐渐地，他像是想到了什么愉快的事情，快速瞟了她一眼，然后直视着前方，带着笑意轻声道："幸好那时候有你。"

"凯峰。"易礼诗轻轻唤了一声他的名字，去掉了听起来比较生疏的姓，他有些恍惚，还没来得及高兴，便听见她说道，"跟我约会一次的话，你能把这件事忘了吗？"

第八章

柚子味的你

在易礼诗提出那个提议之后，段凯峰先是一阵茫然，然后渐渐地抿起了嘴，疏离感从他周身透出来，他又变回了她第一次见他的那个样子。由于他的五官实在是太过优越，所以一旦面无表情，就显得十分地高不可攀。

这到底是什么诅咒？每次坐他的车都有些不愉快的事发生。

易礼诗后悔自己一时冲动把就把这个提议说了出来——她就应该在快下车的时候提，现在这么不上不下的，他还一副受到了侮辱的样子，搞得她有点难堪。

易礼诗好想下车，但是外面的阳光毒辣，阻挡住了她要酷的脚步。

"你要是不同意……"易礼诗能屈能伸，于是堆了满脸的亲切的媚笑试图挽回一下自己的颜面，"当我没说。"

"为什么要忘记？"段凯峰终于开口，转头盯着她，目光沉沉的。

"我就是……不太想回忆起那时的窘境，你也知道那时候你老是不理我对吧？"易礼诗说的并不是谎话。人有时的确会不理解自己某一段时间的行为，如今的她想起当初那段往事，只觉得是必须要忘却的黑历史，如果可以，她不想任何人再提起。

"这件事情，的确……是我的错。"车窗外的风景在缓缓后退，段凯峰的脸色也缓和了不少，他思索了片刻，突然说道，"一次不够。"

这话听着客客气气的，易礼诗放松下来，问道："那你的意思是？"

"暑假结束之前，不限约会次数，"段凯峰直视着前方，做出一副安心开车的样子，半晌，又加了一句，"毕竟你还要来我家上课，不是吗？"

段凯峰考虑得倒是很周全，如果只是约会一次就从此形同陌路，那么倘若在课程结束前不小心在他家碰到，对她来说处境的确会跟尴尬。

这样熟门熟路的样子，看来恋爱经验不少。那就没什么顾虑了，反正她也只是想知道和这样程度的人约会时会是什么样子而已，既然他这么爽快，那她也不必有什么负担。只是他之前看起来那么纯情，有点可惜。

易礼诗本来以为段凯峰会是特别的那一个。不过，他这样的皮囊，如果没有恋爱的经历，那也太说不过去了，想着想着她又觉得自己占了个大便宜。

"可以。"易礼诗点头同意，为了让自己看起来洒脱一点，说完以后又加了一句，"你放心，我不会纠缠你的，所以你也别把之前的事放心上了，这就当是我们之间的秘密。"

段凯峰没有立刻回答，她侧过头去看他，目光落在他清晰的轮廓上，在逐渐倾斜的阳光的照耀下，他的眼睛就像闪着光晕的黑玛瑙，但他仿佛觉得阳光有些刺眼，于是伸手将车顶的挡板放下来，挡住了眼里的光芒。

"嗯，就这样吧。"段凯峰说。

一件大事解决，易礼诗心头的石头终于落了地，连带着坐姿也开始放松起来，椅背在她坐进来之前就被调成了一个舒适的角度，她靠在椅背上扭头看着窗外的景色渐渐由陌生变得熟悉，或许是她和段凯峰之间达成了某种微妙的共识，所以连带着显得时间也过得飞快。

一眨眼的工夫，音乐学院就到了。

假期的大学城人流量骤减，原本被一辆辆的公交车和人群塞满的街道空旷得有些寂寞，段凯峰找到了一处树荫将车停好，在易礼诗提出告别之前，通知似的说道："我晚上下训了过来找你。"

"这……这么快吗？"易礼诗瞪大了双眼。

段凯峰深深地看了易礼诗一眼："还是你希望我先和你高调告个白？"

易礼诗："那倒也……不必……"

段凯峰打断易礼诗："既然我们要开始约会了，你想先行使女朋友的权利亲我一下吗？"

易礼诗屏住呼吸，心跳陡然加快。心里有个小人正为她加油呐喊：勇敢点！这将是你未来男友，而且不出意外的话应该是你这辈子亲过的最帅的男生。但当她试着抬眼对上段凯峰的视线时，却生出了一股退意。

段凯峰的表情依旧是冷的，下巴微微扬起来，让他看起来显得有些高傲，但是他的眼神里面却蕴含着某种她读不懂的热烈情绪，这两种感觉搅在一起，奇异地将她的心跳也搅乱了。

"你先把眼睛闭上。"易礼诗怯懦地说。

"不。"段凯峰拒绝。

易礼诗只好换了一种语气，用他喜欢的语气哄道："你把眼睛闭上好不好？"

段凯峰："……好吧。"

安全带"啪嗒"一声被她解开，她闭着眼睛慢吞吞地凑过去，飞快地亲了一下，退开的时候，才发现段凯峰的眼睛早已睁开，漆黑的眼仁呆呆地看着她。

易礼诗面红耳赤地下车，打着太阳伞一路走回了出租屋，屋内一整天都没开空调，闷热得像蒸笼一样。但她没急着去找遥控器，而是靠在门板上静静地发呆。

刚刚，发生的一切仿佛是一场梦，梦中在甜美的树荫里藏着一只只尽力鸣叫的蝉，随着烈日浇下来的热度，一齐将她的心炙烤得快要脱水。

段凯峰没说他什么时候下训，她吃完晚饭，洗完澡，收拾了一下，看了一眼手机，七点半。

易礼诗觉得自己不能这么干等下去，于是坐到了书桌前，看了看下学期的计划。

还有一年毕业，她需要完成的任务有点繁重。毕业论文和实习是大头，此外她还要修一门乐器来赚学分，再加两篇要在期刊发表的论文。

　　两篇期刊论文对于文化生来讲或许不算难事，但对于她这种艺术生来讲却有点难度。

　　易礼诗心里装着事，倒也装模作样地浏览了几篇文献。平时啥事没有的时候，她宁愿躺着刷剧也不想翻那些东西，今天用来打发时间正好。

　　快到九点钟的时候，段凯峰发来了一条微信：我到你住的小区门口了。

　　此前，他们两个的对话框一直还停留在他转账五千元，而她确认收款那里。

　　易礼诗换了身衣服下去接他，脚步在幽静的夜里显得不是那么轻快，至少在见到他之前，她还在犹豫自己的决定是否正确。

　　还是上次段凯峰送她回来的那个昏暗的小区大门，他站在路灯下静静地等她，夏天容易被蚊子咬，她一路走过来看着他换了几个位置，像是在躲避蚊子，又像是由于某种情绪使然，总之显得有些不安。

　　易礼诗悄悄地走近，闻到了段凯峰身上刚刚沐浴留下的沐浴露的味道。

　　当代大学生约会三件套，大概是指吃饭、看电影和压马路，但段凯峰下训很晚，这个点儿没什么好电影可看，学校附近的小吃摊也同学生一起放了暑假，两个人最后选择了去压马路。

　　由于两个人实在不熟，大庭广众之下隔着一米的距离没话找话也未免太过勉强，而且，刚刚易礼诗就发现了，段凯峰走路的时候有些拖着脚。

　　以前在食堂吃饭的时候经常看到有刚刚下训的体院学生来打饭，个个都是这种抬不起脚的走路姿势，一副被教练虐狠了的样子，抱着一大盆饭狼吞虎咽。

　　看来他今天训练很累。

　　于是易礼诗提议下次再见。

　　段凯峰果断同意，掉转脚步送她回出租屋。

　　易礼诗住的老小区近日又坏了几盏路灯，里边有点黑。段凯峰打着手电一路将她送到楼梯口，她没提让他回去，他也就默不作声地跟着她往上走。

狭窄的楼道对于段凯峰的身量来说显得有些逼仄，易礼诗走在他前面，时不时地回身看他。他抬脚的动作显得有点吃力。

易礼诗住在三楼，她上了最后一层台阶之后，就停在那里等着他慢慢上来。楼道的声控灯亮了几秒钟又马上灭了，她拍手将灯弄亮，看着他一个台阶一个台阶地慢慢往上爬，停在了她下方的几级台阶上，平视着她。

段凯峰看起来比之前在车里温柔多了，神色温和，还带着一丝令人心悸的无措。

易礼诗还没来得及仔细观察，灯又灭了。她突然不想拍手将灯点亮，停在黑暗中用耳朵感受着他有些紊乱的呼吸。

一只干燥、温暖的大手抚上她的脸。"对不起。"段凯峰轻声道歉。

易礼诗脑袋有点蒙，呆愣了几秒钟，才结结巴巴地回答道："没……没事，下次别让我先了。"

易礼诗说的"下次"只是客套话而已，但段凯峰行动力是真的很快——她说完之后的下一秒钟，他就轻轻地亲了她一下，虽然不含任何绮念，却让她的心微微地颤抖起来。墙漆都斑驳了的楼梯间，充盈着一股常年不散的霉味，但此时此刻，她却只能闻到他身上的柚子味。

易礼诗租的房子是一套两居室，是她找以前的声乐老师租的。那个女老师人很好，因为其中一间卧室需要用来堆放杂物，所以她只收了易礼诗一间房的房租。

灯亮以后，段凯峰就没那股黏人劲儿了，直起身子站在门边等着她的邀请。她觉得有些好笑，牵着他的手将他拉进房间里。

易礼诗其实希望段凯峰能主动一点，但很奇怪的是，真的走到了这一步，他却表现得像是第一次进入女孩子的房间一样，眼睛盯着自己脚尖，很有礼貌地没有胡乱张望，也不看她。

段凯峰这样的反应好像并不是在作假。她仔细看了看他堪称手足无措的神色，突然问道："你谈过几次恋爱？"

段凯峰愣了一下，脸开始涨红。

易礼诗又觉得自己问出这种问题很唐突，赶紧摆摆手道："你不想说没关系，我不是在探听你的私事。"

"没有，我只是……只是……"段凯峰结巴了几下，认命般地开口，"我没谈过恋爱……"

"什么？"她听到了什么不可思议的事情？

段凯峰！有着这么优质的皮囊！居然没有谈过恋爱！

"我没谈过恋爱。"段凯峰重复了一遍，像是想通了什么事情，一脸埋怨地看向她，"我没对任何女孩儿有过心动的感觉，除了你。"

"可是……为什么？"易礼诗受到了极大的冲击，只是揉着眉心喃喃着道，"怎么会这样？"

二十岁没谈过恋爱在易礼诗看来很丢脸吗？为了不让她继续胡思乱想，段凯峰只好硬着头皮说道："我高中的时候，我爸和教练管我比较严。"

易礼诗："那大学呢？"

"大学我只读了一学期，就因为受伤休学了，还没来得及，后来……"后来他就遇见易礼诗了。

也许是易礼诗揉搓眉心的动作有点过大，一时之间两个人又沉默下来。

"还可以继续吗？"段凯峰低低地问。

易礼诗深吸一口气："当然。"

第二天，易礼诗还在睡梦中，就被一阵手机铃声吵醒。

"开门。"是段凯峰的声音。

易礼诗迷迷糊糊地爬起来，走到门边才看到穿衣镜里自己的形象实在是太邋遢，无法见人，遂火速赶到浴室。磨蹭了许久，拾掇到能见人了，她才走回门边将门拉开。

等在门口的段凯峰看起来没有丝毫不耐烦，而是仔仔细细看了她一眼，问道："我太早了吗？"

"没有，"易礼诗摇摇头，看到段凯峰手中提着的一大袋早餐，补充了一句，"谢谢。"这句话说得多少有些生疏。

段凯峰没接话，只是意味不明地低下了头。怎么这种低头的简单动作也能做得清爽又帅气？易礼诗忍不住伸出手拉他："进来吧。"

于是段凯峰那点微不可见的低落的情绪又消失不见了。

段凯峰刚做完早训，整个人饥肠辘辘，进食速度比易礼诗快很多，不过或许是教养使然，不会给人狼吞虎咽之感。吃完之后他闲着没事，便盯着易礼诗看。

视线如有实感般将她笼住，一瞬间都不肯移开，实在是有些霸道了。

"你要是害我消化不良，我一定跟你没完。"易礼诗抬头对上段凯峰的视线。

段凯峰却冲她露出一个养眼的笑容，乖乖地扭过了头。过了一会儿，他才问道："你今天有什么安排吗？"

易礼诗："我要兼职。"

段凯峰："兼职？"

易礼诗："对啊，除了去你家上课，我在别的培训学校也有一些学生，今天有五节课。"

"噢，"未遭受过社会毒打的学弟一脸似懂非懂的表情，"那很辛苦吧？"

易礼诗笑了笑："也还好，习惯了，感觉身边的同学都在做兼职，自己就不太好意思躺平，虽然我真的很想每天就这样什么都不做。你做过兼职吗？"

"高中的时候做过一次，"段凯峰说，"大学没有，没时间。"他的大学生活和别人不一样，进学校便是训练、比赛，接着受伤、养伤，一切寻常大学生做过的事情都没来得及好好尝试。

"所以恋爱也没时间，是吗？"易礼诗小声问。

段凯峰低低地笑了一声，撑着脑袋看了一下窗外："以前是真的没有时间，每天就是训练、比赛、考试，眼里只有那颗篮球，根本看不到别的东西。"现在除了篮球，他还能看到她。

易礼诗见过段凯峰训练时的样子，她知道他说的是真话。

两个人原本只是闲聊而已，但好像共同话题也不少。他虽然比她小几岁，但并没有比她幼稚多少，可能是因为家里还有一个弟弟，所以习惯性地充当了照顾人的角色。

"你会拉小提琴吗？"段凯峰突然问道。

易礼诗愣了一下，摇摇头："不会。"

小提琴这种乐器，"会一点点"和"不会"差不多，本科时期学琴的那段日子不是一段美好的回忆，她不想提。

段凯峰没纠结这个话题，又问道："培训班远吗？我送你过去。"

"不用了，就在附近，走路就能到，你吃完早饭就走吧！"易礼诗抬了抬酸痛的胳膊，"也只能怪我本科的时候太不努力，现在只能去这种培训学校打打零工。"

段凯峰看到易礼诗堪称僵硬的动作，不知道想到了什么，脸色开始泛红，干巴巴地安慰道："你很优秀啊，学姐。"

易礼诗摇摇头："真正优秀的人不是我这样的。本科的时候我只想当一条咸鱼，那时候看着同学们去兼职，我也去，后来没坚持下来，因为太累了，还不如躺在宿舍休息。专业的话中等吧，练声早上起不来，练琴也不认真，其他同学都是一大早去琴房占位置，我每次去都下午了，所以每次我都只能开到最差的琴房。"

"因此，我属于最平凡最废柴的那类学生，"易礼诗思考了一下，对上段凯峰的眼睛，斟酌着开口，"所以，我跟你不是一个世界的人，你……"

后面的话易礼诗没再说下去，段凯峰低下头，将手中的豆浆盒捏扁，指关节处显出一点白。半响，他才接着她的话说道："我记得我们昨天的约定，你放心。"

易礼诗敏锐地注意到他用了一个比较亲密的词汇——我们。怎么看也不是一副能让人放心的样子。不过，她又安慰自己，对于男生的用词，她无须脑补过多。

就这样吧，反正暑假过完就结束了，这两个月再放纵一下吧。

第九章
午后牧神

　　从易礼诗家离开后，段凯峰一直有些闷闷不乐，晚上训练的时候投丢了很多不该丢的球。

　　教练允许他下学期重返赛场，所以暑假给他安排了很多场加训。他休学了大半年时间，体能有些落后，为了赶上他以前的水平，他必须把整个暑假时间花在空旷无人的球场上，不停地把那颗他其实并不是特别喜欢的球扔进篮筐里。

　　是的，段凯峰从小就很讨厌打篮球。他的父亲是一位典型的严师型家长，公务繁忙，满世界赚钱。段凯峰记得在他小时候，父亲每次出差都会问他想要什么礼物，他那时候想要的礼物无非是一些糖果、巧克力和玩具之类的东西，或者是一些有关昆虫的书籍，但他的父亲每次都对他的答案不满意——他的父亲期待他能说出一点跟篮球和运动有关的东西。久而久之，他就不愿意再说想要什么礼物了，反正他想要什么从来都不重要，他的父亲只会送他愿意送的东西。

　　段凯峰的父亲年轻的时候是一名篮球运动员，个子比他要高，一米九多，可是伤病导致他的父亲没有办法继续在赛场伤拼搏，所以他将他的梦想倾注在了自己的儿子身上。

　　但是，段凯峰小时候其实更想当一名昆虫学家。他的性格一直有些内向，他记得小的时候，他最喜欢去爷爷家里玩。爷爷家是一座三进的院子，还有一个特别大的园子，园子里种满了花草树木。他喜欢一个人躲在园子里捉昆虫，或者就在大树底下睡觉也行，只要不和人交流。他那时或许不知道那些昆虫的名字怎么写，但他知道自己手里抓到的天牛的触须有几个节，蝴蝶的翅膀上有什么花纹。

段凯峰更小一点的时候，应该是没有现在这么沉默的，而且很黏他的母亲。但是他的母亲有自己的世界，对于养小孩这件事兴趣不大，平时也不太爱搭理他。

从什么时候起，他变得不爱说话了呢？

应该是那一天。他参加比赛拿了奖，特别高兴地捧着奖杯回家，想得到母亲的夸赞，但是他的母亲的眼中却只看得到那天同样拿了奖的表姐。

表姐是大姨的女儿，他的母亲从小就特别喜欢她。他不知道其他小孩是否能感受到父母的偏心，但他的确能从方方面面感受到母亲爱表姐多过爱他，他甚至直接听到过母亲在和大姨交流育儿经验时，说她很羡慕大姨生的是个女儿。

大人们总觉得小孩子听不懂话，所以说话的时候从没想着要避着他，但他其实都能听懂。

表姐有一段时间特别迷信星座，她算了一下段凯峰的出生日期，说他是摩羯座，摩羯座的守护神是牧神。

"牧神是什么神？"段凯峰问。

表姐说："希腊神话里一个没什么法力的很弱的神，长得很丑，出生的时候他妈妈都想把他扔掉。"

段凯峰晚上回到自己的房间大哭了一场，后来他就渐渐地和他的母亲不太亲近了。

段凯峰刚开始接触篮球的时候，爷爷很反对，但他的父亲很固执，一心想把他送进体校来圆自己的篮球梦。爷爷气得用棍子打他的父亲，直言体校根本就不是孩子应该去的地方。后来应该是爷爷胜利了，因为他没有进体校。

但他的父亲还是坚持让他打球，平时给他的奖励就是把他扔到美国去参加那些NBA（美国职业篮球联赛）球星办的篮球训练营，他在那群体格强壮的黑人小孩里，是优势最不明显的那个。作为一个亚洲小孩，得分榜上他是常年的吊车尾。

段凯峰十四岁的时候，他的父母给他生了个弟弟，他觉得他们更想要给他生个妹妹，只是这种事，真的没办法。

或许是觉得他这个大儿子的性格太沉闷，所以他们改变了教育方式，对段煜其有求必应，事必躬亲，力求将段煜其养得活泼一点。

虽然作为哥哥，这样想很不应该，但他有时候真的很羡慕段煜其。段煜其不仅可以自由选择自己想走的路，想学的东西，他还拥有妈妈对他的耐心与陪伴，甚至平时不苟言笑的父亲对待段煜其时都是和颜悦色的。

爷爷有时候会怪他们偏心，但母亲总说段凯峰是个大孩子了，应该懂事了，不会吃弟弟的醋。

段凯峰有时候会想，他们是真的觉得他不会吃醋吗？还是他沉默惯了，所以才会以为他什么都不需要？他们将那些自以为对他好的东西一股脑地塞给他，却从来都不会问他，那些东西他喜不喜欢，想不想要？

段凯峰的身高在高三的时候止步在了一米八八，没有他父亲那么高。他这个身高和体型在球场以外的地方算得上是完美，但在球场上就有点不够，故此他只能靠技术和爆发力取胜。

段凯峰的父亲很失望，因为他一直指望段凯峰能蹿到两米，然后当个小前锋或者中锋，但段凯峰现在只能当个控球后卫。

段凯峰自己倒觉得挺庆幸，他不想长成他的父亲满意的那个样子，他和爷爷都觉得他现在这样很好。

大一学期末的那场比赛，他在一次对抗中伤到了左脚的脚踝，倒地的那一瞬间他真的觉得很疼，疼得全身冒汗，但随之而来的，却是一种释然。他终于可以休息一下了。

脚踝的伤可轻可重，为了让他得到最好的治疗，他的父亲联系了美国的医生，把他送到了美国养伤。

只是依旧是他一个人，因为父亲的工作还是很忙，而母亲……段煜其的年纪太小了，离不开母亲，所以他的母亲会一个月来看他一次，带着段煜其一起。

段凯峰在做完手术后的第二个月就可以拆石膏了，但是脚踝的伤势需要精心观察，所以后面的几个月他一直都在美国的家里进行康复训练。他有时候觉得，自己应该知足，虽然他的父母人不在他身边，但他们高薪聘请的康复师和保姆却一直在照料他的生活起居。他衣食无忧，实在不应该这样无病呻吟。

他的社交软件账号不知道被谁泄露了出去，有段时间一直陆续有不认识的人试图加他好友。他以前从来不加陌生人，但康复的日子实在是太无聊，所以在那个星期里他通过了很多人的添加请求，只是他从来都没回复过别人的消息。

他不喜欢和别人有过多的交流，聊天软件上那些代表着新消息进来的红色数字会让他莫名觉得恐慌，所以他会习惯性地屏蔽所有人的消息，等到他想起来的时候再集中处理。

一个星期之后，他关闭了通过搜索他的手机号以及群聊等可以添加到他的好友的方式，世界清静了不少。前面添加的"新朋友"他也没清理，因为觉得麻烦，就任其躺在了好友列表里。

那些人没得到他的回应，渐渐就不发消息给他了。

只有一个人一直锲而不舍地发消息给他。那个人的账号头像是一双大长腿穿着一双高跟鞋，一看就很符合他们的品位。开场也很直白，一上来就说他打篮球的样子很帅，自己是他的球迷。很没新意的开场，夹杂在一堆慰问的消息当中，很快就被淹没。

作为一名体育生，他对于球迷的喜欢并不陌生。他的那些队友，中学时期便开始谈恋爱的大有人在，因为打球的时候真的很容易吸引到迷妹。那些女孩子往往在了解他们的真实性格之前就一股脑地扎进了自己想象出来的光芒中，赋予了他们这类群体某些实际上并不存在的优秀品质，在得知他们的本性之后，又苦于幻想破灭继而分道扬镳。所以对他们来说，分分合合便成了家常便饭。

只是段凯峰自己并没有真正尝试过。从小他接触得最多的女性就是他的表姐，一个给他留下了深刻心理阴影的人，所以他根本就体会不到女孩子的可爱之处。

在他读高中的时候，教练和父亲对他寄予厚望，他没有进体校走选拔道路进 CBA（中国男子篮球联赛）一直是他父亲的一大遗憾，但他的父亲仍然寄希望于他能考进一所厉害的大学打 CUBA，所以那时候简直是严防死守一切能让他分心的人或事。直到上了大学，他才得到一丝喘息之机。

可惜，他还没找个人动下心思，就受伤了。

真正开始留意到那个人，是两个星期之后。她发过来的消息霸占了他好友列表的第一位，点进对话框之后，他才发现她这些天给他发了不少消息，每天晨昏定省一样向他问安，尽管由于时差他们的早晚完全相反。

他以为这是她引起他注意的伎俩，也没有特地去纠正她。他不回消息这件事对她来讲根本就没有任何影响，他从没见过像她这样沉得住气，情绪又稳定的人。

渐渐地，他的好友列表里只剩下她一个陌生人会给他发消息，每天鼓着劲地想引起他的注意。

在得不到他的回应后，她开始给他唱歌了。各种歌她都能唱，巧合的是，她唱的每一首歌都是他喜欢的。

可能人有的时候真的讲究个机缘吧，他承认，她靠耐力取胜了，在那批他脑子一热全都同意好友申请的账号里，只有她坚持到了最后。

有时候他会故意在朋友圈分享几首听起来难度很高的歌，第二天，他就能收获一首她录好的歌发过来，也不知道是用什么软件录的，唱得怪好听的。

事情的转机发生了。某天她发过来一段自弹自唱的视频，以前她都只是发音频，这次破天荒地录了一段视频发过来，镜头对准钢琴的键盘和她自己的手。

他将那段视频看了又看，终于在某一个节点按下了暂停，画面定格在她的小指上，第一个指节是弯曲的，像是天生有点畸形。

眼前突然浮现出一张满是泪痕，眼睛肿得看不清面容的脸。女孩子背着一个老旧的琴盒将手伸到他的面前，语气中满是倔强："喏，你看，小指头，是弯的。"

那时夜色浓重，他就着音乐厅透出来的微弱亮光仔仔细细地看了一眼，得出一个结论："很有特点。"

"谢谢，"她得到了安慰，又礼尚往来般地说了一句，"你现在的年纪还小，还能再长高，就算长不高，一米八三也足够了。"

"……"这段回忆从他的脑海中一闪而过，反应过来时他的手已经打出了一个问号发给了对方。

现在想起来就感到非常后悔，从他对她产生兴趣的那一刻起，他就再不是占据了主动权的那一方。

或者说，在这段短暂的网聊关系里，他从来没有占据过主动权。她渐渐侵入了他的生活，而他在看不到头的康复时光里很奇妙地有了某种不该有的期盼，每一天的午后，他都会拿起手机，看她有没有发消息过来。他将此前加的那一批人——删除，只留了她一个。

有的时候她很准时，有的时候会晚一点，要是某一天她一整天都没发消息过来，她还会向他解释今天是因为什么耽搁了。可他根本就没向她表现出任何焦急的信息，他一面觉得，她可真是自作多情，一面又觉得被人这样哄着的滋味也还不错。

他忍不住在心里勾勒她的形象。她能记住他说过的每一句看似不经意的话——她应该是个很细心的人。她的声音很好听，歌唱得很好，会弹钢琴，学习能力很强，虽然每次给他唱歌时用的都是不同的声音，但他莫名就能分辨出哪种声线是她原本的声线。而且她的普通话和英文发音都很标准，她还会一点日语，所以她应该是学音乐的学生。

这个猜测在一次偶然的机会中得到了证实。

三月份，他的康复进行到了尾声，母亲带着段煜其来看他。

他不知道是不是所有小孩子都对手机特别感兴趣，反正他的弟弟段煜其还很小的时候就喜欢伸手对着母亲的手机屏幕胡乱划拉。懂事一点之后，母亲会严格限制他使用手机等电子产品的时间，密码通通不告诉他，等他表现得好才会给予奖励。

段煜其大部分时间都会遵守规矩，但小孩子的自制力毕竟有限，和他待在一起时老爱拿着他的手机打游戏，他的手机里也没什么见不得人的秘密，段煜其拿着玩他也就允许了。

段凯峰去做日常检查回来，看见段煜其还捧着他的手机不放，想起他母亲的叮嘱，便走过去想把手机拿回来。手机瞥见屏幕，却发现段煜其不小心打开了微信，给最顶上的对话框拨了个语音出去。现在是……接通状态。

也许是段凯峰沉默的时间有点长，段煜其很乖地没有出声，把手机扔进他的怀里就跑出了房间。

窗户外是湛蓝的天空，太阳笼罩在薄云中，段凯峰看了眼手机，现在的时间是下午一点钟，电话对面应该是凌晨一点。

通话还在继续，对面的人应该是睡迷糊了，被扰了清梦，压抑着怒气在吐槽："我早上八点的钢琴课啊，大姐！你这么早打电话给我有事吗？"

这是她真实的，没有经过伪装的声音。

段凯峰没说话，对面也没挂电话，只是呼吸渐渐悠长。他听了几分钟，对面又响起一阵窸窣声，她打了个呵欠，郁闷地说道："不想去上课，干脆请假好了……"

所以她真的是学音乐的学生，只是不知道是不是他们学校音乐学院的同学。但是……

"请假不去上课是不是不好？"段凯峰轻声问。

"我也不想请假啊，但是那个老师……"她只说了一半便发出了倒吸一口凉气的声音，接着电话马上被挂断了。

他后知后觉地反应过来，她应该是把他当成了别人，才会不小心说出暴露自己信息的话。

微信发过来一条新消息，是她发的："我刚刚讲的都是梦话，你别当真。"

他不知道是她很傻，还是她觉得他傻。

"嗯。"他只能这样回复。

段凯峰其实很想问问她到底是谁，但他又觉得现在还不到时候，等他确定了回国日期之后再问或许比较好。

可是，突然有一天，她就消失了。毫无征兆地就消失了。

她不再给他发消息，也不再给他唱歌。他在她消失后的第三天，头一次主动给她发了消息，可他等了一夜也没等来她的回复。他后来甚至还主动给她打过语音电话，她没有接听。

她完完全全地，像是将那个账号弃用了一般，消失在了他的生活中。

那段日子仿佛就像一场梦，他就像希腊神话里人面兽身的丑陋的牧神，在午后的睡眠时光里亵渎了仙女，梦醒以后，她就不见了。

她为什么不见了？是觉得他太无聊了吗？还是换个目标去攻略了？她应该知道他是谁吧？她是怎么知道他的社交账号的？她是他们隔壁音乐学院的吗？

他有满腹的疑问没处说，时间久了甚至陷入了自我怀疑之中。如果不是有聊天记录在，他会怀疑她是不是根本就没有出现过，一切都只是他做的一场梦。

这段经历被他珍藏到了内心深处，他在回国的飞机上，还在期盼着在未来的某一天，或许她会重新出现在他身边。

第十章

摩羯座

　　把这样一个连长相都不知道的人放在心里，他大概真的挺不正常的。但他从小就不是一个正常的孩子，所以在感情方面另走蹊径其实也算不上什么大事。

　　段凯峰身边的队友都觉得他是个异类，生活中只有篮球，其他事物皆不入心，并且暗自为他感到可惜。只是，他们更多地是带着某种"伤仲永"的意味。

　　——段凯峰的起点这么高，没进体校真的可惜了。

　　——居然伤到了脚踝，弹跳力和爆发力也不知道能不能恢复到以前的水准，真的可惜了。

　　——我要是有他那么好的训练条件，高中就去美国考大学了，打NCAA（北美大学体育联盟）不香吗？现在顶多只能打个CUBA，以后还不一定能打上CBA，可惜了……

　　其实，真的没什么好可惜的，段凯峰的爷爷非常信命，自从他受伤以后，爷爷怕他走上他父亲的老路，所以经常会打电话安慰他，要他看开点，甚至电话里还带着掩饰不住的喜悦，像是在提前恭喜他终于能拥有正常人的生活，不用再每天重复枯燥的训练。他的爷爷还总是旁敲侧击地要他趁这个机会谈一次恋爱。

　　在期末考试的考场遇上易礼诗，段凯峰也觉得，这大概真的是某种宿命。他没费力去找过她，是命运将她带回了他的身边。

易礼诗跟段凯峰想象中的样子差不多，清淡中带着疏离，打扮得很清冷，跟她在网络上表现出来的性格完全不同。但他一直觉得，她原本的性格就应该是这样的，网络对面的那个人虽然很甜，但那都是她装出来的。

她和他一个学校，不知道是学姐还是老师？

哪一种可能都让他产生了某种可以说是"心花怒放"的情绪，他忍不住有些感到得意，原来她真的和他一个学校，那她一开始说是自己的"球迷"，应该是实话。

太好了……

可是，易礼诗装作不认识他的态度让他感到迷惑，他想，她大概是不愿意承认她为了追他曾经把自己摆在很卑微的位置过，毕竟她在社交软件上塑造的"易礼诗"的形象非常正面，仿佛在她的生活中看不到烦恼，但他知道她或许只是不喜欢在社交软件上发牢骚而已。

添加她的微信的那天晚上，他反复翻看她朋友圈的动作让他觉得自己简直是个痴汉，可是他控制不住自己。她现在真实地出现在了他的身边，他没办法视而不见。

他想尽办法接近她，但没人告诉过他，女孩子为什么会这么复杂。他看不懂她的一切行为，他就像自己小时候捉到的蝉一样，被人牵着线，玩弄于股掌之中，只不过对于那些蝉来讲，牵线的人是小时候的他，而对于现在的他来讲，牵线的人是易礼诗。

段凯峰将最后一个球投进篮筐，旁边的陪练看了看手中的数据板，拍了拍他的肩膀："今天有些心不在焉啊，不该丢的球都丢了。"

段凯峰擦了擦额头上渗出来的汗，有些抱歉地道："不好意思。"说着开始弯腰将散落在球场上的球都捡起来投进球篓里。

陪练一边帮他整理一边夸赞道："其实你已经恢复得很好了，今天还投进去一个 logo shot（篮球运动员刚过中场就进行的投篮），手腕的力量有进步。"

"嗯。"段凯峰不急。

陪练:"最近是遇到什么问题了吗?"

"……没有,没什么问题。"段凯峰不喜欢和人聊太私人的话题。

陪练仔细看了看段凯峰的神色,得出了一个结论:"感情问题。"

段凯峰这才抬眼看他:"你怎么知道?"

"我可是过来人,"陪练哈哈大笑了几声,"不过我还真没想到,你这样的大帅哥居然也会有感情上的烦恼。"

天和开局的人生,虽然中途受过大伤,但这也只是典型的蜜糖苦难而已,倘若随便问一个人愿不愿意与段凯峰交换,得到的恐怕大多是肯定的答案。

偏偏这样的人的日子过得跟苦行僧似的,每天不是在球场上就是在去球场的路上,连路两旁的风景都不看一眼。

段凯峰没说话,过了一会儿,他才回答道:"没有,她没有想要和我在一起。"

陪练本来以为这个话题已经揭过去了,没想到段凯峰还能回答,看来内心的确挺纠结的:"你确定她认识你?不会是你一个人在暗恋别人吧?"他给段凯峰当了这么久的陪练,深刻地感受过他推一步走一步的性格,有些话如果不是使劲儿地追问,他能在心里闷死都不说出来。

"当然认识。"段凯峰短促地笑了一声。

将最后一个球收进筐内,陪练拍了拍手:"那应该是她有喜欢的人,或者有男朋友了吧?"

见段凯峰在原地愣住,陪练又安慰他道:"有男朋友也没关系嘛,公平竞争,谁能争得过你?"

段凯峰摇摇头,没再继续这个话题。

两个人一起往更衣室走。

"对了,这个月底你是不是有个活动要参加?"陪练问。

段凯峰点点头,是一个 NBA 球星的中国行,有一站在本市,主办方设计了挺多互动环节,不仅请来了球员们最爱的女明星过来同台,还找了一批路人王（指实力强劲的非职业选手）球员和他们这些在校生跟那个球星打打友谊赛，被对方的团队血虐一下。

"加油，好好表现！"陪练鼓励他。

"谢谢。"段凯峰冷淡地笑了笑，"就过去打打酱油吧，顺便帮同学们要几个签名。"

两个人走到更衣室门口分道扬镳，段凯峰去更衣室将队服换下来，洗了个澡，抬腕一看，九点钟。他换回自己的衣服，出了体育馆。

夏天热辣的暑气还没消，外面闷得跟蒸笼一样，蒸得人的周身都像裹着一层东西，黏黏腻腻的不舒服。他走到自己的车旁，站了一会儿，没上车，直接往音乐学院走去。

音乐学院后面那个教师小区的巷子太窄，车开不进去，他习惯走路。

前面有一对学生情侣手牵着手一起走着，讨论着兼职结束之后要回家待几天，言语里透露着一股不舍，为即将到来的异地恋而烦恼。

说着说着又扯到了房租的问题，女生说："回去一个月，房子在那里空着，还要交房租，真不划算。"

男生也跟着附和道："不知道能不能跟房东商量一下，减免一个月的租金。"

"那肯定不行啊，你是房东你愿意吗？"

"也是……"

"要不是为了和你住一起，谁愿意出来住啊！"女生开始小声抱怨着，"研究生宿舍的条件也不错，四人间，还有空调，还便宜，唉……"

段凯峰停下了脚步。

路灯在繁茂的大树上投下暖黄色的光，在地面上投射出大片的阴影，他的眼前嗡嗡飞舞着一团一团的草蛉，同样嗡嗡作响的还有他的脑子。

易礼诗一开始为什么不愿意承认那个人是她？装不下去以后为什么又要让他把那件事忘了？

段凯峰不是一个迟钝的人，即使他在感情上开窍比较晚，他也能感受到易礼诗对他是有些在意的。可是，就算是这样，她也丝毫不愿意和他开展一段正常的关系。

明明打工那么辛苦，她还是在外面租房子住。她的一切行为在这一刻好像都有了动机。或许真的如陪练所说，她有男朋友了。

段凯峰其实有想过或许因为她喜欢上了别人，但他从来没想过她是不是有男朋友，正处于一段稳定的恋爱关系中，所以才会一而再、再而三地推开他。

这个认知让他感到十分沮丧，更让人沮丧的是，他竟然一点都不怪她，他只怪自己在她最热情的时候太骄傲，总是不回应她，让她失去了耐心，不再喜欢自己了。

接下来的几天，他都没有找过易礼诗。

即使在家里，明明知道她就在楼下琴房，段凯峰也没有刻意跑到她面前，正如那天早上以后她再没给他发过任何消息一样。

易礼诗没有给他任何可以继续下去的信号，虽然他还是很想接近她，她的每一寸地方都让他爱不释手，他整个人都只想长在她身上。但从小他就是一个不愿意给别人添麻烦的人，易礼诗好像觉得他现在这样给她带来了困扰。他不想……成为她的困扰。

在打定主意要毫无负担地和段凯峰维持比朋友更近一步的关系之后，易礼诗已经快一个星期没见到他了。微信上也没有只言片语。说不出来是什么感觉，她只觉得自己有点自作多情，人家根本没把她当回事吧，她还脑子一热怕他太过投入。唉！男孩子啊，果然是天生薄情！

难得的周末，易礼诗没有任何兼职，温敏一个电话打过来约她逛街。正好，她要去问问温敏到底怎么会弄错了谭子毅的微信号。

易礼诗在星巴克点了杯焦糖玛奇朵，温敏点了杯冰美式，两个人凑在一起就开始叽叽喳喳。

"不可能啊！"温敏不敢相信，"我男朋友特地去问的谭子毅同宿舍的人，怎么可能会搞错呢？"

易礼诗一脸严肃地道："事实证明就是搞错了。"

温敏拿起手机："段凯峰好像和谭子毅是住一个宿舍，我找我男朋

友问问到底怎么回事。"

易礼诗一把按住她："别，别问了，这事到此为止。"

"怎么可能到此为止！"温敏有点激动，声音一下子变得有点大，引起旁人的侧目，她赶紧又降低了音量，凑到易礼诗面前说道："段凯峰啊！你知道舞蹈系的本科生妹子有多为他疯狂吗？你这是走了什么狗屎运？"

易礼诗也觉得自己走了狗屎运，但此时的重点被温敏带得有些歪："为什么是舞蹈系的妹子？"

温敏喝下一大口咖啡，朝她翻了个白眼："你又不是不知道我们艺体生之间复杂的关系，音乐表演和音乐教育，运动训练和体育教育，联谊都讲究个门当户对呢，我男朋友说，他们院里运动训练专业的帅哥们从来都只和舞蹈表演专业的美女们联谊。幸好我下手早，高中的时候就把我男朋友给拴住了。"

温敏说的这种情况在音乐学院的确存在，音乐表演专业的学生基础扎实，家境富裕，多的是从小学琴的童子功，音乐教育专业的学生多数是半路出家，为了能考上大学选择了艺考这条路，在专业上自然是天差地别，音乐表演和音乐教育有时候公共课会安排到一起。

而舞蹈表演专业的学生自成一个群体，跟他们这两波人都不沾边，上课也上不到一起去，所以易礼诗平时跟他们没有任何交集。

易礼诗和温敏本科都是音乐教育专业的，只不过易礼诗在声乐系，而温敏在管乐系。温敏是学长笛的，保研保三年的学科硕士，完全不用为论文发愁，整天和她男朋友秀恩爱，简直幸福到飞起。

"不过说真的，你和段凯峰能……"温敏朝易礼诗猥琐地一挤眼睛，"我对你佩服得五体投地。"

易礼诗将咖啡上的奶油一口一口挑着吃了，然后叹了长长的一口气："敏敏啊，你不懂，我很纠结。"

温敏："便宜都被你占了，你纠结什么？"

"要真这么简单就好了。"易礼诗又开始细数她下学期的学习计划，温敏直接懒得听，"你听听你这话，你看看你这态度，是不是跟你讨厌的谭子毅一模一样？他当初不也是这样拒绝你的？"

听起来好有道理，竟然有些无法反驳。

"可能人到最后都会变成自己讨厌的样子吧……"易礼诗有些泄气。

温敏趁热打铁："既然你也讨厌这样，那你就不能随自己的心意来吗？"

"万一事情败露了你负责啊？"易礼诗才不上当，"我跟你讲，事情发展到这个地步，就是因为你一开始就把谭子毅的微信号弄错了。"

"行行，合着你就适合和谭子毅那种浪子凑到一起，没帮你把他的微信号弄明白，我真对不起你，"温敏继续怼她，"要不我让我男朋友再帮你问问？"

"你要想秀恩爱你就直接秀好吧！别半句话不离你男朋友。"易礼诗很鄙视她。

"但是，你们两个在网上聊了那么久，你就完全没发现他不是谭子毅吗？"温敏觉得很奇怪。

"如果不是事先知道对面换了人，应该没人会往那方面想吧？朋友圈都是篮球相关的新闻，连一张照片都没有，不过，回过头来想，奇怪的地方的确有很多，"易礼诗说，"比如我白天发的消息，他总是晚上才回复，我那时以为他在拿乔，故意晾着我，也没想过是有时差。"

温敏："没听过声音吗？"

"没有，都是发文字。"说到这里，易礼诗突然想起了一件事，"他有一次发语音过来，大早上的，我以为是你，就接了。"

那段时间温敏和她的男朋友换了个蝙蝠侠和猫女的情侣头像，温敏的头像是蝙蝠侠，她男朋友的头像是猫女。那天易礼诗睡得迷迷糊糊的也没看清楚，见到是蝙蝠侠就接了，也没听出来段凯峰的声音和谭子毅有什么区别，光顾着惊吓了。

两个人就着这个话题聊了几句，又凑到一起商量对策。

"他这几天都没出现吗？"温敏问。

易礼诗："对啊，所以我还在怀疑他是不是对我不感兴趣了呢？毕

竟那天之后就他消失了。"

"他是什么星座？"温敏对星座很有研究，她自己是白羊座，并以白羊座出过巴赫和海顿两位音乐巨匠为荣，在搞不懂人物行为的时候，她通常会借助星座来作为辅助参考。

易礼诗不知道段凯峰是什么星座，但段凯峰的球员档案上有他的出生日期，温敏算了算日子，摇摇头，说道："摩羯座，你完了，这个星座的人憋死也不会先找你的。"

"那就算了呗，"易礼诗惯会知难而退，"反正暑假过完也要断，早断早轻松。"

"有一个办法可以判断他对你还感不感兴趣。"温敏说。

易礼诗跟温敏吃过晚饭之后才分开，她坐着一路公交车慢悠悠地回了学校，下车的时候，想起了温敏出的馊主意，在公交站台掏出手机打开了微信。她和段凯峰的对话就只有寥寥几条，点开都不用往上滑就能看到从加了好友起的全部聊天记录。

易礼诗犹豫了一下，在对话框中输入了一句"你在哪儿"，然后眼睛一闭，发了过去。

大概等了半分钟的样子，段凯峰的消息就回过来了："在训练。"

紧接着又一条："你要来看吗？"

易礼诗回复："好。"

她起身往体院的体育馆走去，一路上回想起了温敏下午在星巴克跟她说的那番话。

温敏："你待会儿发微信问他在哪儿，如果他不回，那你们从此可以不用再联系了。摩羯座的人不想回的消息永远都不会回，不过，他要是回你了……"

易礼诗："要是回我了怎么样？"

温敏："相信我，他已经等你找他等得快要内伤吐血了。"

第十一章
更衣室

易礼诗没去过体院的体育馆,所以路上花了一点时间。顶着夜空中稀疏的星星,她拿着手机看着段凯峰给她发的定位,在地形有些复杂的体育馆内终于找到了篮球训练场。远远地,她听见场馆里面不停地传来篮球"咚咚"拍击地板的声音和球员跑动时球鞋摩擦地面的声音,还有进球的声音,很好听。篮球入筐擦过篮网时"唰"的那一声,在空旷的球场回荡,是个空心球。这些声音都是属于段凯峰的。

易礼诗在球员通道那里站了很久,有些不敢进去。今天逛街她特地穿了一身连衣裙配小高跟鞋,妆也化了个全套。没想过要见段凯峰,只是美女逛街时总是会打扮得隆重一点。好像有点太隆重了,见他的话显得有些刻意。

球员通道的消防柜光滑得像镜子一样,映出她有些紧张的面容。她凑近一看,大夏天的有些浮粉,幸好包里带了粉饼和口红,可以补一下妆。

"幸好"这个词不小心泄露了她的真实想法,她又仔细照了照镜子,最近她的身材保持得还不错。这是她这段时间以来天天做天鹅臂、天鹅腿和帕梅拉的效果,大概她在潜意识里一直期待着把他拐到手的这天,所以从监考结束的那天晚上起,她就捡起了很久都没练过的美丽芭蕾。她有些羞赧,却又庆幸这里除她以外没别人。

补妆完毕，她将粉饼和口红收好，然后放轻脚步，从球员通道走出来。球场的灯光很亮，照得她的眼睛都眯起来，她在球场边停下了脚步，没有进去。

球场上只有段凯峰一个人，他穿着学校的队服，一件很简单的黑色T恤，背后印着他的名字。

易礼诗刚一出现段凯峰就发现了，他将手上的球扔进篮筐，这次不是空心球了，是从篮板上弹进去的，因为进球的声音没有刚刚那么好听。

篮球滚出界的时候，段凯峰已经走到她面前，脸上、身上都是汗，可能因为他有点洁癖，所以不难闻，甚至有一丝若有似无的柚子味钻进她的鼻子里。他好像很喜欢柚子味的东西。他的发根被汗水打湿，显得发色更加漆黑，面容也更加英俊。即使今天穿了个小高跟，易礼诗比起他身高还是差了一大截，需要仰头看他。

段凯峰静静地看了她一会儿，喉头滚动了一下。

"你今天……"段凯峰突然移开了视线，嗓音干涩，"去约会了吗？"

"啊，"她的确是和温敏约会去了，所以点点头，"对啊。"

"很漂亮。"段凯峰真心地夸赞了一句，她从来没有为他这样打扮过。

不知道为什么，易礼诗觉得他很不高兴，一声礼貌性的"谢谢"卡在嗓子里，没说出口。

"你训练完了吗？"易礼诗问。

"嗯，你等我一下。"段凯峰说完便转身去收拾地上的球，忙活完才重新走到她面前，看着她淡淡地说道，"走吧。"

易礼诗点点头，没问去哪里。

段凯峰走在前面，身高腿长的，步子跨得很大，但走得很慢。暑假时的体育馆灯没全开，经过一个还有人训练的室内足球场之后，有一道走廊没开灯，显得黑黢黢的。他回头看了她一眼，将垂下的掌心慢慢摊开。不明显，像是在等着她自己发现。

高跟鞋走动的声音急促起来，易礼诗上前几步，将手塞进他的掌心，脸有些热。

段凯峰刚刚打过球，其实手不算干净，掌心的厚茧在握紧她的瞬间磨得她的手有点疼，不过她疼或许不是因为那些练球练出来的厚茧，而是因为他握得很用力。

"凯峰。"黑暗的走廊里，易礼诗轻轻叫了他一声。

段凯峰："嗯。"

"我今天是在和女孩子约会。"易礼诗也不知道为什么要解释这一句，但刚刚他好像是因为听到了"约会"这个词而不高兴。

过了半天，段凯峰才回了一句："知道了……"

嗯？好像有点冷淡。是她又自作多情了吗？

正胡思乱想着，段凯峰将她带到了更衣室，将门推开。迎面扑过来一阵冷气，她打了一个寒战，跟着他走进去。她凝望着段凯峰宽阔的背影，猝不及防地和回过头来的段凯峰对上视线。

"你终于有空找我了吗？"段凯峰闷闷地凑过来，将她身后的门关上。

易礼诗不知道该怎么回答，难道不是他自己玩消失的吗？

背后靠着的铁门被空调吹得有些冰冷，他看着易礼诗的胳膊上冒起来的鸡皮疙瘩，忽然叹了一口气，问她："是不是很冷？"

"有点，你怎么了？"易礼诗抬头盯着他的眼睛。

段凯峰却不太想与易礼诗对视，匆匆看了她一眼就垂下头，似乎心里在挣扎。

"没事。"段凯峰这样说着，伸手将她拉进了怀里。两个人掉个个儿，靠着门的人成了他，而她像拥着一团热源，已经暖和过来了。

后脑勺被段凯峰托起，他闭着眼睛吻过来。明明也才一个星期没见面，怎么会那么想念？易礼诗恍若陷入了一场限定了结束日期的热恋，怀抱间甚至充满了对时间流逝的怨恨。

"我去洗澡。"松开的时候，段凯峰转身走向自己的储物柜，扯着领口将身上的 T 恤脱下来。

高中的时候，偶尔会路过篮球场，那时易礼诗就觉得，男生揪着领口脱衣服的姿势很帅。

　　段凯峰也是这样，一只手扯着自己的 T 恤领口，脊背微弓，轻松地就将衣服给扯了下来，他的肤色是漂亮的小麦色，肩膀很宽阔，常年锻炼的肌肉纹理在灯光下显得更加生动。

　　更衣室的温度很低，段凯峰从自己的柜子里拿出一件干净的 T 恤铺在椅子上，对易礼诗说道："这些椅子不知道有没有被人踩过，你把我的衣服垫着坐就行。"

　　他们队里有几个男生不太讲究，换衣服的时候会把脏鞋、脏袜子乱扔，激动的时候甚至会一脚踩在椅子上。

　　易礼诗愣愣地走过去坐好，段凯峰没再管她，拿着衣服去了淋浴室。水声渐渐沥沥地传出来，她摸了摸脸，眼角瞥到那件被她坐到身下的段凯峰的 T 恤，总觉得有些坐立不安。倒不是因为这件衣服的价格至少是四位数起，而是他这样的举动，实在是体贴得让人无法不在意。心脏像过电一样抽动，有些思绪已经快要压抑不住了。

　　易礼诗定了定神，拿起手机站了起来。

　　淋浴室的水声停了，段凯峰穿好衣服走出来时，看到的便是易礼诗来回踱步、一脸焦躁的场景。

　　段凯峰的头发没擦，水珠顺着脸颊滑进搭在肩膀上的毛巾里，原本就没有笑容的一张脸上的情绪又显而易见地低落了几分。

　　"你急着走？"段凯峰哑着嗓音问。

　　"没有，"易礼诗倒没急着走，但眼下也没办法向他解释自己为什么感到不安，只好坐回他的衣服上，随口说道，"我就是怕，万一有人进来，被人看到了不好，毕竟这里是……你们的更衣室。"

　　"这个点不会有别人来。"段凯峰低声说道。

　　"哦……"易礼诗点点头，没再说别的。

　　段凯峰今天情绪的确很不对劲，易礼诗从一开始就感觉到了，这会儿两个人在亮得晃眼的白炽灯下，气氛紧张得无所遁形。

　　段凯峰突然深吸了一口气，像是做了什么决定，慢慢地走到易礼诗的面前，蹲下来看着她，犹豫着问道："你就……那么喜欢他？"

——你就……那么喜欢他？喜欢谁？谭子毅吗？段凯峰知道什么了？

易礼诗双目瞪圆，吃惊得跳起来，却在半途被他拉住双手，按回了座位上。她迫不得已看向他，一时之间说不出话来。

温敏说，段凯峰和谭子毅是室友，当初微信号为什么会弄错？是他们两个联合起来在耍她吗？所以谭子毅一直知情，而她才是那个傻瓜吗？

易礼诗的手抖得厉害，她也根本没感觉到，段凯峰其实没使劲，只是将手覆在她的手背上而已。她好像紧张得快要哭了，眼神里还夹杂着一丝委屈。

"你很害怕吗？"段凯峰将她的手牵到唇边吻了一下。易礼诗咬着牙瞪着他，似乎有些抗拒。

段凯峰自嘲地笑了笑，将易礼诗试图收回去的手牵得更紧："害怕的话，就把你男朋友甩了，和我在一起啊，这样就……光明正大了吗？"

为什么喜欢一个人会这么难过呢？段凯峰不明白。该觉得委屈的人难道不是他吗？他只是她偶尔想起来的消遣而已，有什么资格问她男朋友的事情？可是他真的忍不了了，即使是自取其辱，有些话他也想要问出口。

易礼诗的表情突然变得迷茫起来，她偏着头，表情奇怪地盯着他，然后问道："你在说谁啊？我没有男朋友啊。"

他们刚刚难道一直在跨服聊天？他指的人不是谭子毅？

段凯峰也愣住了，他伸手覆上易礼诗并拢在一起的膝盖，呆呆地重复了一句："你没有……男朋友？"他的头发还是湿的，发梢有水珠落在他的脸上，仔细看他的眼角还有点红，那里面盛满了由于听到她那句话而产生的喜悦以及……占有欲。

易礼诗接着问道："所以你今天晚上不高兴是因为这个吗？"

"嗯。"段凯峰这次回答得很坦诚。

这个插曲来得太突然，事情说开了之后易礼诗长舒了一口气，一直悬着的一颗心也落回了实处。她的确是被吓到了，低着头，噘起了嘴。她有点生气，生自己的气。她的手心被段凯峰轻轻地挠了一下，他还在等着她说点什么。

易礼诗在他湿漉漉的眼神中败下阵来，伸手摸了摸他舒展的眉骨，然后倾身凑到他面前亲了亲他的眼睛："你为什么会觉得我有男朋友？"

"因为你……"段凯峰停顿了一下，"很奇怪啊。"

易礼诗当然知道自己很奇怪，但原因却没办法向他说明。或许是看到她的表情渐渐变得严肃起来，段凯峰有些无措地垂下眼眸，轻声道："对不起……是我误会你了。"

"你不需要跟我说对不起，"段凯峰头上的水珠还在往下掉，她捏住他肩头的毛巾细心地将他发尾上的水珠一点一点地吸干，"我和你现在做的事情的确比较容易让人产生误会，我知道我很奇怪，但是，这种事我还真的做不来。"

毛巾擦过段凯峰的脸，他不自觉地去蹭她的手，她用双手捧起他的脸，又多此一举地解释了一句："当然，不是我不想，而是真的力不从心。"

"最后一句话你可以不用告诉我的。"段凯峰终于高兴起来，伸出手将她环住。

依旧是段凯峰送她回去，到楼下的时候，他突然问道："三十一号你有空吗？"

七月三十一号？考级的日子。

那天易礼诗的确有空，毕竟考级的小朋友不需要她带队，都是由家长送到考级地点。段煜其也是那天考级，到时候由杨晗送去考试，告诉她考试结果就行。

"那天你有什么事吗？"易礼诗问。

段凯峰低着头，犹豫了一下，说了一个 NBA 球星的名字，问易礼诗："你知道他吗？"

易礼诗当然知道，自从她决定第二个男朋友要找个体育生之后，她恶补了很多体育知识，这个球星她还挺喜欢的，因为他是球星里难得的优质偶像。

段凯峰说："那天他会来市体育馆，我也会……会去打一下酱油，你愿意去看看吗？"

其实不应该像这样如同真正的男女朋友一样频繁联系的，但他眼里流露出的忐忑与紧张却让她莫名心动——他好像真的很期待她能答应。

"好啊。"易礼诗笑道。

"还有，可以拜托你一件事吗？"段凯峰轻声问。

易礼诗："什么？"

段凯峰："下次，不要再让我等一个星期了。"

易礼诗："……嗯。"

第十二章
不搭

炎炎夏日，市体育馆外排着长长的队伍，来自全国各地的球迷似乎都汇聚到了这里。易礼诗在市体育馆见到了她这辈子见过的最多的帅哥，几乎个个都脚踩 AJ（AIR JORDAN 系列球鞋），身穿球衣。有些帅哥背着个背包，看起来风尘仆仆的，应该是从别的城市赶过来的。

当然，也有一部分宅男，是冲着主办方请的女明星过来的。

市体育馆很大，拥有一个可以容纳一万多人的主场馆以及文化中心、俱乐部、电影院等休闲娱乐场所，自建成以来承办过不少来自世界各地的文艺活动，隔三岔五地就会有明星过来开演唱会。

但易礼诗从来没看过演唱会，因为舍不得门票钱。都说演唱会门票是一看价格觉得超贵，去了现场就会觉得超值的东西，但至今她还没为哪个明星花过这么多钱，因为她还处于恩格尔系数过高的阶段，在音乐软件上买正版的数字专辑支持自己喜欢的歌手，就已经是她表达喜爱的最佳方式了。

易礼诗拿着段凯峰给的入场券顺利入场后，给他发了条微信。

段凯峰出来得很快，他今天穿了件灰色的 T 恤，看起来像是赞助商统一发的队服，身上挂了一个男士的胸包，膝盖上还戴了护膝，从黑色短裤往下一直延伸到小腿，原本刀刻般的脚踝也被绑上了护具。看到她打量的眼神，他解释道："我待会儿会换球衣，先把你带到座位坐好。"

易礼诗点头跟上去，一直跟着他走到了最靠近球场的区域，她数了数，是第三排，位置可以说是一座难求了。

"你坐哪里？"易礼诗问。

段凯峰在她的身边坐下，指了指最靠前的那排座位："我换上球服以后会坐到那里去。你一个人坐在这里会不会觉得无聊？"

易礼诗摇摇头："不会，我可以拍照发朋友圈，这么好的位置，一定要多拍几张照。"

不知道这句话哪里戳中了段凯峰的笑点，他居然笑了笑，然后注视着球场，小声说道："学姐，谢谢你今天能来。"

"你想让谁来，他们难道还能不来吗？"易礼诗不懂，这么好的炫耀的机会，不论是谁都会愿意过来的吧？她光进来这么一小会儿，就已经想好等下朋友圈要发什么文案了。

段凯峰没回答，安静地在她旁边坐了一会儿，直到球迷都陆续进场了，才伸手将自己的腕表取下来装进包里，接着将胸包和手机一起递给她："你方便帮我保管一下吗？"

保管手机和包包这个举动怎么想都超出了他们现在的关系，特别是他的东西看起来还很贵重，即使他放心交给她，她也保管得不是那么安心。

段凯峰察觉到了易礼诗的犹豫，所以没有出声催促，只是递过来的手一直不肯收回去，有一种她不接他就不走了的架势，易礼诗没办法，只得硬着头皮接过来。

明明段凯峰比她年纪要小，但他站那里真的太有压迫感了，她接过他的手机的时候，手还有点抖。

目的达成，段凯峰看起来高兴了不少，把胸包的拉链拉开，从里面掏出一个小盒子连着包包一起递给她，然后指着她披散下来的头发说道："你待会儿要是感觉热，就把头发扎起来吧！"

段凯峰递给易礼诗的小纸盒是香奈儿的，她等段凯峰走后才打开，盒子里面躺着一个发圈，简单的黑色头绳上缀着一颗大大的珍珠，珍珠上还印着双 C 的标志。

很漂亮。

易礼诗其实很喜欢香奈儿，虽然她只买得起彩妆，但并不妨碍她喜欢这个富家女专用的牌子。她家的条件才堪堪达到小康水平，消费能力还远远够不上这个层次，她母亲仅有的一只路易·威登都已经背了近十年，而她自己到现在还背着普通的包包。

原本打算研究生拿了奖学金之后奖励自己一个价值万元的新包，结果想到毕业后的房租、找工作的时间，自然而然又不舍得了，只剩下不停地赚钱、省钱，再赚钱、省钱，她都快忘了以前在力所能及的范围内无忧无虑地花钱是什么滋味了。

手上这个香奈儿的发圈明显是她消费层次以外的奢侈品，跟她整个人都不搭。她很喜欢，可是不搭。

眼睛突然有点热，她低着头眨了眨眼睛，将那个印着山茶花的纸盒放回了段凯峰的包里。

附近的座位陆续有人坐了下来，坐在易礼诗右边的是一对颜值特别高的情侣，女生长得有点像混血，整副行头可以说是从头发丝精致到了脚指甲，一落座就直接将手里的爱马仕丢在了脚边，是个视金钱如粪土的模样，跟易礼诗不是一个阶层。跟着她一起来的是一个英俊的男生，一双桃花眼微微上扬，帅得很贵气。

他们应该是刚刚就和球星在后台合过影了，那位美女靠在座位上就开始用手机里的美图软件修照片，嘴里还在不停地吐槽："彭沛伦，我求求你了，你能不能把你那拍照技术好好学学，你看看你把我整个人都拍变形了！"

那个叫"彭沛伦"的男生瞟了一眼她的手机，不以为意地道："哪里变形了，明明还是很好看。"

美女不依不饶地道："你把我拍成了一个矮子。"

"白姐姐，"彭沛伦很无奈地安抚道，"你显得矮是因为那个球星太高，人家为了配合你拍照都弯下腰来了，你还想怎么样？"

美女白了彭沛伦一眼，吩咐道："麻烦你，下次给我拍照的时候蹲下来拍，谢谢！"

两个人一直在易礼诗旁边吵吵闹闹，感情却莫名其妙地好。

一直到球迷差不多都入场了，球星才千呼万唤始出来，全场的气氛很火爆。

为了满足中国球迷的需求，主办方安排了不少互动环节，还有球星的个人技巧展示秀。女明星上场，球星休息的时候，他还会偷偷来到场边和球迷互动，前排的球迷们基本上都和他握了手，一个个兴奋得红光满面，捂着胸口尖叫。

易礼诗也很幸运地和球星握了手，或许这种气氛真的会让人变得狂热，她坐回座位上的时候，心脏都在狂跳，盯着自己的手直愣愣地发笑。一抬头看到前面坐着的段凯峰正转头看着她，她一时兴奋，笑着冲他挥了挥手。

段凯峰愣了一下，立刻又将头扭了回去。

他是在害羞还是不想让她和他打招呼？正想着，他却又扭头看了她一眼，她对上他的视线，还未平复的心又开始不听话了。

"咦？"旁边的"白姐姐"突然出声，"那个十九号怎么老是看我？我的天，这是个极品！好帅！彭沛伦，你快看！"

彭沛伦顺着她的目光一看，顿时觉得好笑，凑到她的耳边说道："他没在看你，自恋鬼，他看的是你旁边的那个。"

易礼诗没听到彭沛伦的话，她只觉得身边的这个美女突然对着她一脸的笑容。她有些忐忑不安地跟她打招呼："你好。"

白芸笑呵呵地回应她："你好。"

大抵人在幸福的时候总会希望别人也跟着一起幸福，白芸看到那两个人目光躲闪，明显不敢直视对方的样子，立刻就判断出了他们两个可能刚刚在一起，或者还处在暧昧期。她有心推波助澜一下，于是问道："那个十九号是你的男朋友吗？"

段凯峰穿的十九号球衣，易礼诗没想到白芸会问得这么直白，一下

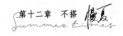

子愣住了。

热闹的场馆里，主持人的声音激动地在她的耳边回响，活动进行到了友谊赛的阶段。球星坐到了教练席上，第一排的球员陆续站起来走到球场中央。段凯峰穿着白色球衣在场中间走动，他不是最高的，但是身材最匀称的。在易礼诗看来，他就是最亮眼的那一个。

"不是，"易礼诗答道，自己都没意识到声音有些苦涩，"那个十九号，不是我男朋友。"

以后也不会是。

球场上的段凯峰似乎是有心灵感应，在一次教练喊暂停的间隙，他抬头看了一眼易礼诗。易礼诗坐在座位上，低着头不知道在想些什么。她头发还是披散着，没有用他给她的发圈。

段凯峰跟着队友一起坐回座位上休息，工作人员递给他一瓶水，他仰头喝光，眼角的余光瞥见球场对面二楼 VIP 室里，一个身材高大的中年男人端着一杯香槟，对他遥遥举了一下杯。

白芸还没回过神来，便听见彭沛伦在旁边说道："那个十九号，段凯峰，我知道他。"

"你知道他？"白芸很惊讶。

"准确地讲，我认识的是他爸爸，段豪，"彭沛伦示意她看球场对面那排有着超大透明落地玻璃的 VIP 室，里面站着一个个西装革履的主办方的高管，"拿香槟的那个，你刚刚在 VIP 室见过他。"

白芸："那个大高个，长得还挺帅，看起来有点严肃的那个？"

白芸每次的关注点都很奇怪，作为绝对的颜控，她对于男性的外貌是一定要品评一番的。彭沛伦见怪不怪地看了白芸一眼，继续说道："段豪，今天这场活动的最大赞助商，在东部地区分公司的掌权人，以前也是个运动员，不过因伤退役了。"

彭沛伦的声音不高不低，易礼诗刚好能听到。

今天最大的赞助商是一个国际一线运动品牌，易礼诗抬头扫视了一圈，几乎全场都贴满了这个运动品牌的巨幅广告，头顶上的环形 LED 屏上，除了球星的近距离脸部特写之外，屏幕下面还滚动播放着品牌 Logo 和广告词。

彭沛伦的声音还在继续传过来："听说段豪之前想把他的大儿子送进体校培养成职业运动员，结果被他家老爷子拦下了，应该说的就是段凯峰。对于段凯峰本人，我只对一件事有印象。前几年一个现役前五的 NBA 球星搞中国行，他在那场友谊赛中盖帽过那个球星。其实盖帽一下也不算什么，友谊赛嘛，大家也没尽全力打，关键是那个球星的态度挺傲慢的，所以段凯峰的做法让大家很解气。那年他还在读高中吧，十七岁……"

一番话听完，白芸才回头看易礼诗，那个女孩的脸色平静，膝盖上除了一个女士包包之外，还抱着一个高奢款男士胸包。作为一个时尚美妆博主，她一眼就能看出来这两个包在价格上的差距。但她也是穷过的，她的母亲带着她这个拖油瓶都能嫁入豪门的事让她觉得，这世界上没有什么是不可跨越的。于是她想了想，鼓励易礼诗道："他喜欢你，这是最重要的。"

易礼诗冲着白芸真诚地笑了笑："谢谢。"

但她和段凯峰真的不可能。早就知道他家很有钱，但作为艺术生，身边有钱的同学也不少，大家同在一个学校，还没有走入社会，看起来差距好像并没有那么不可逾越。如果说此前她还隐隐约约地抱有要不干脆把网聊搞错对象这件事瞒下来，一不做二不休，把他变成她的男朋友这种不知羞耻的想法，那么现在她已经完全没有了这个念头。

其实，易礼诗一直觉得自己心中隐藏着一个一定要谈一场姐弟恋的执念，这个执念源自她最喜欢的音乐家门德尔松。在别的小孩子都把莫扎特、贝多芬作为偶像的时候，她最早接触到的音乐家的名字却是门德尔松。

前面提到过，易礼诗的父亲会一点小提琴，是小时候自学的，跟他的几个发小一起凑钱买了个基础练习琴。他的一个当老师的叔叔给了他几本乐谱，拿到谱子他就开始自己练。

在参加工作之前，易礼诗的父亲拉了八年琴，每年镇上有什么演出，他都会上台去露一手。易礼诗听她的妈妈说，那时候娱乐活动少，他们谈恋爱时一个人拉琴，一个人唱歌，也算是一段佳话。

在易礼诗六岁的时候，她的父亲扔给她几本门德尔松的小提琴练习曲，认认真真地教了她高音谱号的五线谱之后，就放任她在那里自己拉着玩。易礼诗拉琴的姿势和手型都是错的，他也不知道该怎么纠正。

易礼诗的父亲没想过给易礼诗正经找个老师，因为那时候镇上没有专门的小提琴老师，她家那时候的条件也供不起她培养这一高雅爱好，所以后来易礼诗也就没有坚持下去。

只是门德尔松这个名字她一听就觉得很亲切。当然，她喜欢门德尔松不仅仅是因为这个，还因为他是音乐家中少数在极其优渥的家庭中长大的孩子之一。在学习了西方音乐史之后，她更是对他的音乐有了深刻的理解。

想谈一场姐弟恋的想法大概就是从那时候萌生的。只是，门德尔松十七岁时就能写出《仲夏夜之梦》的序曲，而段凯峰——

易礼诗将目光投向球场，那位 NBA 球星已经被人从裁判席上拉到了场上，加入了友谊赛的队伍，但她的目光总能第一时间找到段凯峰的身影，虽然她不懂那些专业的篮球词汇，但她莫名就觉得他的动作很干净利索，没那么多花里胡哨的技巧，就是很好看。

段凯峰十七岁时能在这种场合盖帽当时 NBA 现役前五的球星，优渥的家世给了他十足的底气，他不需要给任何人面子。那她十七岁时在干吗呢？好像在艺考培训学校准备参加艺考，每天早上练声乐，晚上练琴，为了考上一个好大学而努力，而她现在，即将为了顺利毕业和找到一个好工作而努力。

不该，她不该就这样放纵自己沉迷下去的。一场游戏越玩越投入，游戏结束的时候，输家只会是她。

幸好她马上就要回家了，到时候段凯峰见不到她，应该很快会有另外的女孩子出现。他值得……更好的女孩。

放在膝盖上的男士包包和手机都成了烫手山芋，她想马上离开这里，但这些东西她却不得不亲手交回他手里。段凯峰真的……太狡猾了。

旁边的彭沛伦还在耐心地给白芸进行解说，每当白芸看不懂判罚的时候，他都能充当一个专业解说的角色，间或打趣她两句。两人从外形到性格都是互补的神仙眷侣，令易礼诗好生羡慕。

球星见面会的活动接近尾声，白芸和彭沛伦觉得无聊，打算提前离场，临走之前，白芸还冲易礼诗眨了眨眼睛，对她无声地说了一句：加油！彭沛伦觉得搞笑，大庭广众之下亲了白芸的额头一口，然后两个人牵着手扬长而去。

球迷陆续离场，易礼诗坐在原地等段凯峰换好衣服过来。其间陆续收到了来自学生家长的微信，告知今天小朋友考级时表现不错，并顺便感谢了一下她。

段煜其的妈妈也给她发了微信，这让她感到有点意外。对于段煜其来说，她只是个陪练老师，没想到段煜其妈妈会特地发消息感谢她。

段煜其的妈妈还说，希望她以后有时间的话，能继续过来做陪练。

易礼诗很心痛地拒绝了这个建议。

回复完微信收到的消息，易礼诗才发现，段凯峰的手机安静得过分。

等到场内的球迷都走得差不多的时候，段凯峰换回自己的衣服朝她走来，她正准备站起来朝他走过去，有几个年轻的女孩子却在这时拦住了他。隔得太远，她看不清段凯峰的表情，只是遥遥地看到他抬起修长的手臂朝她指了一下，那几个女孩齐刷刷地望向她。

突然被人瞩目的感觉让她如坐针毡，只得低着头装作若无其事地继续玩手机。

微信上最新一条消息来自段煜其的妈妈，乱云密雾中一个认知渐渐浮现在她脑中——段煜其的妈妈，也是……段凯峰的妈妈啊，为什么这么重要的场合，段凯峰的妈妈却没来参加？

第十三章
逃避

　　易礼诗似乎是个很安静的人,她一个人安静地坐在座位上等着段凯峰走过来找她,看到段凯峰被其他女孩子拦住,也没有任何反应,只是低下头玩手机。她对段凯峰没有一点占有欲。

　　段凯峰摆脱了那几个要微信的女孩子,朝易礼诗慢慢走过去。她的头发依旧披散在肩头,半长的头发,发梢带着点微卷,没有扎起来。

　　"学姐。"段凯峰走过去,低低地叫了她一声。

　　易礼诗抬起头,将段凯峰的手机和包交还给他,看了看他平静的脸色,试探着说道:"刚刚没有人找你。"

　　段凯峰看起来丝毫不意外:"我的微信会把所有人都屏蔽。"

　　所有人都屏蔽? 也包括她吗?

　　像是知道易礼诗在想什么,段凯峰又补充了一句:"不包括你。"

　　易礼诗眨了眨眼睛,呆住了。她对男生的了解其实不多,毕竟她从小就没几个男性朋友,唯一交往过的男生是她的前男友,一个心思敏感的理工男,非常不善于表达,而且自恋。

　　跟前男友在一起的时候,他从来没有认真地向她表达过她是特别的,他只会逮着她高考数学成绩三十五分的黑历史来笑话她的智商不够。其实在她那帮艺术生同学中,高考数学三十五分可以说是正常的分数了。她解释过很多次,但他就是不听。她有时候会觉得,这个男生可真搞笑,喜欢用贬低人的方式来试图绑住一个人。

可是段凯峰，他是不同的。他的性格虽然有点别扭，但他实际上比谁都要单纯。他知道自己这样会给人造成困扰吗？他这样让她那些难听的话该怎么说出口？

"你……"易礼诗拖了半天，最终也只能说出一句，"好任性，别人要是想找你怎么办？"

段凯峰不以为意："现在放暑假，别人找我也不是什么要紧事。再说了，真想找到我，他们会打电话的。"他不喜欢有事没事跟别人闲聊。

易礼诗深吸一口气，试图转移话题："你妈妈刚刚发微信给我了，说你弟弟表现不错。他们待会儿会来找你吧？"

段凯峰神色平静地摇摇头："不会，她很少来参加我的活动。"

那你会介意吗？易礼诗很想问段凯峰，但她没有立场问，她只能装作什么都没察觉到的样子，起身准备走。经过段凯峰身边的时候，她的一缕发丝突然被他攥进手里。

"发圈不好看吗？"段凯峰问。

易礼诗故作轻松地回答："好看啊，但跟我这一身打扮不太搭，你知道的，女孩子穿衣服嘛，总要讲究些搭配的。"

"是吗？"段凯峰不怎么相信，但也没有强求她现在就戴上，只是拿着那个盒子递给她，"那你拿回去，等你找到合适的搭配再戴吧。"

"凯峰……"易礼诗叹了一口气，低着头思考着该怎么拒绝。

段凯峰却像是突然想到了什么，挑着眉说道："如果你现在不拿着，我就在这里当众吻你。"他是认真的，易礼诗甚至从他的眼里看到了某种跃跃欲试的期待。

球迷还未完全退场，篮球场上的工作人员还在做收尾工作，他们不能在大庭广众之下太过亲密。易礼诗认命地接过他手里的盒子，装进包里。

"这样行了吧？"易礼诗盯着他。

段凯峰终于笑了一下，然后，他似乎忘记了自己刚刚说过什么，在她清澈的目光中，低下了头。一个吻快速落下来，在她反应过来之前，他已经转过身去，留给她一个偷袭成功的笑。

易礼诗后知后觉地舔了舔嘴唇，走上前几步追上他，想控诉他不守信用，却听见前方有人在叫他的名字。她从段凯峰的身后探头一看，被吓得心跳都停了一瞬。

座位中间的走道上立着几个大高个，正勾肩搭背地朝段凯峰招手。这不是重点，重点是——谭子毅也在那里！

段凯峰走上前几步，忽然停下来，回头想等着易礼诗一起走，却意外地只捕捉到她落荒而逃的背影。抓在手里的手机传来一条消息提醒，他打开一看，是易礼诗发的：“我去下洗手间，等会儿再见。”

愣神的工夫，那边几个同学朝他走了过来，个个都带着一脸揶揄的笑意。

“哎哎，我们可都看见了啊！你在大庭广众之下就亲了那个妹子！”

“就是！都不带过来给我们看下，我们就想看看到底是什么样的人，居然能把你搞定。”

“那个人背影有点眼熟啊！”说话的是期末考试时坐在他身后的毛峰，他一脸惊讶的表情，“你不要告诉我是那天那个监考老师啊！”

段凯峰才想起来这茬儿，回答道：“是她，但她不是老师，是学姐。”

又是一阵此起彼伏的“我的天”，二十岁左右的男生总有发泄不完的精力，虽然他们个个都算是身经百战，但段凯峰却是个很少让女孩子近身的，所以一时之间他们像是看新鲜一样，惊叹之情久久都平复不下来。

“哪个院的？”谭子毅问，“带她过来一起吃个饭呗。”

段凯峰受伤之前，有早训的时候都会住在宿舍，和谭子毅的关系还算不错。

“隔壁音乐学院的。”段凯峰说，“她应该不会愿意一起吃饭。”

“为什么？”

“她还不是我的女朋友。”段凯峰说的“还不是”，那就说明迟早是。

几个人又凑在一起聊了挺久，谈论着暑期参加了哪些比赛。虽然段凯峰很少跟他们混在一起，但他平时待人真诚，行事大方，所以队友都还挺喜欢他。

聊着聊着，易礼诗还没有回来，段凯峰便告别了队友径直去洗手间寻她。

洗手间里挤满了各式各样的美女，个个身材高挑，脸蛋精致，大多是一条超短裤外面套着一件球衣，特别吸人眼球。易礼诗排队都排了半天。

从洗手间出来的时候，易礼诗的心情已经平复了下来。且不说她和谭子毅只见过几次面，对方不一定到现在还记得她，就算记得，加错微信这件事只要她和温敏不说出去，就不会有人知道，也不会露馅。再者，暑假结束的时候，她和段凯峰就会断了这段关系，这件事情会成为他们之间永远的秘密。

只是好可惜，刚刚她差点被段凯峰的那个吻蛊惑，居然痴心妄想要将这段关系更近一步。

洗手间外站着还未散去的球迷，易礼诗穿行有些不便，经过一伙儿男孩身边的时候，他们突然打闹起来。眼角的余光瞥到一个男生背对着她的头支起手肘，她条件反射般地往另外一边偏了一下头，动作幅度有些大，本以为会直接撞上消防栓，可是，意料之中的痛感并没有到来。因为她的头撞进了一个人的掌心。

易礼诗回过头，入目又是一个身材高大的帅哥，皮肤白白的，头发微卷，瞳孔的颜色偏浅，是一副温柔又有亲和力的长相。一下子看到这么多帅哥，今天也算是不虚此行了。

"小心一点。"他说话的声音果然很温柔。

易礼诗道了一声谢，准备继续往前走，却又听见他说道："我见过你。"

"嗯？"易礼诗一脸惊讶的表情，"不会吧？什么时候？"她还没来得及听到他的回答，就听见有人喊了一声她的名字。

易礼诗回头一看，走廊上刚刚还挤在她旁边的那群人早已经打闹着走远。段凯峰站在走廊的尽头，正沉着脸盯着她。他在生气。

易礼诗很快意识到这个事实，匆匆跟那个男生道了一句"再见"就朝着段凯峰走去。

走近了，才发现段凯峰好像一直在看着那个男生，表情有点奇怪。

"凯峰？"她叫了段凯峰一句。

段凯峰收回目光，问她："那个人，你认识吗？"

易礼诗摇摇头："不认识。"

段凯峰没再问什么，搂住她的肩膀就往外走。

易礼诗的肩膀被他抓得有点疼，但只一瞬间，他便松了力道。

易礼诗只当是男生的手劲大，没有多想。

因为眼下有更令她感到头疼的事情。段凯峰搂住她的肩膀之后，好像……忘记了要松开，宽阔的臂弯让她得以在人群中不会受到任何的挤压碰撞，但同时也让她收获了过多的陌生目光。

走廊顶上的窗户投射进来一束束阳光，她盯着那些光柱走神地想到，这好像是他们两个第一次姿势这么亲密地在人群中一起走。应该也是最后一次了。虽然更亲密的事情也做过，但程序一开始就不正确，省去了该有的铺垫，她内心总觉得这不能称为一段"感情"，顶多是一次冲昏了头脑的迷恋，持续不了多久就会消散。

进了消防通道，人才少一点，空旷的楼道只有两个人的脚步声。她没有说话，段凯峰也没有。

一路沉默着走到地下停车场，她正打算动动肩膀提醒段凯峰一下，迎面却驶过来一辆黑色的轿车，车标是大写字母 B 安上一对翅膀，是传言中如若出生时没有便一辈子不会拥有的那种车。

轿车在他们的身边停稳，车后座的车窗缓缓降下来，一个面容英俊的中年男人出现在视线中。

总觉得有些眼熟。易礼诗正愣着神，就听见段凯峰在她的头顶叫了一声："爸爸。"

这声轻巧的称呼让她的心一下便悬起来，她想摆脱段凯峰搭在自己肩上的手，却发现他丝毫没有放开的意思。对上他的眼神时，他还一脸疑惑的表情。

中年男人像是没看到这两个人稍显别扭的举动，目光只在易礼诗的脸上停留了一瞬间，便移回自己儿子的身上："晚上去你爷爷家吃饭。"像是在发号施令，是他惯常的语气。

段凯峰早已习惯，点点头，"嗯"了一声。

父子俩再无别的话好说，段豪示意司机开车，段凯峰也扭过头准备走。对于不知道该怎么和对方交流这一点，两个人倒是有十足的默契。

这样的父子关系，在易礼诗看来，未免太过冷淡。她想抬头看看段凯峰，但又觉得打量的意味太过明显，不太礼貌，便只是闷头跟着他走。

坐进车里，段凯峰才主动解释道："我和我爸一直都是这样，就像是领导和下属，他给出指令，我只用执行。"

易礼诗看出来了，不仅如此，她还想起刚刚在场馆里旁边的帅哥说的那些话。他说，段凯峰的爸爸原本打算把儿子送进体校。体校是什么样的地方，她不太清楚，毕竟她没有从事体育行业的亲戚。她对于专业运动员的了解，也只停留在"他们真的很辛苦"这个层面，还是偶尔通过新闻与媒体这些途径得知的。

对于知识体系之外的东西，她没有发言权。她只是侧过脸看向段凯峰，见他一脸平静，不像是心情不好的样子，才问道："所以你爸爸让你打篮球，你就打了吗？"

段凯峰点点头，神色有些冷淡："嗯。"

易礼诗："那你自己喜欢吗？"

简单的一句话，却让段凯峰有些茫然。他眨了眨眼睛，看着易礼诗说道："你为什么会这么问？"

"不好意思，"易礼诗以为自己说错了什么，"我刚刚不小心把你和我们学音乐的大部分学生相提并论了。我们当中当然有真正热爱音乐的天才，年少成名，国内、国际各种奖项拿到手软，但大部分人，包括我自己，走上专业音乐道路的初衷都是为了考大学。你的篮球打得这么好，我的确不应该把你和我们这种半吊子进行类比。"

"你别这样说，"段凯峰摇摇头，"我没什么特别的，同等条件下别人也未必打得比我差，我刚刚反问你的意思是，很少有人会问我这样的问题。"

"那还不是因为你太不谙世事……"易礼诗小声吐槽，"但凡你愿意多和人交流交流，即使是没话找话，也会谈到这种话题吧？"

"所以你现在是在和我没话找话？"段凯峰有时候真的很会抓重点。

"没有……"易礼诗否认得有些无力，但段凯峰没有介意。他其实很不喜欢讲话的，他也知道自己边界感太强，因此虽然有时候能和队友们打成一片，但涉及个人的话题，却很少提及。易礼诗是第一个他想让她走进他的心里的人，但她总是给他带来莫名的不安全感。

段凯峰有时候会想，她的心到底是什么做的，怎么能反复无常到这种地步，愿意的时候说给就给，根本不需要他的回应，不愿意的时候，不管他怎么努力，好像都没办法真正跨入她的领地。

难道那时易礼诗只是想把他当成一个树洞吗？一旦树洞有了反馈，便不如她的意了？

就当是之前他不理她的报应吧，现在也理应是他主动一点。

看到易礼诗略有些无奈的神情，段凯峰回答了她刚刚的问题："小时候的确很不想打篮球，不喜欢，也不明白为什么我爸爸的愿望要由我来实现，但打到现在，已经无所谓喜不喜欢了，养伤的那段时间我想过很多，假如伤势一直反复，脚踝恢复不到以前的状态，那我该怎么办？我还能做些什么？"

段凯峰又自嘲地笑了笑："然后我发现，除了打篮球，我什么都不会。"

易礼诗经常会觉得自己除了教学生一些基本的音乐知识之外，什么都不会做。人类的烦恼在这一刻看似相通，但她也明白段凯峰在说谦虚话。他即使不打篮球，也会有千万条路在他的脚下铺好。

人家锦衣玉食，闪闪发光的人生，比起大多数人来说，真的好太多了。虽然她和段凯峰如今坐在一辆车里，但中间隔着的，是比中控台要现实得多的东西。

　　脆弱的又无用的自尊心令她不想再继续聊这个话题，她空长了他几岁的年龄在这个时候也没有丝毫的优势，她又想起来自己还有一千块钱路费没有还给他，虽然他肯定不会收，但她却不能在这种事情上占他便宜。

　　易礼诗想了想，问道："你饿不饿？我请你吃饭吧，就当是你送我发圈的回礼了。"

　　这句话说得实在是生疏，段凯峰沉默了下来。

　　易礼诗在美食 App 上找到了一家看起来人均消费比较高的餐厅，就在附近的商场里。两个人站在手扶电梯上一路往上时，又回到了有些拘谨的状态。

　　或许是敏感地察觉到了易礼诗想要划清界限的意思，段凯峰从开始到现在一直有些闷闷不乐。虽然如此，但她仍旧感觉到自己在被人照顾着。

　　餐厅在五楼，有时候段凯峰的步子迈得大了一点，先她一步踏上手扶梯时，总会往回退几步，站在矮她一级的台阶上。她没有回头看他，因为她怕自己多看他一眼都会动摇。

　　除了去食堂那次，这是两个人自从认识以来第一次正儿八经地在外面吃饭，旁边桌不管是情侣还是好友，看起来都聊得很开心，唯独他们这一桌显得有些冷场，弥漫着淡淡的散伙饭的气氛。

　　"明天出来看电影吗？"段凯峰开口打破了沉默，"考级已经结束了，接下来你应该没有那么忙了吧？"

　　"我……"易礼诗犹豫再三，还是开口道，"我明天回家。"

　　"回家？"段凯峰一脸茫然的表情。

　　"嗯，我不是 S 市人。"易礼诗接着说了一个本省的乡镇名称。

　　段凯峰低下头："回去几天？"

　　易礼诗："一个月……"

　　一个月？暑假总共也就只剩下一个月了……

　　段凯峰又问："你回去以后，会联系我吗？"

易礼诗不说话了。

段凯峰抬起头，从她略显冷淡的表情里读懂了她的意思——她的确是想结束了。他退让了一步，提议道："我明天送你回去，你什么时候回来，我再去接你，好不好？"

易礼诗这下有了反应，她摇头拒绝了："我坐高铁回去很方便，一个多小时就到了，你开车送我是真的没有必要。"

"是吗？"段凯峰深吸了一口气，眼睛一眨不眨地盯着她，"还有什么是你觉得没有必要的？你都说说看。"

易礼诗被段凯峰问得有些心慌，条件反射般地喝了一口水，把要和他断了联系的话吞进肚子里。有些话，彼此之间明白就行了，不必说得那么清楚，不然显得她太把自己当回事。回家以后，那么长时间见不到面，说不定他会比她忘得更快。

说好了这顿饭易礼诗来请，她在两个人还没吃完的时候就跑去结账了。段凯峰没和她抢，只是一张脸冷了下来，心情很差的样子。

去地下车库的一路两个人都没说话，刚坐进车里，他就直接倾身过来亲她，她一边承受着这个充满了不悦情绪的吻，一边抵在椅背上尽力后退。后脑勺被他扣住，她退无可退。

分开的时候，段凯峰没有急着退开，反而贴近她的耳朵，轻声说道："易礼诗，你想回去多久就回去多久。只是你记住，我们还剩下多少天，要从你回来的那天开始算。"

易礼诗闭上眼睛，不跟他犟嘴。他爱怎么样就怎么样吧，反正她说什么他也听不进去。

第十四章
失控

  易礼诗在家一直待到九月份才回学校。她其实很喜欢待在家里，每天吃好喝好，即使睡到中午才起床也不会有人责怪她。她的母亲跟大多数母亲一样，在她回家前几天对她十分贴心，到后来就渐渐对她产生烦躁、嫌弃等一系列情绪，特别是看到她的房间很乱的时候，嘴里总会絮叨着她这样怎么能找到好对象。但易礼诗油盐不进，随便她怎么说。

  易礼诗的父亲总是把她当成一个孩子，有一次进到她的房间，看到她还在睡觉，便唠叨着："你看看你，房间这么乱，又不会做家务，还懒，以后长大了怎么办？"说完像是才反应过来，又补充了一句，"哦，你已经长大了。"

  易礼诗在被子里拱了拱，继续睡大觉。

  易礼诗在回家的头几天其实一点都不想段凯峰，她的生活内容丰富得很，每天追剧、看小说、玩手机简直乐不思蜀。

  真正开始破功是在回家后的第二个星期，那天正好半夜一点，她躲在被子里看韩剧，结果一个微信语音打了进来。在切换到微信界面的时候，她就有了某种感应。她知道是谁。

  点开微信，果然是"喔"打过来的。

  易礼诗眨了眨由于熬夜有点干涩的眼睛，心头莫名颤抖了一下，小心翼翼地按下接听键，"喂"了一声。

对方沉默着不讲话。

"喂？"怕她的父母听见，她又小声重复了一遍。

对面还是不说话。这下她察觉出来了，段凯峰在生气呢。

"凯峰？"她轻声叫段凯峰。

"哼……"段凯峰终于有了反应。

"你在干什么？"易礼诗问。

"你关心吗？"段凯峰存心为难她，不肯好好说话。

段凯峰不说话，就只能她来找话题："我刚刚在看电视。"

"哦，"段凯峰不怎么高兴地答应了一声，"那是我打扰你了。"

易礼诗指不定是有什么毛病，听到他这句话，想象着他高昂着头，一副不满的样子，突然笑出声来。

段凯峰沉默了几秒钟："易礼诗，你好过分……"

易礼诗当然是过分的，又过分又倔强，性格看着温温柔柔的，像个善解人意的大姐姐，但在他面前横得很，霸道得要命。

回家之前的那个中午，她满脑子都是要回出租屋收拾东西。他一路跟着她进门，还没走到房间就从身后把她拉住了。

段凯峰低着头看她，问道："我做错什么了吗？"

很轻柔的语气，她却觉出了一丝委屈。他当然什么都没有做错，整件事里最无辜的人就是他，而她作为罪魁祸首却没办法把一切告诉他。

"没有，"易礼诗侧过头，"是我的问题。"

段凯峰皱了皱眉头，想继续追问下去，却被她伸出一根手指按在唇上。

原本易礼诗打算下午就收拾行李，因此一直耽搁到晚上才有空。

那天段凯峰是傍晚时分走的。易礼诗觉得：如果不是晚上要去爷爷家吃饭，段凯峰能在这里赖到她上高铁。

相较于段凯峰明显的不舍，易礼诗则显得冷漠很多，她送段凯峰走到门边时，甚至还笑了笑。段凯峰有些郁闷地嘟囔着："你还可以看起来再高兴一点。"

易礼诗对天发誓自己真的没有觉得很高兴，她只是不知道该露出什么表情才好。她现在脑子里很混乱，要和他划清界限的决定做了不到三个小时便被她忘得一干二净。她不知道是自己太没出息还是他黏人的功力一流。

"学姐。"段凯峰低头看她。

当段凯峰用那双好看的眼睛全神贯注地盯着她时，她下意识地屏住了呼吸。

"你早点回来，开学见。"

段凯峰走后，易礼诗又趴回了床上，整个人提不起精神来，只知道盯着窗帘发呆。日头渐渐倾斜，天色也暗了下来。直到一阵敲门声响起，她才像是回魂了一般，打了一个激灵跑到门边。

手握住门把手的动作看起来实在有些迫不及待，但她已经顾不得这样的举动到底有多违心，将门拉开时脸上还漾着止不住的笑。

可是，门外面站的……是外卖骑手。

易礼诗接过外卖，将门关上。

这种感觉太讨厌了。她真的，很不喜欢这种失去控制的感觉。说出来好像会被人鄙视，但她的确是不管看电影还是看书都要提前查好剧情的"爱被剧透党"，如果剧情发展超出她的可承受范围，她可以随时叫停，这样才能让她觉得一切都在掌控当中。

易礼诗不喜欢惊喜，也不喜欢给别人准备惊喜。段凯峰对她来说就是可承受范围之外的惊喜，她不知道该怎样才能不被这种感觉淹没，更不知道自己会不会在他抽身离开的那一天溺水而亡。

后来，陆续又到了几个外卖，不用问，她都知道，是段凯峰点的。

恍惚中她想起今天还没发朋友圈，可是她拿起手机翻了一下今天拍的照片，却好像一张球星的照片都挑不出来。因为她手机里全是段凯峰。

幸好她是见不到面就会迅速冷下来的那种人，逃离了段凯峰的影响范围，被一点一点蚕食的大脑才得以喘息。

如今隔着网络，她又找回了自己的节奏。不管怎么样，他才是不得已主动的那一个，不是吗？

"哪里过分了？"易礼诗还是笑。

电话对面传来衣料和被子摩擦的声音，段凯峰翻了个身，嘟囔着道："哪里都过分。"像个小孩儿一样，语气轻柔，却又带着点埋怨，他从喉咙里发出的叹息像一根导线一般将电流直通进易礼诗心里。

易礼诗怎么会不知道自己对段凯峰来说是个喜怒无常的怪咖，只是比起有一天让他知道真相，她宁愿现在起就对他狠一点。

"你还在吗？"段凯峰又问。

"还在。"易礼诗从床上坐起来，趴到窗台上。

易礼诗的家在一栋有一定年头的老式单元楼里，这栋楼坐落在一条穿过小镇的江边，窗外便是蜿蜒的河堤。外面不知道是蟋蟀还是什么小虫的叫声，伴着隔壁房间她父亲的穿透力惊人的鼾声，将静谧的黑夜搅乱。

易礼诗抓紧手机，说道："凯峰，我给你唱首歌吧。"她太卑劣无耻了，她总有一天会为自己的贪欲下地狱的。

整整一个月，每天晚上段凯峰都会发语音过来，听她唱歌。他似乎只有在和她聊天之后才能入睡。有好几次，她唱完歌之后，电话那头已经没了声息，她摸着发烫的手机，摁了挂断键。

第二天总会收到他不满的消息："你昨天怎么挂了？"

易："你睡着了。"

喔："昨天你唱歌了吗？"

易："唱了呀。"

喔："我没听到，今天晚上重唱。"

好吧，你帅你有理。

杨晗女士近日发现自己的大儿子有点反常，因为他点赞了她的小儿子的钢琴陪练的朋友圈，关键是那条朋友圈也没什么内容，就一张那个女孩儿自己煮的肉丝面，配文是：乡下的猪肉就是香。

她的大儿子是什么脾气，她心里特别清楚。

段凯峰从小和谁都不怎么亲近，只跟他的爷爷亲近点，对女孩子虽说是绅士有礼，但莫名有种避之如蛇蝎的感觉。女孩子们倒是都挺喜欢他，从幼儿园起就有胆大的漂亮小姑娘追着他跑。儿子长得帅，招女孩子喜欢很正常，她看着也高兴。

但段凯峰似乎一直都没开那方面的窍，这么多年来也只和男孩子玩。她老公在段凯峰高中的时候还很担心他会因为早恋而影响打篮球，结果段凯峰完全没让他担心过，简直乖得不得了。

但段凯峰向来不和她说心事，她也无从问起。

易礼诗似乎是第一个他愿意去主动亲近的女生。

她又想起前段时间他特地跟她说要给弟弟找个陪练，接着没几天就联系上了易礼诗过来。那时候她没往那方面想，但如今配合着他点赞那条朋友圈的举动来看这件事，怎么看都有种蓄谋已久的感觉。

杨晗女士靠在床头，推了推睡在旁边的段豪，把手机往他的跟前一递："哎，你儿子好像谈恋爱了。"

段豪被她推醒，伸着脖子迷迷糊糊地看了一下她的手机屏幕，又躺了回去："多大点事儿，儿子大了，他想谈恋爱就让他谈呗。又不是结婚，你急什么？"

杨晗女士顿时不高兴了："哎，你以前可不是这么说的！"

段豪闭着眼睛叹了一口气："今时不同往日了。自从他那次伤了之后，我也……"

后面的话段豪没说下去，只是说道："总之，这件事你先别管。该你操心的不操心，不该操心的瞎操心。"

"我又哪里没做好了？你别跟你爸一副德行好吗？凯峰一有什么事情就给我脸色看，我在家做姑娘的时候哪里受过这种气啊？"杨晗心里也觉得挺委屈。

她其实知道自己作为一个母亲不算称职，但谁规定了母亲就应该称职呢？怀上凯峰之前她是团里最有前途的首席，那一年，她去欧洲巡演的计划才刚刚敲定，未完成的事业被肚子里慢慢成形的胚胎所打乱。她

患上了很严重的抑郁症，连自己都照顾不好，哪里还能当好一个称职的妈妈。

如果她有错，那她唯一的错就在于不该厚此薄彼。她将母爱弥补在了段煜其的身上，然而对着凯峰，她总是不知道该怎么和他相处比较好。母子俩实在是太没话说了，凯峰看起来也不怎么需要她这个母亲。

"考级那天，煜其考完之后，你给凯峰打过电话吗？"段豪问。

杨晗摇头："没有啊，我发了微信给他，他没回我。那天不是你在陪着他吗？"

段豪沉默了一会儿，拍了拍杨晗的手臂安抚她道："算了，你别想了，他想做什么你就让他做吧。"

杨晗："我也没说要阻止他啊……"

段豪："我看啊，就是你儿子在一头热，人家姑娘还不一定看得上他。"

易礼诗自然是不知道自己已经在段凯峰的父母那里有了存在感，她在家的这个月每天晚上和段凯峰语音聊天已经成了习惯，习惯到面对着那对话框里长时间的通话记录都有些心虚。

她想过要对段凯峰差一点，可他一不高兴，她就不自觉地想要哄他。

而段凯峰的话也明显多了起来，晚上发语音的时候还会跟她絮叨今天发生的一些琐事，基本上属于没话找话，但她还是听得很开心。

两个人的距离拉近了不少。

温敏笑她太作，说这样一个多金的大帅哥每天缠着她，她还一副不怎么情愿的样子，简直是矫情到家了。

可是，易礼诗宁愿段凯峰是一般般的帅和一般般的有钱。

"跟他在一起我会很累，"易礼诗说，"不考虑谭子毅的因素，即使我和段凯峰那样的人在一起了，那我要付出我全部的精力来维持我的身材曲线、脸部皮肤，我必须时刻打起精神来使我自己能配得上他。虽然他不会要求我这样做，但时间久了，谁也不敢保证他对我能一如往常。如果我现在跟他一样才大二，那我可以为他做到这样，但我现在马上研二，我的精力必须放在毕业和找工作上面。"

温敏被易礼诗的一番话说得哑口无言，最后只能问道："那难道没有他，你就不维持身材，不保养脸蛋了吗？"

"抠字眼就没意思了啊！"易礼诗笑道，"咱马上就是进入社会工作的人了，不能事事都那么理想主义。"

就这样像只蜗牛一样窝在家里，一直到九月份，她才收拾东西回学校。

研究生的开学时间要比本科生晚，她回学校的时候段凯峰已经上课一个星期了。这个星期之内他貌似无心地催了她很多次，让她早点回来，但她硬是拖到了现在。或许是近乡情怯吧，她实在是不怎么想回去。像这样拥有他就挺好。

回学校的那天是周五，她怕耽误他上课，就没提前告诉他，等到回了出租屋，她才给他发了条微信告诉他她已经回来了。

下午六点，段凯峰正准备和室友们出去聚餐，收到易礼诗的微信后便直接对他们说自己有事，不去了。

段凯峰住四人间，室友包括毛峰、谭子毅，还有一个叫王想的，今天下午逃课没来。

毛峰一看段凯峰那样儿就觉得有情况，揶揄着道："那位学姐找你吗？"

"有那么明显吗？"段凯峰问。

"超级明显。"谭子毅跟着点头。

段凯峰把手机揣回兜里，随意地扔下一句"你们吃完后把付款码发给我"就径直走了，留给他们一个毫不留恋的背影。

"你放心，我们不会客气的！"毛峰冲着段凯峰的背影喊了一句，又对着谭子毅直摇头，"不得了，那个学姐可真厉害。"

谭子毅那天根本没看清那个学姐的长相，所以也就没回话，只是跟着瞎乐呵。

又走了几步，毛峰突然停了下来："那个学姐我好像在哪里见过。"

"你不是在考场上见过吗？"谭子毅不以为然地道。

毛峰："不是不是，比那还要早一点。"

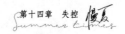

谭子毅："音乐学院和体育学院就挨在一起，说不定你们早在食堂就打过八百回照面了。"

毛峰："唉，也是……等下挑贵的菜点啊！"

段凯峰没急着往易礼诗租的房子里赶，而是先绕到了自己的车上。他上课期间其实很少开车，但最近他给她挑了点礼物，不方便放在宿舍，所以就直接把车停在了一个稍微偏一点的地方，把礼物放在车上。

正值开学，校园里人多，提着两个标志太明显的纸袋穿过人群总感觉有点傻，他又特地找了附近小卖部的老板要了两个黑色塑料袋，将那两个包装盒裹了个严实，才穿过音乐学院旁边的小摊，往教师公寓走去。

到了门口，敲门，门很快就开了一条缝，易礼诗可能感觉挺尴尬，所以开了门之后也没看他，转过身去径直进了房间。

段凯峰来之前其实还有点生气她拖了这么久才回来，还一声不吭，连招呼都不打，可是看到她之后，他又立刻不生气了。他将塑料袋放在客厅的木制长椅上，跟着她进了房间。

易礼诗在收拾东西，小小的一团，看起来好像又瘦了点。

从窗台灌进来的风带着夏末未消的暑气，夕阳的残光洒进来，将她的耳垂照得微微发红，她拿出床单铺到床上时，不经意间和他对视了一眼，又马上移开了视线。

但她铺床铺到一半就被人从身后抱住了。她整个人被他抱进怀里，动弹不得，只有脖子可以勉强转动。四肢僵硬得要命，她好怕被他听到自己快要蹦出心口的心跳声。

"你都不来主动抱我。"落在她耳畔的声音委委屈屈的，易礼诗扭头看见段凯峰歪着头，正看着她。这样一副面孔的杀伤力太大，凑得那么近。她立刻就红了脸，低下头话也说不出来。他又垂着脑袋将下巴磕上她的颈窝，故意对着她的脖子呼吸。温热的气息越贴越近，直到触上她的面颊。半晌之后段凯峰才放开她，坐在书桌前的凳子上直盯着她看。

易礼诗这才敢大方地看段凯峰。一个月不见，段凯峰又变好看了，头发剃了个圆寸，五官都露出来，勾人得很。段凯峰睁着那双有着浓密睫毛的漂亮的眼睛就这样一眨不眨地盯着她看，她像得了失语症一般，什么话也说不出来。

"你在看什么？"好不容易找回了点理智，也只能问出这种无关痛痒的话。

"没什么，"段凯峰眼睛一转，问她，"你为什么不提前告诉我今天回来？"

"我怕耽误你的事情，反正我的东西也不多，就自己回来了。"而且，告诉段凯峰回来的日期，不就相当于变相地提醒他要来接她吗？她不喜欢无形当中给人压力。

段凯峰的表情微微僵硬了一下，他冷淡地说道："哦，你真体贴。"

易礼诗装作没看到。

"我饿了，吃饭去吧。"段凯峰站起身。

"不点外卖吗？"易礼诗没动。

段凯峰看了一下她的眼睛，低声问道："你不想跟我出去吃吗？我很见不得人？"

当然不是。他太能带出去见人了，上次和他出去吃饭的情形还历历在目。在商场只是简单地站在手扶梯上，迎面下来的女孩子几乎都在明目张胆地打量他，顺便瞟一眼站在他身前的她。她其实也不差的，中学时期也有男生故意经过她所在的教室门外只为看她一眼，虽然学了音乐之后处在美女如云的环境中让她的优势变得不那么明显了，经历过的某些事情甚至让她变得有些社恐，但她骨子里还是留存着某种骄傲的。

脆弱又骄傲的性格让她的人缘不是很好，要好的玩伴都是中学时期认识的，大学期间可以交心的朋友也就温敏一个。

她不太习惯被人过多关注，而那些路人的打量却好像在强行告诉她自己不配。就算是自我意识过剩也好，或许那些眼神看过来的时候并没有带着恶意，但她的自信心还是有了不小的动摇。

更何况，还有谭子毅这个定时炸弹不知道什么时候会爆炸。如果段凯峰知道真相……

易礼诗不敢细想下去。

这一年太关键了，那么多事情排着队等着她去完成，本来她面对着他的时候心境就很不稳，再这么隔三岔五地来一下，那她全部精力都用来想男人，还毕不毕业了？

易礼诗叹了一口气："凯峰，我只是，现在不想发展一段恋爱关系。"

段凯峰大概又要不高兴了，易礼诗绞着手指，有些不敢看他。目光所及之处是他渐渐靠近的双脚，鞋子又是一双看起来干干净净的球鞋——他有穿不完的球鞋。

一只大手扣在她头顶上，摸了两下，她听见段凯峰平静的回复："你不想和我谈恋爱，可以啊。"

易礼诗有些震惊地抬起头，还没来得及说话，段凯峰又说道："只是我有条件。"

"什么条件？"易礼诗呆呆地问。

段凯峰凝视着她，一字一句地说道："你也不能和别人谈恋爱，如果你什么时候想谈恋爱了，你唯一可以考虑的人选，只能是我。"

第十五章
礼物

易礼诗同意了，并且一时之间还有些喜形于色。她本来就不打算和别的什么人谈恋爱，段凯峰的提议，简直正中她下怀。

段凯峰看在眼里，很意外地没有多说什么，只是松开了捏住她耳垂的手，拿出手机来点外卖。

"吃什么？"段凯峰问。

大学城附近只有一些家常菜馆，味道中规中矩，都是一股外卖味。

易礼诗其实就想吃一碗琴房门口卖的当归煮蛋。那里的当归煮蛋用料非常扎实，红豆汤底，熬烂，加了很多零碎的佐料，才五块钱一碗，超级良心。音乐学院的学生都爱吃。但段凯峰和她一起的话，她当然不方便留他一个人在这里然后自己跑出去买。

刚好她从家里带了一点坛子辣椒、萝卜之类的腌菜，于是两个人点了几个家常小菜再加几份甜品随便吃了一顿。

段凯峰好像很喜欢吃她从家里带的那些东西，外卖没见他动几筷子，他的筷子全往那几个塑料小罐里招呼了。

易礼诗坐在他面前直发笑，他的脸一红，真心实意地评价道："真的很好吃。"

"乡下很多人家都会做这种菜的。"易礼诗说。

段凯峰问道："你会做吗？"

易礼诗摇摇头："这是我爸做的，我们家女人都不进厨房的。"

"那你以后也别进厨房了。"段凯峰煞有介事地说道。

一顿饭吃完，易礼诗下楼扔完垃圾回来，才发现段凯峰放在客厅的两个黑色塑料袋。她以为是忘了扔的垃圾，就扯开看了一眼，里面居然是两个香奈儿的纸袋。

"你这又是干什么？"易礼诗指着那两个袋子问他。

段凯峰吃饱了，正在她这间出租屋里东看西看，脸上带着少有的顽皮，听到她问话才想起来自己给她带了东西。

"送你的礼物。"段凯峰说。

易礼诗简直要疯了。要问她喜不喜欢，想不想要，她当然喜欢！当然想要！作为一个有正常审美的学艺术的学生，这份礼物简直是踩在她的虚荣心上跳舞好吗？

可是她能心安理得地接受吗？她连他的人都不敢要，怎么敢随便要他送的东西？

"我不是说香奈儿跟我不搭吗？"易礼诗艰难地开口。

段凯峰不以为然地道："你不是说发圈跟你不搭吗？那我多送你几样东西不就搭了吗？"

男生解决问题的方法果然简单粗暴。

易礼诗改变了策略，委婉地提醒道："你现在还不能赚钱，拿你父母的钱这样大手大脚的不好。你把它拿回去退掉吧。"

段凯峰沉默了一会儿，犹豫着道："我……其实……这是我自己的赚的钱。"

易礼诗："……"

段凯峰："你还记不记得，我跟你说过我高中时做过兼职？"

易礼诗记得。

"我高中的时候……一个运动品牌找我拍过广告，这是拿当时存下来的代言费买的。"段凯峰说话的声音越来越小，她听得出来，他在照顾她的自尊心。

易礼诗捂住脸，不想说话了。她辛辛苦苦地打零工，大夏天的，跑去培训学校上课，一个月也就能赚一万多，还有五千元相当于是他送的，结果人家随便拍一支广告就能买大牌包包，果然人类的悲喜并不相通啊，她难过得想自闭。

段凯峰察觉到她的脸色有点不好看，赶紧又解释道："不是单独拍的我，是一个运动品牌的群像广告，我有几个镜头而已。"

是他父亲任职的那家运动品牌的"竞品"，他当时稍微有些逆反心理，瞒着他父亲私下接的，也就拍了那一次，被发现后就不再继续拍了。不过他的爷爷特别开心，还把那支广告里所有关于他的镜头全剪了下来做成了巨幅海报挂在老宅里硌硬他父亲。

段凯峰觉得，他父亲没被硌硬到，被硌硬到的应该是他自己。总之，他觉得特别不好意思，央求了爷爷好几次，爷爷才肯把那些海报收起来。

易礼诗心情很沮丧，抿着嘴站在原地不说话。她忘了，段凯峰可不是普通的学生，她又不自觉地以普通人的标准去定义他的人生了，因为他在她面前表现得太容易亲近，让她差点忘了，他原本就是一个光芒四射，有些目中无人的人。

段凯峰走到木制沙发上坐下，将其中一个盒子打开，把那个包拿手上，将精美的包装纸扯下去，手法干脆利落得让他去拍开箱视频的话，粉丝应该会被爽到，因为那些视频博主都磨磨叽叽的，生怕把那层包装给扯坏，而段凯峰倒好，三秒钟就让那个包露出了真容。是一个小号的珍珠包，纯白色的。

"我也不知道要买什么，"段凯峰说，"但我看到这个款式好像年轻的女孩子背得比较多，就买了这个。"

"学姐，我想送你的东西很多，那是因为我拥有的很多，我只是想分享给你而已，请你不要有负担。"段凯峰低声说道。

易礼诗眼睛酸酸的，不由得朝他走近几步，只是仍旧嘴硬："我懂你意思了，你就是在扶贫呗。"

段凯峰一把将她拉到身前："学姐，有没有人跟你说过，你真的挺

不会说话的。"

当然有。易礼诗从小就不是那种会讲漂亮话的人，紧张的时候尤其嘴笨，还经常说出不合时宜的话令人冷场。说多错多，所以很多时候，如非必要，她不会发表意见。她还常常分不清楚别人对她说的是真心话还是只是客套而已。

第一次走上讲台给老师、同学做汇报时，她必须将她十分钟的讲解内容打印出一份稿子来，照着稿子一字不落地念出来。后来次数多了以后才开始慢慢脱稿。

但她经常被小她三岁的弟弟鄙视嘴笨，也不是什么值得光荣的事情，所以她没回话，只是说道："那你也没有必要一次性送两个啊！"

"有一个是让你送给导师的，你们开学见导师不得送点小礼物吗？"段凯峰抬起头来，对上她的视线。

开学见导师送点小礼物倒是应该的，导师也会给他们分享点小礼物，她们组员都商量好了就送些代表心意的小东西，贴心又温暖。她要是一个人送个包过去成什么了？

"不行，"易礼诗拒绝得很干脆，看到段凯峰茫然的神情，才解释道，"这是小礼物吗？太贵重了，导师也不会收。另外那个包我收下了，这个你拿回去退了吧。"

段凯峰送出去的东西怎么可能再拿回来："那随你吧，反正我给你了。"他不想再听她一张嘴"吧吧吧"了，直接凑了上来。

易礼诗退开了一点儿，又忍不住抬头去蹭蹭他的脸，他突然往后缩了一下，将距离拉开。易礼诗不明所以，抬起头就看到他的脖子肉眼可见地起了一层细细密密的鸡皮疙瘩。他抬手摸了摸，红着脸说道："太痒了。"

"你那么怕痒吗？"易礼诗轻声问。

"是啊，"段凯峰低声说，"怕痒的人有良心，你不怕痒，所以你最没良心了。"

"这是什么歪理？"易礼诗失笑。

段凯峰被她的笑感染，也笑起来。

第二天是周六，易礼诗要到下周一才有课，段凯峰也算是跟着她过了一回吃了睡、睡了吃的当代大学生的周末生活。

段凯峰跟他的外表看起来可真不一样啊，他在别人面前有多高冷，在她面前就有多像话痨。他对她的所有都感兴趣，她稍微有一点不高兴，他就会巴巴地过来哄她。

还有，暑假没看成的那场电影，他们最终还是去看了。

在假期的最后一个下午，易礼诗突然看到沙发上摆着的那个段凯峰准备让她送给导师的包包，于是催着他去退货。

"退货可以啊，"段凯峰不知道想通了什么，居然很好说话地同意了，只不过接下来便得寸进尺地道，"退完之后我们去看电影吧。"

所以又要和他一起出门？易礼诗有些犹豫了。

段凯峰走到易礼诗的身旁，低下头捧着她的脸颊问："怎么了？你不想出去，那就不出去。"

"没有。"易礼诗不是那种肉肉的脸，但嘴唇却被他挤成了金鱼嘴，看起来怪可爱的，但她自己不知道，张着嘴说了一句什么，段凯峰光顾着看她，根本没注意听："你刚刚说了什么？"

易礼诗："我说，你有没有听过潮男恐惧症？"

"那是什么？"段凯峰果然不知道。

易礼诗想了想，简单解释道："简单来讲，就是有一类人，看到穿得很潮，身上挂着各种时尚单品，还有文身的那种男的会莫名发怵，觉得他们又装又不好接近，然后还很爱玩，下意识地就会想要远离。"

段凯峰低头看了一眼自己的穿着："这个……跟我无关吧？"

当然跟他无关，他又不是那种全身靠时尚单品来堆砌品味的人，相反他一直都穿得很简单，虽然衣服的单价都贵得低调不起来，但周身的气质却不会给人一种想显摆的感觉。

易礼诗："我不是说你，我举这个例子是想说明，我大概有一种有

钱大帅哥恐惧症。"

段凯峰愣了一下，才很会抓重点地重复道："有钱？大帅哥？"

"事实啊，"易礼诗面不改色地道，"因为我很少和你们这种人相处，所以做不到很自在地出现在公共场合。"

这是易礼诗第一次当着段凯峰的面夸他，事实证明，段凯峰再怎么厉害，也不过是个没满二十岁的臭屁小鬼，会被这种程度的糖衣炮弹打败。他嘴角翘起来，高兴好半天："所以你觉得我帅。"

就算被人当面赞美过无数次，也比不上她就这么简单的几个字让他的心情好。

包包的钱被原路退回，距离电影开场还早，段凯峰拉着易礼诗开始满商场地乱逛。他买了很多杂物，毛巾、睡衣、电动牙刷之类的生活用品，都是双份。他甚至还另外买了个吹风机，因为他嫌弃易礼诗在淘宝买的一百块钱的电吹风不好用。可他明明洗头都不用吹风机，也不知道在矫情些什么。

"放在你那里，"段凯峰向易礼诗解释道，"如果我要过来，你就不需要另外去买了。"

其实她知道，他买那么多生活用品，都是给她用的。感谢的话还在喉咙里就被他堵了回去："你要是跟我说'谢谢'，那你多说一次，我就多来一天。"

然后他还摆出一副看你怎么选的得意表情："你有多想让我来？"

段凯峰就只会用这一招，易礼诗觉得他真可爱。

"想……当然是……挺想的，"易礼诗难得坦诚一次，"只不过我忙起来会顾不上你，我会很焦虑，脾气也会变得很差。"

段凯峰："怎么，你觉得你平时脾气很好吗？"

易礼诗："还可以吧。"

段凯峰："……你高兴就好。"

于是这个话题就这么被揭过去。

落在段凯峰身上的目光依旧很多，但段凯峰本人对那些目光毫不在意，他从小在赛场上被人注视习惯了，所以已经处于一个处变不惊的状态。而且，他眼里是真的看不到别人，可能是因为太高了，所以视野跟易礼诗这种个头的人不一样。

　　其实易礼诗身高也有一米六五，不过段凯峰无意中说了句大实话，还挺打击人的。他说，在他们这种打篮球的男孩子眼里，女孩子身高低于一米七的话，一米六和一米五看起来都是差不多的，差不多矮。

　　易礼诗听了只想让他赶紧滚："果然你们这种身高超过一米八的男生，是会把身高刻在墓志铭上面的。"

　　这种网络烂梗应该是第一次有人在段凯峰的面前说，他看了易礼诗半响，才吐出一句："我才发现你讲话有时候挺刻薄的，就这样你还说你的脾气好。"

　　逛街加上看电影，这几乎算得上是一场正儿八经的约会了，易礼诗以前谈恋爱也不外乎就是这几件事。只是看电影的对象换了，她还是觉得有点紧张。

　　段凯峰买票时问过她想看什么，她选了最近最热门的爆米花电影。她在电影方面没什么高雅的爱好，好莱坞标准商业片她也能看得津津有味。段凯峰没什么意见，选定了片子之后，直接在手机上选择了 IMAX 厅最中间的座位。

　　"把你的眼镜给我。"坐在她旁边的段凯峰突然说道。

　　易礼诗没反应过来："什么？"

　　"3D 眼镜。"段凯峰重复了一遍。

　　暑期档已到尾声，他们选的这部电影该看的人早在上映前几周就抢着看了，因此偌大的 IMAX 厅显得有些冷清，三三两两的人座位离得挺远。

　　电影还没开场，屏幕上还在放广告，放映厅里灯还没黑。她侧过头看他，才发现他从刚买的咖啡打包袋里抽出了一张纸巾。她将手里拿的 3D 眼镜递过去，他接过便对着灯光仔细地擦拭了起来。

易礼诗双眼都是一点五的视力，所以从来没有看电影前要先擦眼镜的习惯，她不知道别的戴眼镜的朋友会不会细心成这个样子，但这种事情他做起来竟然毫无违和感。

"你……真的没有谈过恋爱吗？"

"没有。"段凯峰回答了一句，将擦拭好的眼镜还给她。

易礼诗这才惊觉自己刚刚不小心问出了声："不好意思。"

这声抱歉也说给她自己听，明明发誓要守住本心的，什么时候起居然开始试探自己在他心里的独特性了。

段凯峰将胳膊撑在两个人中间的扶手上，凑得离她近了一点，应该是想说什么，却刚好被电影开头"公映许可证"的音效给打断。灯光熄灭，他的脸随即暗了下来。

接下来的几十秒钟显得有些漫长，因为电影开头出品公司的音效太吵，易礼诗一直没听到段凯峰的回答。她突然开始焦急起来，好想知道，他刚刚到底要说什么。

一只手突然从她面前伸过来，掌心罩住她的脑袋轻轻压了一下，偏头的瞬间，他直起身子，嘴巴凑到她耳边："从小到大，除了给我自己，我也就给你擦过眼镜。"

耳边全是他的气息，她握紧了双手没好意思说话，只是点点头表示自己知道了。

音乐舒缓下来，段凯峰便马上松开了手，接着小声解释："我第一次看 3D 电影，《阿凡达》吧，我记得，那时候我还在读小学，我爸妈没时间陪我看，爷爷就包场请了全班同学一起陪我，电影开场之前，爷爷很仔细地给我擦了眼镜，从此我就养成了要擦 3D 眼镜的习惯。"

段凯峰怕打扰到别人，所以嘴巴离她的耳朵很近，近得每讲一个字都像在亲她。

一段话讲完，易礼诗的脸已经红透。她勉强清了清嗓子，才回答道："……好朴实无华的经历。"

段凯峰没再说什么，只是笑了笑，靠在椅背上开始专心看电影。

易礼诗也渐渐被剧情吸引，不再东想西想。看到精彩的地方，两个人会隔着眼镜对视一眼，就是样子有些滑稽。她抓爆米花的手最终还是被他握住了，焦糖沾在指尖有点黏，她觉得不太舒服，正纠结着是要拿纸巾擦一下，还是干脆按照以往的习惯用嘴嘬干净，就感觉段凯峰很自然地把她的手指牵到嘴边，亲了几口。

她曾经做过这样的梦的，只不过场景由琴房变成了电影院。她的心头突然像是有一千只蚂蚁在爬，蚂蚁没有名字，只是每一只蚂蚁的头上都举着写了"心动"两个字的纸牌。

第十六章
墨菲定律

开学以后，易礼诗原本以为自己已经够忙了，没想到段凯峰比她还忙，平时日常的训练加上课不说，好不容易熬到周末，还要随队去外省参加比赛。

算起来易礼诗和段凯峰已整整五天没见面了，研究生第二年已经没了公共课，校园偶遇这种剧情根本不存在，平时两个人只能抽空语音一下，精神交流度直线上升。

喔：**"今天晚上就要出发了。"**

易礼诗收到这条消息时，人还在隔壁 B 大排练音乐剧。

她的导师近日被邀请到隔壁 B 大去指导国庆晚会上的几部音乐剧作品，导师在上课的时候，大手一挥，钦点了几个学生跟她一起过去观摩学习，其中就包括易礼诗。

易：**"那你比赛加油！"** ——导师还在旁边，她只能先这样回他。

等到事情忙完了，她才发现段凯峰一直没回消息。

同门的几个朋友约着一起在食堂吃了一顿晚饭，散伙之后易礼诗便一个人回了出租屋，准备晚上看一下资料。

上了楼才发现门边倚着一个人，楼道顶上声控灯微弱的光芒几乎被他的身躯全部遮挡住。

是刚刚没有回消息的那个人。

易礼诗不会说漂亮话的缺点在这一刻暴露得一览无遗，走到他的面前时，她居然只能问出一句："你……不是走了吗？"

这句话，在对方听来像赶人一般无情。

于是段凯峰那句"上车之前来看你一眼"便卡在了嗓子眼里。他站在原地抱着胳膊，居高临下地看着她，一副倒要看看她还能说出什么话来的样子。

幼稚鬼一般的姿态，让易礼诗的紧张情绪消散不少，她掏出钥匙开门："怎么没发个消息给我？万一我回来晚了怎么办？"

门打开，段凯峰还是没说话，甚至连身体都没动一下。

段凯峰跟一面墙似的堵在门口，她过不去，只好抬头看他。四目相对时，她突然试探性地说道："我会想你的。"

这下段凯峰的表情终于出现了松动，眉毛扬起来，似乎有些想笑，但他还是梗着脖子硬邦邦地说道："再说一遍。"

"不说了。"易礼诗伸手想将段凯峰推开，却被他反应很快地拉住。他身上味道十分好闻，她闻着闻着就不想动了，"你等很久了吗？"

段凯峰被她的一句话顺了毛，也不别扭了，乖乖地回答道："没多久，只是还没到集合时间，就想过来看看你回来没有。"

易礼诗："如果我没回来呢？"

段凯峰："那我也只能走啦，反正你不就盼着我走？"

易礼诗下午那句要他加油的话就像迫不及待地要结束对话的信号，他也不想再理她。只是去集合的路上，想见她一面的想法怎么也压不下来，他便招呼也没打直接拐了过来。

原本也没指望真能见到她，但她只让他等了不到十分钟就出现了，这大概是某种心有灵犀——这样幼稚的想法出现在他的脑海里，他竟然也没觉得奇怪。

段凯峰低下头亲了亲她的额头，夜色渐渐浓重，他才看了看时间，一脸的不舍："到时间了……我要走了，学姐。"

易礼诗的反射弧比一般人要长一点，直到要分别的这一刻她才感觉到有一点点遗憾，如果早点抱他，抱得更紧就好了。她这样想着，在他松开她之前，居然不受控制地伸出手，钩住他的脖子。

段凯峰被她难得的主动取悦得连笑意也藏不住，整个人快乐到要晕过去，幸好易礼诗没有迷糊到忘记他有正事，只轻轻一吻就放开了他："快走吧！等下要迟到了。"

段凯峰点点头，郑重其事地说道："学姐，我回来，有话对你讲。"

"什……什么话啊？"她结巴什么？

段凯峰却笑得一脸愉快："你肯定知道我要说什么。真的要走了，不然要挨骂了！"说完，他便飞快地转身下楼，快要看不见他的身影的时候，他突然很孩子气地往后退了几步，扬着脑袋说道，"你记住刚刚说的话，要想我啊，因为我会很想你的。"

怎么会有他这种人啊？易礼诗关上门之后心跳还没有平复。

还有，他要说的话，如果真的如她所想，那她还能说出拒绝的话来吗？

她好像，已经没有办法那么坚定了。

因为排练音乐剧的事情，接下来的几天都有些忙。

高校举行晚会的时候，音乐剧一般会排练一些原创作品，因为那些经典的音乐剧往往会涉及版权问题，高校怕惹上不必要的官司。

易礼诗的导师带他们去 B 大排练音乐剧时，就第一天看了一下剧本，提点了几个关键问题，给他们几个研究生分配了一下任务，后面自己就很少出现了，几乎全都是他们几个学生在跑前跑后。

美其名曰"观摩学习"，实际上也跟打杂差不多，所以易礼诗最近一下课就得往隔壁学校跑。幸好就几站地的距离，不算辛苦，只是培训学校那边的课程得暂时调到周末。

她上了整整两个白天的课之后，晚上还得赶去 B 大加班，时间被塞得满满当当，的确是没精力分神去纠结感情问题。

易礼诗对 B 大并不陌生，她的前男友就是这个学校的，跟她一届，现在已经出国留学去了，她也丝毫不担心会碰到他。

但易礼诗在那里碰到了一个意想不到的人。

那天收工有些晚，她走出礼堂的时候已经快到晚上十点，她负责的那台音乐剧的女主角跟她一起走出来。那个女孩儿叫姚樱子，长得特别好看，往舞台上一站，就是绝对的人群中的焦点。她也是学音乐的，不过她们学校没有单独的音乐学院，专业名头不是很响亮。

姚樱子走出礼堂的时候，就朝等在外面的一群看起来很时尚的年轻男女挥了挥手，跟易礼诗道了个别就兴冲冲地朝他们跑了过去。

易礼诗笑着朝目送她，眼神朝那伙人的方向随意瞥了一下，就瞥见了一个大高个立在人群中特别显眼。虽然夜晚的光线有些昏暗，但她还是认出来那个人她之前见过。

在体育中心的走廊上，那个皮肤白白的卷毛帅哥。看来他是这所大学的学生。

易礼诗收回目光之前，突然瞧见他冲她笑了一下，眼角弯弯的。她回报了一个笑容权当打招呼，然后转身出了校门。

第二天，那个卷毛帅哥又来了，手上还提着几大袋奶茶。姚樱子接过奶茶，给在场的人一人分了一份。易礼诗也跟着沾了点光，拿到了一份芝士莓莓。

易礼诗一边喝还一边想着这个帅哥追女孩子可真是大手笔，一杯奶茶起码三十块钱，他一买就是一打。

姚樱子的同伴都在打趣她，说让她矜持一点，别让林星龙太快得手，至少让他多送几回奶茶再说。不过姚樱子倒是挺淡定的，她向来不缺追求者，特别是在这么一所理工科学校，走到哪儿都有人捧着，林星龙就送这么一次奶茶而已，她怎么可能就这么沦陷？

而且，林星龙对谁都好，姚樱子不觉得自己对他来讲是特别的。

大家喝了奶茶，后面排练起来便更加起劲。易礼诗坐在台下看了一会儿，心道今天应该能早点走。

那个叫"林星龙"的卷毛帅哥突然在她旁边的座位上坐了下来。

原本易礼诗和陌生人没那么多话好说，但她的手里还拿着林星龙送的奶茶，吃人家的嘴短，于是她想了想，客气地对他说道："谢谢你的奶茶。"

"不用谢。"林星龙正全神贯注地盯着舞台，没扭头看她。

正当易礼诗以为聊天已经结束时，林星龙又开口道："这是你第三次向我道谢了。"

"第三次？"算上上次在体育中心，不也才两次吗？另外一次是什么时候？易礼诗还真不记得。

不过林星龙上次好像说以前见过她，估计也就是在什么食堂吃饭的时候打过照面吧，毕竟和前男友谈恋爱的时候她是他们学校食堂的常客。

"你们学校去年举办过研究生运动会吧？"林星龙接着问道。

"对啊。"易礼诗点点头，她还为了奖学金绩点能高一点参加了最容易拿奖的拉拉操。音乐学院在运动会这种场合通常都是被血虐的对象，只有一个啦啦操还能拿得出手，每年都是一等奖，不过一等奖前面还有个特等奖，那是体院啦啦操专业的专属奖项。

"那个时候……"林星龙接着说道，"你们坐在主席台对面，每人都拿着菠萝……"

林星龙的话被一阵铃声打断，是易礼诗的手机在响。

她掏出手机一看，是段凯峰发来的微信语音。他这几天话好多，但比赛太累，懒得打字，所以一有空就会给她打语音电话，每次也没什么重要的事情，就分享一下他今天比赛的结果，进了几个球，拿了多少分，正负值多少，顺便收获一句她略带敷衍的夸奖。

不过段凯峰也没要求她能夸得有新意，因为他最近发现了一个更好玩的事情——他喜欢听易礼诗讲方言。不知道是哪一次语音的时候，易礼诗跟他说了一句方言，他觉得里面有个词被她说得超嗲，从此他就听上瘾了，想方设法地在电话里哄着她讲，还乐此不疲地想找出更多的同类词。

段凯峰今天的语音电话打得有点早，她也没多想，直接点了接听键，

"喂"了一声，对面却是一阵沉默。

"凯峰？"易礼诗轻声叫他。

林星龙突然偏头看了她一眼。

易礼诗没注意到，只是捂着手机等着对面回话。

"……你在干吗？"段凯峰在电话对面问。

易礼诗："排练呢，在 B 大。"

"哦，那现在不方便讲话喽……"段凯峰的语气听起来有些失落。

"也没有，现在正休息，可以稍微讲几句。"易礼诗站起来，对着林星龙小声说了一句"不好意思"，便走去了一个安静的地方，"好啦，什么事啊？今天这么早找我。"

段凯峰："也没什么，我比赛结束了，后天回来。"

"怎么样？赢了吗？"易礼诗问。

段凯峰："嗯。"

"那你是不是表现最好的？"易礼诗跟哄小孩儿一样。

"差不多吧……"段凯峰小声说道，"就 MVP(最有价值球员)啊……"他大概是不习惯跟别人分享自己的成绩，所以这几次下来，每次易礼诗问他表现得怎么样时，都回答得很羞涩。但易礼诗是真的为他高兴，连面前垂着的老旧窗帘上面的黑黑的污渍都显得没那么碍眼了。

"你每次都拿 MVP，有意思吗？给别人留点面子。"易礼诗故意逗他。

段凯峰："哼……"

"好啦好啦！"易礼诗很不走心地哄了他一句，又问道，"后天大概什么时候回来？"

段凯峰："晚上。"

"那晚上……"易礼诗想起段凯峰临走前说的话，嗓子紧了紧，又很多此一举地捏着手机换了一只耳朵听，过了半晌才问道，"要见我吗？"

"你说呢？"段凯峰的声音闷闷的，有点控诉的意味。

易礼诗："我后天可能排练到很晚。"

段凯峰："没事，我可以等。"

118

又随便聊了几句才挂电话。易礼诗坐回原处，林星龙转头冲她笑了笑，一双瞳色偏浅的眼睛眯起来，嘴角也是弯的。

"男朋友吗？"林星龙问。

其实原本应该是很唐突的话，但林星龙太有亲和力，看起来温和有礼，所以听起来倒没什么不适感。只是易礼诗不想回答这个问题，于是她转移话题，问道："你刚刚说什么菠萝？"

林星龙愣了一下，视线垂下来："算了，不用在意。"说着站起身来，随意朝她摆了摆手，"走了。"

"你不等樱子了吗？"易礼诗问。

林星龙："不等了。"

易礼诗没再多问。别人的事情，少管为妙。

其实林星龙说的那个菠萝事件，她是有印象的。

研一的时候，易礼诗这届的同学，为了拿绩点，都选了啦啦操，除了班长和少数几个同学。

班长不选啦啦操是因为他是个男孩子，跳不了。

温敏也没选啦啦操，选的是女篮，因为她听了她男朋友的鬼话，说要教她打篮球，对她进行特训，结果特训的成果不是很理想。

最后她们音乐学院的女篮拿了个全校倒数，温敏的绩点只加了五分，还被对方球员给撞得摔了一跤。而选了啦啦操的同学，全员都加了二十分。

班长是个比较体贴的男孩子，在她们这群女同学下场去跳啦啦操时，还特地去给她们在体育馆外的小卖部买了几箱水和削好的盐水菠萝过来。所以她们跳完啦啦操回到座位时，便一人举着一根菠萝在那里毫无形象地啃。正对着主席台，啃得有点嚣张。

也不知道林星龙是怎么知道这件事的，或许他当时也是观众之一。

姚樱子排练完，看到林星龙已经提前走了，脸上的表情有些挂不住，但很快她又开心了起来，因为礼堂门口又来了一个男同学要约她吃饭。

"男人千千万，不行咱就换。"姚樱子冲着一众小伙伴眨了眨眼睛，施施然地走了。

易礼诗对姚樱子很欣赏。当然，还带着点羡慕。因为她从小到大生活的环境都有些"阴盛阳衰"，高中时读文科，班上的男同学少，大学学音乐，男同学更少，以至于她读到研二了也才有过一个男朋友。

现在有段凯峰在旁边看着，她一共要找三个男朋友的愿望估计短期内完不成了。

而且，自从接到段凯峰那个电话后，她就有点不对劲了。

晚上在小摊上买煎饼吃时，她忘记跟老板说不要放葱了——她很讨厌葱味，所以点菜的时候一定会千叮咛万嘱咐，让老板千万不要放葱。这次，她居然忘了。因为她刚刚满脑子想的都是段凯峰回来的那天她该穿什么衣服。

而真的到了段凯峰要回来的那天早上，她突然绝望地发现，她居然每件衣服都是旧衣服。精挑细选了半天，才选出一件稍微满意点的。

中午在食堂吃饭，温敏笑了她半天，还说她把睫毛刷成了苍蝇腿。

易礼诗拿出镜子一看，明明刷得根根分明，看到温敏打趣的表情，她才发现自己被她耍了。不过温敏的话倒是提醒了她，待会儿要在 B 大忙活到晚上，别到时候晕妆了。

挣扎的情绪犹如奄奄一息的灯火，已经到了快要熄灭的程度。可是，烦人的墨菲定律真的是充斥在我们生活的方方面面，有些事你越想把它做好，就越可能会被搞砸。

从易礼诗忘记带伞出门开始，可能就注定了今天晚上不会有一个美好的收场。

因为急着见段凯峰，她没等排练完就提前走了，走到半途，天空突然开始下起了雨。她找了个便利店准备临时买把伞，付款的时候才发现手机不见了。

幸运的是她的手机并没有丢，她借了便利店的电话给自己的手机拨了过去，没响几声就被接起来。

是林星龙接的。原来手机不小心被她落在了礼堂。

林星龙今天又来了，这次他没带奶茶过来，带了几大袋水果，还有切好的果盘什么的，看起来心意十足，姚樱子看起来都快被他拿下了。当然，不是为了这点零食，而是他的态度太扑朔迷离，让人一眼看不透。

每天都过来送温暖，却从来都不等到最后。没什么比一个行事神秘的帅哥更令人感兴趣了。

但易礼诗却觉得，这个男生是个恋爱高手，看起来温柔和善，但实际上挺难接近的，跟他谈起恋爱来患得患失应该是常态，因为一般人根本就搞不清他到底在想什么。被他看上也不知道是福是祸，希望姚樱子能撑久一点。

林星龙今天估计是要等姚樱子一起走才留到了最后。

易礼诗冒着雨又往回赶，一边跑还一边心疼自己今天化的妆，还有早上刚刚洗过的头，淋了雨，头发铁定变油了。真是流年不利，怎么会把手机给忘在礼堂呢？

她把这归咎在段凯峰身上。都怪他，让她一整天都心不在焉的。

礼堂里还有几个留下来等着室友过来送伞的同学，易礼诗环视了一圈，才在靠近前排的座位上看到林星龙的背影，只有他一个人。

易礼诗走过去，先问了一句："樱子呢？"

林星龙说："她先走了。"又指了指旁边的座位，那上面静静地躺着易礼诗的手机："我看这个手机壳好像挺像你的，想着你等下应该会回来拿，所以就坐这儿等你了。"

易礼诗没想太多，连忙说道："谢谢！谢谢！"

林星龙将手机递给她，淡淡地说道："第四次了。"

易礼诗一愣，随即想到林星龙应该是在提醒自己的感谢不能浮于表面，所以她认真地说道："那我给你发个红包当感谢费吧，你不要嫌弃。"

"不用了，"林星龙眯起眼睛笑道，"我开玩笑的。"

易礼诗感到有些不知所措，以她的社交能力，她是真的分不清楚林星龙这是客套话还是真心话。

正僵持着，林星龙突然指着易礼诗的手机说道："刚刚有个人打了大概五个电话给你。"

易礼诗一惊，赶紧划开屏幕，屏幕上是三个微信语音提醒和五个未接电话提醒，全都是来自段凯峰。

"最后一个我擅作主张替你接了，"林星龙说，"我看他实在着急，不好意思。"

"哦，没事。"易礼诗急着走，所以直接说道，"感谢费你说不要我就当真了啊，你考虑清楚了，过了这个村就没这个店了。"

"行了，你走吧！"林星龙径直往外走，一副不想再和她说话的样子。

易礼诗不再纠结，一边走一边拨通了段凯峰的电话，没走几步便看到礼堂门口出现了一个熟悉的，这几天可以说是朝思暮想的身影。她举着手机，脸上的表情有些惊讶。她挂掉电话，沿着台阶一级一级往上走。段凯峰背着背包，手上拿着一把正在滴水的伞，站在原地没动，看样子在等着她走过来。

由于背着光，段凯峰的表情有些看不清。易礼诗正想看个清楚，视线却被走在她前面的林星龙挡住。她只能看到林星龙在经过段凯峰身边的时候，突然停了一下，然后才继续往前走，直到出了门。

礼堂内安静得过分，易礼诗后知后觉地发现，刚刚等在这里的同学都已经陆续走了，她和林星龙是最后离场的人。明明她没做什么亏心事，但现在莫名觉得有些慌乱。

易礼诗慢吞吞地走到段凯峰面前，果不其然看到了一张冷若冰霜的脸。段凯峰看着她没有说话，只是沉默地拉着她的手往外走。走出大厅时，林星龙还站在台阶上，正准备将伞撑开，见到易礼诗出来，居然笑着朝她说了一句："再见。"

这大概就是火上浇油吧。

易礼诗几乎是下意识地抬头去看段凯峰的反应，结果她只看到段凯峰的下颌角好像动了一下，似乎是咬了一下牙，然后他整个人直接冲到林星龙面前，揪着他的领口便将他大力怼到了墙上。

这样暴脾气的段凯峰，易礼诗从来没有见过，一时之间有些反应不过来，整个人慢了几秒钟才跟过去，一手拉住段凯峰的胳膊。此时他胳膊上的肌肉已经完全绷紧，硬得跟砖头一样，仿佛下一秒钟就要把拳头招呼到林星龙的脸上。

易礼诗不知道段凯峰到底怎么了，觉得有些蒙。

被抵在墙上的林星龙没有挣扎，而是开口道："我可以让你打回来。"他那张脸上终于没了笑容。

事情发展到这里，易礼诗也看明白了这两个人大概是有什么跟她无关的旧怨，她又扯了一下段凯峰的胳膊，轻声叫了一下他的名字。易礼诗没劝他说算了，因为拿不准那到底是一段什么样的恩怨，她不确定自己有没有这个资格插手。

易礼诗的声音让段凯峰找回了一丝理智。他深吸了一口气，最后看了一眼林星龙，手上的力道渐渐放松下来，然后回身直接拉住易礼诗就走。

段凯峰只带了一把伞，撑伞的时候也没有放开她，而是将她整个人圈进怀里将伞撑开，揽着她的肩膀走进了雨里。全程没有跟她说一句话。

第十七章
在一起

　　虽然段凯峰跟林星龙的恩怨跟易礼诗无关，但毕竟今天的事情因她而起，所以她只能硬着头皮把今天的遭遇复述一遍："我今天没带伞，临走时还把手机忘在礼堂了，林星龙只是在帮我看着手机而已。还有，我不是故意不接你电话的。"

　　"所以你知道他的名字叫林星龙？"段凯峰终于肯开口，但从她的头顶传来的声音冷冷的，虽然她整个人被他揽在怀里，但在这一瞬间，她觉得自己离他好远。

　　"他叫林星龙，有什么问题吗？"易礼诗问。

　　段凯峰又不说话了。

　　到底怎么了？为什么段凯峰会这么奇怪？难道林星龙之前抢过他的女朋友？所以他才会说愿意让他打回来？

　　不对，段凯峰说他之前没谈过恋爱，因为没来得及……就受伤休学了。所以，真的有可能是因为另外一个女孩子吧。

　　易礼诗一时之间心里也挺烦躁的，精心准备的妆容已经被雨淋花，发型也被雨淋塌了，她现在整个人都很狼狈，还得受段凯峰莫名其妙的鸟气。真是够了。她越想越觉得委屈，肩膀不自觉地挣扎了一下，从他的怀里挣脱出来，闷头就往前冲。

　　段凯峰没有再过来搂她，只是举着伞默默地跟着她。他把那把伞一直举在她的头顶上，直到两个人进了出租屋所在的楼道，他才把伞放下来。

易礼诗站在原地深吸了几口气，才转过身来看段凯峰。他脸上、身上都是雨水，背上的包也已经被完全打湿，站在低矮的楼道里，低着头，神色有些颓败。

易礼诗看得一阵心软，但想起段凯峰可能是在为另外一个女孩子伤心，就把安慰的话咽进了肚子里，口不择言地道："我要上楼了，你上不上来？"她的语气有些冲。

段凯峰向她投来一个不敢置信的眼神，像是被她的态度伤到，手指轻微地颤抖了一下，才轻声说道："我今天……就不上去了。"

不上去就不上去，上去了还得给她气受。易礼诗也气昏了头，扔下一句"随便你"就准备往楼上走。

"易礼诗。"段凯峰突然叫住了她。

易礼诗没有回头，只听见段凯峰在背后说道："你真的，一点都不关心我吧……"他的声音颤抖着，听起来像是要哭了，"你但凡有一点点关心我，你都会知道，林星龙这个名字，对我来说有什么问题。"

段凯峰的控诉来得太猛烈，易礼诗反应不及，只觉得脑子突然一片空白，手心开始渗出细细的薄汗，随之而来的还有一股没来由的恐慌。难道真的是她做错了什么吗？

易礼诗回过头来，想问个清楚，却发现楼道里空空如也。

段凯峰走了。

外面的雨还在下着，初秋的雨下得不像夏天那么急，而是绵绵密密的四处乱飘，即使刚刚段凯峰把伞几乎全撑在了她的头顶上，她的身上却还是沾上了不少水珠。易礼诗站在楼道口，就着昏黄的灯光看了一阵雨。

一阵风吹进来，周身泛起一阵凉意，像丢了魂儿似的，她提着沉重的脚步一级一级地往上走。快走到三楼的时候，楼道里突然传来一阵急促的脚步声，一梯十一阶的楼梯被那个人两步就跨了上来，奔到三楼的时候，易礼诗正掏出钥匙准备开门。

易礼诗的动作卡在了掏钥匙这一步，因为她整个身子都被人从背后抱住了。

段凯峰紧紧地抱住她，颤抖着身子将下巴放在她肩上，头发上冰凉的雨滴顺着她的脸颊流下来，滴到了她的脖子上。还有几滴水珠是温热的，在她皮肤上滚过，又渐渐变凉。

意识到那是什么，易礼诗的心开始莫名抽痛起来，觉得有些不知所措。她握紧拳头，两天没剪的指甲冒出了一点白边，陷进肉里不疼，但她的指关节疼。

易礼诗试着深呼吸，想平复一下心情，但段凯峰抱得太紧，她有点呼吸不顺畅。她扭了扭头，想看看他的脸，但他却将头偏向一边，冷硬的湿发戳得她的脖子又麻又痒。

"不要看我，"段凯峰低低地说道，"我现在感觉很丢脸。"

易礼诗果真没有再扭头，只动了动可以活动的那一截小臂，攀上他的胳膊，轻轻地抚摸，柔声问道："既然感觉丢脸，那你为什么要回来呢？"

段凯峰在她的颈窝里叹了一口气，像是认输一般，自暴自弃地回答道："因为你太没有良心，我怕我走了以后，你就再也不会找我了。"

段凯峰的手劲松了一些，易礼诗得到喘息的机会，她侧过头，脸贴着他的脸蹭了蹭。他们就这么像两只小动物一样依偎在一起。黑暗中，她摸索着牵起他的手，在他的手背上亲了一口，然后说道："你是我的祖宗，我怎么可能不找你呢？"

段凯峰表达不满的方式真的很直白，进门以后，易礼诗便凑近他，但他摆出一副受到了冒犯的神情，昂着头不肯让她靠近。她踮起脚，扑在他怀里。

脚下有些不平衡，易礼诗踉跄了一下，起了点坏心思，干脆整个人都朝他扑过去。可是段凯峰还真是能忍，他把她扶稳之后，就握着她的双肩将两个人距离拉开，冷着一张俊脸说道："我还在生气，你别想这样贿赂我。"

好吧，不抱就不抱。易礼诗讪讪地放开了段凯峰："那你什么时候能消气？"

"可能今天晚上都不会好了。"段凯峰把背包扔地上，还是有些闷闷不乐的样子，在看到易礼诗的眼神之后，才接着说道，"除非……"

后面的话她只看到了嘴型。真的是……

连生气都这么可爱的大男孩哪里才能找到啊！易礼诗的心里像有只土拨鼠在尖叫，爱心泛滥得要原地打滚了。

段凯峰看起来情绪还是不高，可能是不满易礼诗这种解决问题的方式，故意不让她得逞似的，就这样直接进了浴室。

淅淅沥沥的水声响起来，易礼诗赶紧掏出手机给温敏打语音电话。

电话接通时，温敏在那头很惊讶："你这大晚上的，跟我联络什么感情啊？"

易礼诗瞥了一眼浴室的门，听到里面水声一直没停，才小声说道："别提了，刚吵完一架呢。"

"那肯定就是你的错喽，"温敏贱兮兮的，"让帅哥受委屈，不是你错，是谁的错？"

易礼诗中了一枪，无从辩解，只是问道："你问问你男朋友知不知道林星龙这个人，跟段凯峰之前有什么恩怨，其他的我明天再跟你说。"说着把"林星龙"三个字发了过去。

"我男朋友跟段凯峰不是一届的，他不一定知道，还有，上次他给你把微信号搞错了，你还放心问他？"温敏在电话对面吐槽着，脚步声倒是很诚实，趿着拖鞋就下了床，"我先挂了，等下给你消息。"

段凯峰洗完澡拉开门出来的时候，温敏的微信正好发了进来。

易礼诗拿起手机一看，顿时感觉眼前一黑，一股浓浓的无力感从四肢生出，汇聚在她的头顶，跟冒了烟似的，唰唰唰地写下了三个大字——你完了。

温敏的微信内容是这样的："你记不记得段凯峰之前比赛受伤的事情？那场比赛就是和 B 大打的，段凯峰抢篮板的时候被人垫了脚，伤到了脚踝。垫他脚的那个人的名字就叫林星龙。"

"林星龙"这个名字，对段凯峰来讲究竟意味着什么呢？

意味着是让段凯峰受伤，害得他大半年不能打球的人。

而易礼诗根本没想过要去了解这段过去，反而理直气壮地问段凯峰这个名字对他来讲有什么问题。所以，她今天晚上，究竟做了什么？

"怎么了？你发什么呆？"段凯峰从浴室出来，头发也没吹干，一条毛巾搭在脖子上随意地擦着头发。

易礼诗如梦初醒一般看向段凯峰，半晌，才冲他招了招手，示意他走过来。

两个人对坐着，易礼诗顾不上去洗澡，先伸手拿过段凯峰脖子上的毛巾帮他擦头发。他的头发一个星期没剪，长长了一些，这会儿有几缕头发搭在额头上，显得整个人异常温和。

段凯峰垂着眼睛不说话，任易礼诗像给宠物擦脑袋一样照顾他。

"今天这件事你想跟我聊聊吗？"易礼诗问。

段凯峰飞快地看了易礼诗一眼，又摇了摇头："不想。"

其实是一副受了伤的姿态，他以为自己掩饰得很好，但易礼诗还是看得眼眶发热。

易礼诗直起身子，跪坐着抱住他的脖子。段凯峰愣了一下，才伸手搂住她的腰。

"开始我不是故意对你态度不好的，"易礼诗放缓声音道，"我只是以为，你以前和林星龙是情敌，我以为你们在为了哪个女孩子争风吃醋。"

"根本没有那样的女孩子。"如果有，那也只会是易礼诗本人。

"所以你吃醋了吗？"段凯峰接着问。

"嗯，"易礼诗难得地坦诚一回，"我吃醋了，有点伤心。"

段凯峰轻轻地将易礼诗拉开一段距离，就着灯光仔细观察她的神色，想分辨她说的是真话还是假话。

"你不要骗我。"段凯峰盯着她的眼睛说道，"因为你说什么我都会相信，所以你不要骗我。"

　　易礼诗被段凯峰说得一阵愣神，还没反应过来，整个人又被他紧紧地搂住。他的手劲很大，让她真的有点喘不过气。但她满脑子都是他刚刚说的那句话，所以她没有挣扎，乖乖地贴在他的胸口，任他抱住。如果被他知道真相，他一定不会原谅她的吧。

　　她能为了接近谭子毅，恶补篮球相关知识，查看他每场比赛的数据，在搜索引擎上搜索他的名字只为知道他更多的消息，做这些无用而可笑的举动，动机是为了报复，说出来会有谁信呢？与此同时，她又为段凯峰做过什么呢？

　　好像什么都没有做。她连段凯峰受伤这么大的事都没有想过要去了解一下，就好像对他了解得越少，自己便越能轻易抽身一样。

　　慌张的情绪一下子便盛满了她整颗心，她也不知道为什么，只是突然有些绷不住，眼泪就往下掉。

　　段凯峰是在感觉到胸前有了湿意后才知道易礼诗哭了的，他捧起她的脸，呆呆地问道：“你怎么哭了？是我在楼下话说太重了吗？”

　　易礼诗摇头不语，他又凑上去亲她的眼角，想要将她的眼泪亲干净，但是她现在情绪有些失控，眼泪根本就止不住。他只能笨拙地道歉：“对不起！易礼诗，我不该那么说你的。我只是想让你多关心我一下，没想把你弄哭。对不起！是我错了。”

　　段凯峰有什么错啊？易礼诗哭出声来，他这么好，怎么会遇上她这种人啊？可是现在，她已经没办法放开他了。怎么办啊？

　　易礼诗一直到洗完澡出来才止住眼泪。

　　因为段凯峰整个人被她吓得手足无措，想让她先睡觉，但她现在身上还是湿的，特别是头发还被雨淋过，所以后来他便直接送她去了浴室。

　　易礼诗出来的时候，心情已经平静下来了，两个人坐在沙发上靠在一起，连呼吸都有些小心翼翼的。她将脑袋搁在他的肩膀上，渐渐放松下来。

　　段凯峰的头发没吹干，带着点潮气，还有她买的洗发水的味道。

易礼诗知道他大概是被她吓到了，所以一直沉默着没有说话。段凯峰用脸颊蹭了蹭她的发顶，隔几秒钟就要侧过来轻轻亲一下，是单纯的安抚。

一场争执莫名其妙地由甲方变乙方，原本应该是她安慰他，到最后变成了他一直在道歉。易礼诗觉得愧疚不已，摸着他的脑袋说道："我没事了，对不起，吓到你了吧……"

段凯峰凑近她的脸，窗外透进来一点夜光，他盯着她肿起来的双眼看了半天，突然认认真真地说道："易礼诗，我们在一起吧，我想和你在一起。走之前我就想对你表白，但那时我觉得太仓促，表白这种事，还是要郑重一点。"

没想到回来便吵了一架，或许有些期待的确是不能提前预告的吧，越想挑一个好时机，便越没有好时机。

易礼诗沉默着没有说话。

没听到易礼诗的回答，段凯峰也不着急，又接着说道："我不希望下次别人接你电话的时候，我连吃醋都没有立场。"

听到这番话，易礼诗的心脏又开始不听话了，倒流的血液化作一根根纤藤慢慢地在她心上开花，她犹豫着，直到喜悦之情渐渐压过心里的那股愧疚，在她的脑中盈满，她才慢慢地开口道："可是，谈恋爱不是一件美好的事情。你没有谈过恋爱，所以你不知道，谈恋爱意味着要把自己的时间分给对方，在心情不好的时候不能随意发泄，平时自己一个人可以决定的事情也需要去考虑对方的感受。如果你跟我谈恋爱的话，我可能会经常没有时间陪你，我也可能会经常惹你生气，这些你都不介意吗？"

段凯峰没有回答"介意不介意"这个问题，只是问道："你的前男友给了你这种感受吗？"

易礼诗轻轻地"嗯"了一声。

"那他做得不好，"段凯峰像是较劲一般将她搂住，脑袋贴近她的颈窝，"我会比他做得好，我会尽量……不给你压力。"

易礼诗笑了一下，不怎么相信他。以段凯峰这股黏人劲儿，说出这种话来，很难让人信服。但是，她突然想给自己一次机会，一次不为还没有到来的坎坷而担忧的机会。

"那好吧。"感觉鼻子酸酸的，易礼诗终于松口。

段凯峰眸光一亮，突然咧开嘴笑了。昏暗的夜色里，易礼诗看不清他的五官，只看见他露出一口白牙，傻里傻气地冲她直乐。

"易礼诗，我喜欢你。"段凯峰轻轻地亲了她一下。说完以后他沉默下来，一双眼睛盯着她，在黑暗中透出灼灼的光。他在等易礼诗说些什么。

易礼诗小声回应他："我也是。"

"我知道啊，就是你一直不肯承认而已，"段凯峰得了便宜就开始卖乖，"你每天担心的事情好多。"

"对啊，可多了，"易礼诗半真半假地说道，"你比我年轻，比我幼稚，你的追求者那么多，你还那么有钱，属于打不好球就要回去继承家业的那种，我怕别人说你，帅哥眼瞎。"

段凯峰在易礼诗的耳边一耸一耸地笑起来，整个人散发出一股抑制不住的开心，连她说他幼稚都不计较了，最后凑到她的耳边说："我要是瞎子就没办法在考场上就抓到你了，我视力可好了。"

"最后一个问题。"段凯峰突然停下动作，摸到她的手与她十指相交。

易礼诗："什么？"

段凯峰："你的前男友是我们学校的吗？"

是谁刚刚说不给她压力的？他是故意在以退为进吧？

易礼诗顿时觉得头疼，有些怀疑自己是不是不小心着了他的道，上了贼船。但她还是耐着性子回答道："不是，是 B 大的。"

"哦。"段凯峰没再追问，只是默默地搂紧了她。

段凯峰兴奋得一晚上都没怎么睡着。他半夜醒来和她确认："易礼诗，你是不是我的女朋友？"

易礼诗睡得迷迷糊糊的，被他吵醒也不恼，闭着眼睛回答他："是。"

段凯峰又放心地睡去，睡到一半又惊醒过来，乐此不疲地问了好几次，直到易礼诗的耐心耗尽，不耐烦地吼了一句："睡觉！"

段凯峰这才消停。

第十八章
向你道歉

　　第二天易礼诗醒来的时候，段凯峰已经出去跑了几圈，把早餐买回来了，显得精神抖擞。

　　"你都不用睡觉的吗？"易礼诗躺在床上吐槽，吐槽完又想起来成功人士好像都是不用睡觉的。她这么爱睡觉，难怪成不了大器。

　　段凯峰洗完澡出来，一身清爽地趴到她的床边，对着她就亲了一下。易礼诗想起来自己还没刷牙，便捂住嘴试图推开他。

　　段凯峰嘿嘿笑了一声，然后凑到她的耳边问："易礼诗，你是不是我的女朋友？"

　　"是——"易礼诗拖长了尾音，眼睛都懒得睁开。

　　后来段凯峰又乐此不疲地问了好几次，直到易礼诗的耐心耗尽，一巴掌拍到他的头上："别吵我！"段凯峰这才消停。

　　段凯峰蹲在床边看了她一会儿，小声地问道："还不起来吗？"

　　易礼诗扯了扯被子，眼睛仍旧闭着："我好不容易上午没课，睡下懒觉怎么了？"

　　"哦，"段凯峰点点头，"你睡啊，我做下早操。"

　　易礼诗："……"

　　磨蹭了一早上，起来吃早餐的时候已经快到十一点了，不过两个人

133

的肚子饿得很，所以凉了的早餐也能吃得下。

其实段凯峰吃饭没有易礼诗想象中挑食，可能是从小被扔训练营吃食堂的饭吃习惯了，所以有时候他看起来意外地好养活，他只是不喝碳酸饮料，不吃油炸食品。

以前易礼诗觉得他吹毛求疵，完全是因为他有时候太注重细节，所以导致了她对他有了某种刻板的印象，但事实上，她跟他相处这么久，他什么都没抱怨过，只是尽力地往她这里多买点东西，让她能住得舒服一点。

也许是易礼诗打量的目光太直白，段凯峰吃着吃着又开始脸红了。

"你怎么有时候这么容易害羞？"易礼诗笑着问。

段凯峰不服气："那你害羞的时候也很多啊，你还老是偷偷看我。"

这下轮到易礼诗不说话了，段凯峰有着那样的面孔和身材，她不偷偷看他才奇怪了。

"你今天还要去 B 大吗？"段凯峰问。

易礼诗："晚上要去，过几天就要演出了，要抓紧时间排。"

"林星龙是天天待在那里吗？"段凯峰又问。

"不知道，他在追我们那部音乐剧的女主角，有时候来得很勤。"易礼诗犹豫了一下，继续说道，"你和林星龙的事情，我已经知道了……"

段凯峰斜睨着她："你怎么知道的？"语气听起来还是有点别扭。

易礼诗忍不住揉了一下段凯峰的脑袋："我在你们体育学院有眼线啊！"

段凯峰又高兴起来，面带得意之色："所以难怪你那时候能弄到我的微信号喽？"

揉着段凯峰脑袋的手一滞，易礼诗垂下头，没有接他这句话。段凯峰没有在意这个细节，继续说道："我晚上跟你一起去。"

"不要，我一弄就是几个小时，你在那里会觉得无聊，"易礼诗拒绝了，"而且我会分心。"

"会分心"这个理由让段凯峰的脸不自觉地发烫起来，他轻咳了一声，退让道："那我晚上去接你。"

易礼诗："可以。"

段凯峰："离林星龙远一点。"

易礼诗："知道啦，人家也不是冲着我来的。"

段凯峰："那也离远点。"

"我会的。"易礼诗认真地答应他。

段凯峰晚上提前了一点时间到了 B 大，因为他刚刚参加完比赛，不用上课，也不用训练，没什么事情做，等得着急，就提前来了。

虽然和易礼诗之前的相处状态和恋爱没差别，但正式确定关系之后反倒束手束脚了起来，恋爱到底该怎么谈？他也不知道，但他看身边的同学基本上谈恋爱都是吃饭、压马路和看电影，其他也翻不出什么新意来。他有样学样，准备待会儿拉着易礼诗逛逛校园。她的前男友是 B 大的，待会儿就在 B 大逛。

到礼堂的时候，段凯峰特地坐到了靠近门口的位置，趴在前排的座椅上等她。虽然礼堂很大，但他的视力足够好，隔着很远的距离也能从前面那堆人里辨认出她的身影。

段凯峰兴致勃勃地盯着易礼诗，一点都不觉得无聊。如果不是有人过来扫兴的话，他应该能变成一尊望妻石。

有人坐到了段凯峰的身边，他不用偏头去看，也知道那个人是林星龙。

段凯峰今天的心情好，也没了昨天晚上那股冲动劲儿，只是对着林星龙，他始终感觉心里很硌硬。脚踝上的伤虽然已经好了，但那种痛感他一辈子都忘不了。

"你怎么这么阴魂不散？"段凯峰冷着脸问道。

林星龙淡淡地道："我只是想向你道声歉。"

段凯峰抿了抿嘴唇，仍旧冷淡地回答道："战术是你们教练安排的，你也只是执行者而已。"

意料之中的态度。林星龙没有说话。

段凯峰像是想起了什么，突然说道："其实，如果我没受伤的话，我也遇不到我现在的女朋友。所以，你的道歉，我接受了。"

段凯峰扭头看了一眼林星龙，不出所料地看到了一张略显失落的脸。这种神情代表着什么，段凯峰再清楚不过。林星龙如果只是单纯地想道歉，为什么要舍近求远，先接近易礼诗？直接找到他不是更好吗？

预感被证实的这一刻，段凯峰只觉得命运这个东西真的很玄妙。但他的本意也不是想向人炫耀什么，他只是不喜欢自己喜欢的人被人觊觎，所以说完这句话之后，他便没再说话，一门心思地盯着舞台，看着易礼诗忙活来忙活去。

林星龙顺着段凯峰的目光静静地看了一会儿，就起身离开了。

姚樱子今天的排练有些心不在焉。过几天就要演出了，女主角还是这种状态，易礼诗有些着急，趁着休息时间把她拉到台下，询问她到底怎么回事。

姚樱子也很抱歉："对不起！我只是今天心情不怎么好，我再调整调整，不会误事的。"

易礼诗没再追问，只是递给姚樱子一瓶水，两个人坐在台下各自休息。

"易学姐，你谈过几次恋爱？"姚樱子突然问道。

易礼诗说："正式谈的话，目前是两次。"

有一次昨天晚上才确定关系。

"我谈过很多次，"姚樱子说，"每一次都不是很长久，因为我不会主动喜欢别人。他们对我好，我就从中挑一个最帅的谈，但往往坚持不了多久就会分手。"

"多好啊！"易礼诗真心实意地羡慕，"帅哥都是你的。"

姚樱子"嘿嘿"一笑："但帅哥其实都知道自己很帅的，所以有时候还挺糟心的。真想遇到一个又帅又社恐的男人啊！"

又帅又社恐？段凯峰好像有点这个感觉。

姚樱子可能觉得易礼诗是个很好的倾诉对象，所以话匣子一打开就关不住了："易学姐，你知道吗？我真搞不懂林星龙到底怎么想的，我又没要求他每天给我送东西，他自作主张地这么体贴，送完东西之后又不主动约我，他是不是有毛病啊？"

易礼诗也不懂，自从她知道林星龙害得段凯峰受伤以后，她对林星龙的印象就有点差。昨天晚上他还故意弄那一出激怒段凯峰，这让她心里更加不爽。

"你了解他这个人吗？"易礼诗问。

姚樱子的脸上露出犹豫的神情："以前……我觉得我还挺了解他的，因为我和他是高中同学。他以前是特别阳光的一个人，可是自从去年发生了那件事，他从校队退出之后，我就越来越不懂他了。"

"去年那件事指的是他垫脚我们学校的段凯峰的事吗？"易礼诗问。

"你知道啊？"姚樱子很惊讶。

"听说过一点。"易礼诗的确只是听说过这件事而已，因为段凯峰也没把具体情况告诉她。

"那场比赛是在我们学校打的，我还去现场看了，"姚樱子说，"林星龙明明不是故意的，就是他的队友推了他一把，他自己也没站稳，结果脚踩在了段凯峰落地的地方。"

"你确定他不是故意的？"易礼诗问道。

姚樱子很确定："我坐的那个地方看得清清楚楚的。可是那场比赛没有录像，所以根本就没有回放可以证明他的清白。更过分的是，林星龙的队友在事后放出了一段录音，证明他们教练的确在布置战术的时候示意过他要对段凯峰下黑手。那场比赛之后，他就从校队退出了，然后整个人都变了。"

关于林星龙的事情，易礼诗听过以后也没怎么放在心上。且不说姚樱子对林星龙有没有迷妹滤镜的存在，退一万步讲，就算姚樱子说的是真的，段凯峰作为一个受害者，也实在没有义务去理解他。因为伤害已成既定事实，不管林星龙有什么苦衷，这都跟段凯峰没有任何关系。

收工的时候，段凯峰已经等在了礼堂门口。跟着她一起走出去的姚櫻子看到段凯峰特别惊讶，直到易礼诗特别不好意思地和他打了声招呼，姚樱子才恍然明白过来。

"不好意思，"易礼诗说，"我不是故意要瞒你，只是我现在还没适应他的女朋友这个身份。"

姚樱子点点头表示理解："我懂，这种宝藏是该藏着点，太高调的话谁都有资格来插一嘴，烦都烦死了。"

等到姚樱子走后，易礼诗才慢吞吞地朝段凯峰走过去。在她情窦初开的年纪，其实也不是没有在梦里幻想过这种场景，只是在那些旖旎的梦里，男主角没有清晰的面容。后来等到她长大以后，就基本上不再相信这种偶像剧的剧情了。然而，当她看到段凯峰的那一瞬间，她却不自觉地紧张起来。可能真的是没有适应好角色转变吧，当她对上他眼神的时候，两个人都明显地躲闪了一下。

易礼诗低下头慢慢地蹭到他身边，段凯峰仰着脑袋看向别处，摊开手掌，然后轻咳了一声，像是在提醒她似的。

一个月前他想牵手还只是默默地摊开手掌等着她自己发现，现在已经进步到能主动提醒她了。她笑得肩膀轻轻颤抖，故意逗他，没有第一时间伸出自己的手。

摊开的手掌抓着的还是一团空气，段凯峰等得实在有些不耐烦，于是一把将她的手抓进掌心，拉着她就开始逛校园。

最后当然没有把 B 大的校园逛完，因为易礼诗走几步就开始喊累，两个人只好牵着手从 B 大外面的小吃街慢慢逛回学校。

快到音乐学院的时候，易礼诗的神经不自觉地开始紧绷起来，她还是有点害怕会遇到熟人，虽然已经做好了心理准备，但有些是条件反射，她的脑子控制不了。

都说世上无难事，只要会逃避。她是会习惯性逃避的那种人。一旦犯起懒来，不想整理的衣服扔在沙发上关起房门就可以当作没看到，虽然打开门之后仍旧需要自己去整理好，但短暂的逃避也能让她很快乐。

不想处理的事情，丢在那里就好啦，拖着拖着说不定自己就会解决

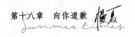

了呢。

　　昨天晚上她几乎是用尽了近段时间所有的勇气去尝试和段凯峰在一起，可是，逃避心理是会反复的，就如同做一道和声题，做错的地方，下次遇到也还是会做错一样，错误的习惯很难一下子改掉。

　　走到音乐学院的门口，易礼诗看到了她的一个女同学，平时其实也不怎么交流，点头之交而已，但在看到同学的那个瞬间，她却不着痕迹地将手从段凯峰的手里抽了回来。庸人自扰的是，她的同学并没有看到她，而是直接去了公交车站。

　　身边的段凯峰在她抽回手的那一瞬间便沉默了下来，两个人闷头在那条摆满了小吃摊的巷子里穿行。一股愧疚之情油然而生，她却不知道该怎么解释刚刚的行为。

　　"你还可以松手松得再快一点。"最终还是段凯峰先开口。

　　易礼诗终于敢看他，段凯峰的表情微微僵硬，已经没了开始那股快乐劲儿。

　　"对不起，"易礼诗叹了一口气，鼓起勇气又将手塞回段凯峰的手里，"刚刚一下子没过脑子。"

　　段凯峰没说话，只是默默地将她的手抓紧了些。

　　易礼诗又提议道："要不下次你也甩开我一次吧！你让我也试试这种感觉。"

　　"不要。"段凯峰拒绝得很干脆。

　　B大历来都是财大气粗的，国庆晚会也是十分大手笔，灯光和舞台都是请的专业团队来把关。易礼诗和导师坐在一起，在她负责的节目开演时，全程提着一颗心，生怕出什么幺蛾子。

　　幸好今天姚樱子的状态还不错，圆满地完成了任务。谢幕的时候成堆的人上去给她献花，她两只手都抱不下，还是身边的同伴帮她拿了一部分，才勉强抱回后台。

　　"樱子，这么多花，你怎么拿回宿舍啊？"同伴问。

姚樱子看也没看那堆花束，趴在化妆桌上，顾不得脸上还化着妆，直接将脸埋进了臂膀里。

"不拿回去了，占地方。"姚樱子小声说着，也不知道说给谁听。

舞台下的过道里挤满了人，林星龙站在一个昏暗的角落里听主持人激情澎湃地解说着，突然觉得四周有些吵。跟着他一起来的同伴刚刚给姚樱子送完花下来，走到他的身边大声问道："你为什么不自己上去给樱子送花啊？樱子看到我的时候，眼神都变了，你不知道她看起来有多失落。"

林星龙没有说话，只是冲他笑着摇了摇头。

同伴"啧啧"两声，捶了他一下："高手，我要学着点，以后追妹子就得像你这样，保准把对方拿捏得死死的。"

林星龙把脸朝他凑过去："首先，你得有我这张脸。"

"你要脸吗？滚！"

林星龙真的"滚"了，他早不想在这儿待了，跟同伴道个别，就从人挤人的过道里往外走。礼堂外站着三三两两的人，很多都是外校的学生过来凑热闹。他找了个相对安静的地方，靠在廊柱上，给自己点了一根烟。

林星龙的面前是一个小花坛，花坛里种满了秋海棠，开得挺浓烈的，像假花一样。

一根烟才抽了三口，烟就被人从他的嘴里抽了出来，手法利落，他反应过来时，嘴里已经空空如也。

林星龙偏头一看，是姚樱子，一脸的舞台妆化得很夸张，不过衣服换回了自己的便服。

"怎么了？"林星龙笑着问道。

"你来了为什么不自己送花给我？"姚樱子估计已经忘了自己的妆化得挺浓的，露出一副娇憨的表情，看起来却莫名让人有些想笑，"不就是我表白被你拒绝了吗？多大点事，我第一次主动向人表白，我都不尴尬，你尴尬什么？好歹我们也是高中三年的同学，做不成情侣，朋友都

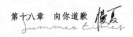

不可以做了吗？"

"我没有觉得尴尬。"林星龙无力地辩解。

姚樱子根本没听林星龙说什么，自顾自地说道："而且，要不是你这些天老是过来送东西喝，我能误会你喜欢我吗？都怪你！话也不讲清楚！"

林星龙面带惭愧地附和道："是是是，都怪我。"

姚樱子看了一眼自己手里还在燃着的刚刚从他嘴里拿下来的烟头，突然话锋一转，说道："其实，我知道你喜欢的是谁，那天晚上我看到你回头看她了。"

林星龙愣了一下，才想起来姚樱子说的是那天他们一起聚会，一起到礼堂外等她的那次。

"对不起。"林星龙无话可说，只能低声道歉。

"我还在她面前为你说好话了，"姚樱子噘起嘴，"我告诉她你不是故意弄伤段凯峰的，是你的队友推的你。"

不过她好像并不在意。这句话姚樱子没说。

林星龙听了却没什么特别的反应，只是盯着花坛说道："无所谓了，已经过去了。而且，的确是我自己没有处理好和队友之间的关系，所以才会得到这种结果，不能怪别人。"

姚樱子靠在林星龙身边的墙上，看着手里夹着的烟一点点燃尽，又问道："你能告诉我，你为什么喜欢易学姐吗？你不要误会，我只是好奇，因为你和段凯峰的羁绊也太深了一点，不仅发生了那样的事情，还喜欢上了同一个女孩。"

林星龙沉默了一会儿，才开口道："其实，也不叫喜欢吧，就是挺感兴趣的。"

还没来得及喜欢而已。

第十九章
羁绊

　　林星龙第一次见到易礼诗是在去年十一月份，当时他大三。正值 A 大举行研究生运动会，他的一个室友找了个 A 大体育学院的女朋友，啦啦操专业的，他室友宝贝得很，拉着他们整个宿舍的人去加油打气。

　　A 大体育学院的啦啦操是跳得很精彩，但他的目光全被主席台对面那群吃菠萝的女孩子吸引住了。不，不只是他，应该说是全场观众的目光都或多或少地被吸引住了。

　　因为真的挺搞笑的，对面那群女孩子中间还有个男孩子，嗓门特别大，站在一面大鼓前，一边敲鼓一边给下面被虐得七荤八素的女篮喊加油。

　　啦啦操的比赛已经全部结束了，现在场上是女篮的比赛，音乐学院对生物科学院，打半场，三乘三的比赛。说实话，看起来真的惨不忍睹。

　　"对面那是音乐学院的吧？"室友像是看新鲜一样，"勇气可嘉，打成这样居然是全场加油声最大的，也不嫌丢人。"

　　"不丢人啊！"林星龙看得特别开心，"体育本来就是她们的弱项，你有本事去跟她们比比音乐。"

　　室友觉得林星龙有点不对劲："切，说得头头是道，对面有哪个美女入你的法眼了吧？咱们学校啦啦队的妹子要心碎满地啦！"

　　"你别乱说！"林星龙推了一下他的肩膀，不搭理他了。

　　说起这个林星龙还挺苦恼的，他们队的一个小前锋喜欢他们学校啦啦队的队长，但那个啦啦队的队长平时根本不搭理那个小前锋，反倒对着他嘘寒问暖。莫名其妙地卷入一段三角关系，他觉得自己也够倒霉的。以前在更衣室大家还能闲聊一下，现在气氛冷得他打完球之后恨不得连澡都不洗，直接回宿舍。

　　场上的比赛实在是太过无聊，场边的观众陆陆续续地走了不少，林星龙也不怎么看得下去了，起身准备回学校。

　　篮球场的出口在球场最底下，经过球场边缘的时候，音乐学院和生物科学院的比赛还在有一搭没一搭地进行着。裁判吹哨吹得很松，因为两边的队员都视规则如无物，拉扯动作不断。不过生物科学院的队员到底比较猛，音乐学院的一个女孩子一下子就被撞倒在地上，半天没起来。

　　林星龙停在原地看了一会儿，突然感觉被人推了一下。原来是有个女孩子从台阶上冲了下来，他刚好挡住了她的路，但她下来得太急，没注意脚下的台阶，一脚踩空，差点摔倒。他及时伸手搂住了她的腰。

　　那个女孩很轻，他一只手臂能直接把她架起来。她手忙脚乱地攀着他站稳，头也没抬，急急忙忙地说了一句"谢谢"，就直奔进了球场。

　　女孩穿着音乐学院的啦啦操队服，手腕上还挂着一个透明塑料袋，里面装着半块没吃完的菠萝。

　　虽然场景莫名有些搞笑，但他还不至于仅凭一面之缘就喜欢上一个人，只是不知道为什么，这个画面一直印在他脑海里，想忘都忘不了。

　　后面就没有这么轻松的日子了。他们学校和 A 大举行了一系列比赛，眼看着就要输了，教练在场边急红了眼。中场休息回到更衣室布置完战术，林星龙却突然被教练单独留了下来。教练给了他额外的任务，暗示他给对面球队的主力段凯峰"一点颜色看看"。

　　林星龙冷着脸回到场边，并不打算执行这样违背体育精神的任务。他只是没想到会被自己的队友摆一道。

　　当时球场上一切都发生得太快，那个喜欢啦啦队队长的小前锋趁他和段凯峰抢篮板的时候推了他一把，等到他反应过来时，段凯峰已经倒地了。他的脚背被踩得发麻，不过跟段凯峰的伤势比起来，他顶多算个轻伤。

他和教练在更衣室的那段对话被队友忘记拿走的手机录了下来。队友将其放到了网上，一时间事件愈演愈烈。

在这之后的千夫所指，他已经不想再回忆。人的确是被他弄伤的，不管是有意还是无意的，都该他来承担后果。

风口浪尖上，他退出了校队，不再碰篮球。而教练亦被学校解聘，从此不能再执教。只有他的那位队友，看起来没有受到任何影响。

不过，这些事情都已经和他无关了。懦弱也好，逃避也罢，总之，现在的他成了一个彻头彻尾的观众。旁观着每一场球赛，旁观着别人的……恋爱。

在体育中心的走廊上，他再次见到了易礼诗。明明也不是漂亮得让人过目不忘的长相，但他居然还会记得她。

她来看球的？她也喜欢篮球吗？还是陪男朋友一起来的？

林星龙整个人魔怔了一般，跟在她的后面，在她快要撞上消火栓的时候伸手护住了她的头。

她真的是一个很冒失的人吧，老是做这种事情。

可是，为什么，她会和段凯峰有关系呢？

段凯峰在见到他的那个瞬间，那种神情，真的……很精彩。林星龙跟段凯峰打过那么多场球，从来没有看到段凯峰露出过这种眼神——连对着篮球的时候都没有流露过那么生动的表情。

姚樱子说他和段凯峰羁绊很深，事后他想的确有那么一种宿命的感觉在里面。他在阴差阳错之下害得段凯峰受了伤，却间接促成了段凯峰和易礼诗在一起。

他对段凯峰有亏欠，所以对易礼诗，他连稍微再争取一下的立场都没有。他只能假借给姚樱子送奶茶的名义，多过来看她几眼。

幸好，幸好易礼诗是一个很懂分寸的人，一直在有意无意地跟他保持距离。幸好，他还没有来得及喜欢上她。

　　林星龙不知道易礼诗和段凯峰是怎么开始的，也不想知道，他只知道他当初那一脚就像是蝴蝶最先扇动了翅膀，让所有人的生活都产生了变化。

　　只不过段凯峰的变化从结果上来看是好的，他以前看起来就像个打球机器，整个人冷漠到极点，坐板凳上休息的时候连表情也没有，现在的他看起来有人情味了。

　　而林星龙自己的变化，他也不知道算不算好，因为他的结果还没有到来。

　　"易学姐！"姚樱子突然打呼唤的声音打断了林星龙的思绪。他顺着姚樱子的目光看过去，看见易礼诗正从礼堂里走出来，见他和姚樱子站在一起，就没有走过来，只是冲他们招了招手，随意地打了下招呼就转身走下了台阶。

　　台阶下面站着不知道什么时候过来的段凯峰，段凯峰面无表情地看了林星龙一眼，微不可见地朝他点了一下头，牵着易礼诗就离开了。

　　姚樱子目送着他们，直到看不见人了，她才抬头冲林星龙说道："我也要回宿舍了，你要送我吗？"

　　林星龙抬脚就往宿舍方向走，走了几步见姚樱子没跟上来，又停下来等她："不走吗？"

　　姚樱子："噢，来了。"

　　晚会终于圆满结束，易礼诗整个人放松了不少，走路的步子也轻快了起来。虽然还是不怎么习惯和段凯峰在外面牵手，但她今天的心情好，所以走着走着她突然挽上了段凯峰的手臂，整个人无意识地往他的身上靠了过去。

　　段凯峰伸过另一只手在她的手臂上轻轻地摩挲着，然后趁着四周没人，飞快地低头在她的发顶亲了一口。

　　易礼诗抬起头来看他，正对上他挑着眉毛凝视着她的眼神。

　　"我就亲了，怎么样？"段凯峰的眼里还透着点挑衅。

自从前几天易礼诗无意中松开段凯峰的手后，他一直都有点闹别扭，但他不直说，只是时时刻刻都想和她在一起，像是在确认些什么。

　　易礼诗用了好大的力气才将快要失控的心跳平复下来，挽着段凯峰继续往前走。走着走着突然听见段凯峰问道："你为什么一直没背我送你的包？"

　　易礼诗想了一下，问段凯峰："你小时候有没有买了一件新衣服不能马上穿的经历？"

　　没有感受过人间疾苦的段凯峰摇摇头："没有，我新衣服买了第二天就要穿。"

　　易礼诗："这就是我跟你不同的地方。小时候，我妈给我买一件新衣服，每当我想穿的时候，她总会跟我说，明天不是什么特别的日子，新衣服还是留着过节再穿吧！其实我家也不是特别穷，但我妈喜欢哭穷，她也不喜欢看到我花钱，因为在她的观念里，钱赚了就是要攒着，花掉就没有了。"

　　段凯峰静静地听着易礼诗说话，虽然不是很理解她的行为，但他能理解她的母亲的性格对她整个人的影响很大这件事。毕竟他自己的性格养成跟他的父母也脱不了关系。

　　"你送我的那个包，我老是找不到合适的日子背，"易礼诗说，"凯峰，你对我来讲也是一样，你就像我小时候很渴望得到的一件新衣服，好不容易得到之后，却总是找不到合适的日子穿出去。"

　　段凯峰："……"

　　易礼诗："我那天不是故意松开你的，我只是还没有做好拿你炫耀的准备，你懂吗？"

　　段凯峰嘀咕着道："大道理一堆一堆，谁都说不过你。"

　　"谁前段时间还说我嘴笨啊？"易礼诗斜睨着段凯峰。

　　"你嘴才不笨，你只是不会说好听的话而已，"段凯峰还是有些觉得气不过，"而且，你哪有好不容易才得到我？我明明早送上门来了，是你自己不要。"

　　段凯峰越说越觉得委屈，易礼诗听着又是一阵心疼，顾不得 B 大校园主干道上人来人往，直接停下脚步，双手搂住他的腰，将头埋进了他怀里。他顺势屈起手肘将她紧紧箍住，手指插进她的发丝抚弄，下巴放在她头顶上。一时之间两个人都没有说话。

　　几辆共享单车欢快地骑过他们身边，易礼诗想松开段凯峰，却被他一把按住脑袋，埋得更深。

　　"我的妆都蹭到你身上了。"易礼诗闷闷地说。

　　段凯峰放松了一点力道，但仍旧没有放开她，喃喃的声音就像耳语："再抱一会儿，回学校你又不会让我这样抱了，也不知道你到底要把我藏到什么时候。"

　　"不藏了，不藏了。"易礼诗这下也不管自己脸上的妆了，直接紧紧地抱住段凯峰。

　　后来他们没回易礼诗的出租屋，去了学校附近段凯峰自己的房子。到处置业可能是有钱人的基本操作，在段凯峰入学的那段时间，他家里人就给他看好了学校附近的小区，物色了一套房子方便他上学时来住。

　　因为明天要放假了，两个人都没什么事，段凯峰就顺势把她"拐"到了自己家。

　　进门的时候，段凯峰的嘴角还挂着一丝窃笑，好似终于把她弄到自己的领地是一件多了不起的事情。

　　段凯峰的屋子是意料之中的整洁，毕竟他是连更衣室柜子里的物品都要分门别类地放置好的性格。

　　大概打篮球的男孩儿喜欢买运动鞋是某种集体爱好，再加上家里从事体育行业，一些限量发售的鞋子总能在发售之前就能拿到手，于是他也就不能免俗地沾染了某种收集癖。

　　易礼诗看着玄关处占据了一整面墙的鞋柜，惊叹道："你是我见过的鞋最多的人。"

　　"听着不像是什么好话，"段凯峰弯下腰给她拿出一双崭新的女士拖鞋，在她的脚边蹲下来，"我也不是故意想显摆的，里面很多都没穿过，抬脚。"

"哦……"易礼诗呆呆地答应了一声，察觉到自己的脚踝被他捏住，接着，她脚上的运动鞋便被他脱了下来。是要替她换鞋的意思。

月亮高高地悬挂在窗外，光线漫进屋内，照在段凯峰半跪着的身影上。怎么他的骨架就能长得这么好看，即使是低着头，身形也是精瘦的，胸腔更是宽阔得令人无法忽视，易礼诗的眼里、心里都只能装下一个他。

她倒是希望此时此刻段凯峰不要抬头与她对视，不然她眼角的粉红泡泡应该藏也藏不住。她的后背贴在门上，上一秒钟还软绵绵的，下一秒钟她的脊椎就绷直，紧张到忘记了呼吸。

更让人猝不及防的是，段凯峰真的将头抬起来了，眼角微微上挑，里面像是盛了一湾月光。

"站稳了吗？"段凯峰问。

站稳啦！段凯峰这样扶着她，怎么可能站不稳？

易礼诗慌乱地移开视线，推开段凯峰往里走，结果被人一把抱到了沙发上。段凯峰倒是很有精神地想着要给她弄点什么饮料招待一下，结果在厨房里忙活了一会儿，回到客厅时，易礼诗已经躺在沙发上睡着了，最近她忙着排练音乐剧，还要应付学校的课业，整个人累得很。

迷迷糊糊中易礼诗被人打横抱起来，她努力睁开眼睛看了一眼段凯峰，小声道歉："不好意思啊！我等你等得太无聊，就睡着了。"

段凯峰亲了亲易礼诗的脑门，抱着她朝给她准备好的卧室走去："没事，你好好休息吧，明天睡醒再说。"话里是睡醒再算账的意思。

易礼诗闭着眼睛笑起来，碰到床的时候，她又突然清醒了过来，抓着段凯峰的手臂问道："你这里有卸妆的东西吗？我还没卸妆。"

易礼诗觉得自己像个神经病一样。

段凯峰也觉得她有点毛病，他愣了一会儿才回答道："你卸妆就有精神了？"

"那不卸妆对皮肤伤害很大的……"易礼诗越说声音越小，"你这里没有就不卸了……"

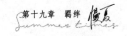

段凯峰深吸了一口气，又将易礼诗抱起来："去卸妆吧，早给你准备好啦。"

两个人瞎折腾了一晚上，易礼诗躺在床上时都觉得好笑。但笑着笑着就没精神了，陷在被子里，呼吸渐渐变得沉重起来。

段凯峰站在床边，叫了易礼诗一声，她没答应。

过了一会儿，段凯峰蹲下来，凑到易礼诗的耳边轻声说道："我爱你。"

声音真的很轻。段凯峰怕把她吵醒，吵醒了她，她可能又要发脾气。

第二十章
好喜欢你

易礼诗直到白天醒过来之后才有空打量段凯峰的这套房子。

房子位于学校附近的高档小区，地理位置很不错，看得出来装修花了不少钱，因为每一个地方都充满了极简与功能至上的懒人黑科技。看起来没什么多余的装饰，但在这间房子里什么功能都有。唯一一个有点他自己个性的地方，大概就是他的房间了，他的房间被布置成了他喜欢的球队的风格。

段凯峰甚至还在书房摆了一架钢琴，KAWAI 的立式钢琴，一看就是进口的那种，不过看起来从来都没人弹过。

"我买钢琴的时候，老板说这架钢琴的品牌名叫卡哇伊，我听着觉得名字挺可爱的，就买了。"段凯峰在她的身后说道。

"你买这个做什么？"易礼诗问，"你弟弟会经常过来？"

"不，这里是我的私人领地，他们不会过来。"段凯峰靠在书房的门口，窗外有阳光洒进来，将他的头发镀上一层光晕，但他的表情却没有很明快的感觉——他讲起自己的事情时，有时候会显得不太好接近。

"我经常会喜欢一个人待着。"段凯峰说。

所以这架琴是为了她买的？

"钢琴是新的，没有人用过，"像是看出了她的疑惑，段凯峰补充道，"你可以试试看音准不准，因为放在那里我没摸过，也听不出来。"

其实原本段凯峰是打算让琴行的老板送到她的出租屋的，但是太大了，她那里放不下，他也就没和易礼诗说。说了就好像在邀功一样，说不定会增加她的负担，况且，这玩意儿她想带也带不走，实在算不得是一件礼物。

易礼诗在琴凳上坐下，没急着试琴，而是背靠着钢琴撑着脑袋细细地看他。

段凯峰穿着一身棉质睡衣，在夜晚，他整个人就像个乖乖仔，甜得沁人。可是同样的人，在白天谈论起自己的时候，又显现出了某种疏离感。

一位名叫阿特金森的教育心理学家把个体的成就动机分为两类，一类是力求成功的动机，还有一类是避免失败的动机。易礼诗一直觉得自己属于后者，她是害怕失败的人，所以在选择任务时一般会选择非常难或者非常容易的任务，毕竟如果因为太难而完不成任务，他人也不会过于苛责什么，这样也无须担心自尊心受到伤害，不会因为受到挫折会打击到自己，从而一蹶不振。

对于段凯峰，她一直不敢投入太多，她害怕当有一天这段感情结束的时候，她会输得一塌糊涂，虽然自制力实在不够强大，往往上一刻决定要狠心一点，下一刻对着段凯峰那副模样又很快举白旗。

诚然抵抗的效果很微弱，但抵抗的态度对于全情投入的人来讲，未免也太过伤人。

她想，即使走不到最后，她也应该对他更好一点。因为他完全值得。

"我也喜欢一个人待着，"易礼诗看着段凯峰，一字一句地说道，"但如果是和你待在一起的话，我愿意和你分享我的时间。"

这种程度的漂亮话从她的嘴里说出来真的好难得，段凯峰大概隔了五秒钟才反应过来她到底说了什么。他在球场上一般反应神速，但很奇怪的是每次在她的面前都呆愣得像个傻大个，就像现在，听她说了好话还不够，还要傻乎乎地问她："一辈子吗？"

其实话说出口段凯峰就后悔了。他说过不给她压力的，可是现在他在干什么？

"我开玩笑的。"段凯峰及时补救，低下头去不看她。

初升的阳光有点刺眼，满眼是穿透树梢的光斑，在地板上寂寞地晃动。易礼诗站起身来，慢慢朝段凯峰走近。段凯峰垂在身侧的手被她牵起，他这才抬眼直视她。

"你现在亲我一下，我就当你是在开玩笑了。"她笑着说道。

段凯峰见好就收，于是干净利落地俯下身来吻住她，将这个话题揭过去。

易礼诗说不把段凯峰藏起来，是真的不打算再藏了。

国庆假期过后，一个很平常的上午，她和温敏都有课，下课之后两个人约着一起去食堂打饭。刚好这时候段凯峰给她发微信，她看了一眼，回复他："跟我朋友一起吃饭，你介意吗？"

喔："不介意。"

喔："在哪里吃？我请客。"

最后她们两个人找了大学城附近一家口味还算不错的餐厅吃饭，那家餐厅的装修不错，价位适中，还有小包厢，易礼诗她们平时请老师吃饭也基本上是在那家餐厅。

温敏点菜的时候一直很兴奋，虽然这里的菜她早就吃厌烦了，但请客的人不一样，心情自然不一样。

段凯峰来的时候，表现得有点拘谨。他跟易礼诗一样，都不怎么擅长社交，只不过他表现得更加严重。易礼诗至少还有关系亲密的朋友想介绍给他，而他却好像都没有一个很亲近的朋友可以介绍给易礼诗。他的队友、室友对他来讲，都只是点头之交而已。从小到大，他最亲密的朋友就只有篮球，这个朋友他还不怎么喜欢。

不过，幸好易礼诗也不需要他说什么话，因为她和温敏两个人只要凑一起就开始叽叽喳喳的，像是有聊不完的话题。听到后面，他都有点嫉妒温敏了。易礼诗在她面前的话好多。

吃完饭之后，段凯峰自觉地去结账。

温敏冲易礼诗挤眼睛："我单方面宣布你一定要和他百年好合。"

易礼诗喝了一口水："先享受现在吧，能走多远走多远。你二十岁的时候难道就决定要和你的男朋友在一起一辈子吗？"

温敏："你别小看我啊，我二十岁了，男朋友还是现在这一个。"

易礼诗没温敏那么理想主义："二十岁的男生和二十岁的女生的想法不同吧，在喜欢的时候全情投入就好了，这样分开的时候也不会觉得遗憾。"

温敏："你觉得以后会和他分开？"

易礼诗："我还有不到一年时间就毕业了，毕业以后还不一定能留下来。他的大学生涯那么长，就谈我这么一个女朋友怎么够？"

而且，加错微信那件事，始终是个不知道什么时候就会爆炸的地雷，等到那天真正来临的时候，她才知道下一步路该怎么走。

温敏明白易礼诗的意思："给自己留一条退路也好，只是，经历过他这样的，你再找第三个男朋友的时候落差应该会很大。"

温敏看见易礼诗皱起眉头，隐约明白她在担心些什么，凑到她的耳边小声嘀咕："那件事，你不说我不说，没人会知道。"

易礼诗"嗯"了一声，没再说别的。

温敏下午没有课，吃过饭就和他们分道扬镳了。

他们两个像散步一样，沿着街边的店铺慢慢往回走。只是，段凯峰自从吃过饭以后，情绪就有些低落。

易礼诗主动牵起段凯峰的手，问道："你怎么了？"

段凯峰垂眸盯着路面上的一块块地砖，钩起她的手指，犹豫了一下，才问道："我不小心听到了一点你们的聊天内容，你们刚刚说的……三个男朋友……是什么意思？"

易礼诗心里一惊，试探着问道："你那句话听全了？"

段凯峰摇摇头："就听到温敏说你要找第三个男朋友……"

果然是白天不能说人，晚上不能说鬼。这是年少轻狂时发下的宏愿，易礼诗也没打算瞒段凯峰。易礼诗直接说道："我在情窦初开的年纪，就打算好了以后要谈三场恋爱，每次交往一个不同类型的，因为那时候感觉自己什么类型的都喜欢，只要长得帅就行。"

易礼诗说完之后又抬头看了看段凯峰，他看起来情绪很稳定，稳定的低落。

"那我是你的第几个男朋友？"段凯峰又问。

易礼诗的呼吸一窒，她有些不忍心地回答道："第二个。"她完全可以骗他说是最后一个，那样在现阶段大家都皆大欢喜，他得到了他想要的答案，而她也省去了许多哄他的工夫。可是，段凯峰说过，她说什么他都会相信。在这件事情上，她不想骗他。

或许是易礼诗的态度太过坦诚，段凯峰的神情反而软下来，他揉了揉眉心，叹了一口气："易礼诗，你情窦初开得真早。"

段凯峰最近都不叫她"学姐"了，但又没找到什么合适的昵称，有时候他会叫她"易老师"，更多时候都会像现在这样连名带姓地叫她。

段凯峰这样说，易礼诗却没办法放下心来，她抬头仔细观察了一下段凯峰的神色，他闪躲了一下，又大大方方地和她对视："第二个就第二个吧，只是你别想有第三个了。"

见易礼诗没有回话，段凯峰又强调道："我说真的。"

"好啦！"易礼诗冲段凯峰笑了笑，牵着他就往前走。她也希望没有第三个。

如果时间能停在这里就好了。

走着走着，段凯峰又说道："我没有特别亲密的朋友，但是如果你愿意的话，我想带你去见我爷爷。"

易礼诗被段凯峰吓到："太快了吧……"

段凯峰没勉强她，只是抓紧了她的手，说道："没事，现在不见没关系的，我只是想告诉你，我想让你见他而已。"

"那不然见见我的室友也行。"虽然其实段凯峰并不怎么想让她见他们，他们太闹腾了，指不定能闹出什么事来。

易礼诗这下明白段凯峰的意思了，她回握住他的手，段凯峰比她的反应更快，直接十指紧扣住她，指腹还在她手背上摩挲。手背被他指尖的薄茧擦出阵阵痒意，她笑着说道："你不用特地礼尚往来的，你本来就不喜欢这种场合，不要勉强你自己。"况且，他的室友当中还有谭子毅。

易礼诗倒没有抱有温敏那种侥幸心理，觉得只要她们两个守口如瓶，事情就一定不会败露。事情败露固然可怕，但此时此刻她已经不再恐慌。谭子毅不是值得她去费心的人，她的关注重点不应该放在他身上。

"你怎么知道我不喜欢？"段凯峰的声音从易礼诗的头上传来。

易礼诗回过神，反问道："难道你喜欢？"

段凯峰小声说道："不喜欢……"一切无意义的社交他都不喜欢，他只喜欢和她两个人一直一直黏在一起。

段凯峰还不喜欢易礼诗总是有别的事情要忙，不喜欢她在朋友面前比在他面前话多，不喜欢她只是有空的时候来哄下他，没空就把他扔一边。他最不喜欢的是，她好像并没有和他走到最后的想法。

没跟易礼诗在一起的时候，他都不知道，原来他不喜欢的事情有这么多。可是，只要能见到她，听到她的声音，得到一点她高兴时的施舍，他又觉得，那些他不喜欢的事情，都变得可以忍受了。他答应过易礼诗，不给她压力。他会尽量，不让自己……得寸进尺。

段凯峰谈恋爱的消息传得很快。

一来是倾注在他身上的关注度的确不小，二来他也没想过要遮掩，明明连朋友圈都不发，背景却换了个女孩儿的照片，虽然看不清脸——因为易礼诗不让——但那角度就是妥妥的男友视角，总之就是整个人从头到脚都透露出他已经有主儿了的明确信号。

恋爱谈得大大方方，只是拿下他的那个女孩儿有点不符合大家的想象。

隔壁音乐学院名不见经传的普通研二学姐，学校活动没参加过几次，人好像还有点孤僻。长相嘛，怎么说呢？好看当然是好看的，就是觉得不够惊艳。

毕竟段凯峰的队友们，找的女朋友一个个都堪称是天仙下凡。相比起来，段凯峰的口味的确是……有点清淡。

不过没多久，是个明眼人都能看出来段凯峰才是比较黏人的那一个，两个人出现在同一场合的时候，别人从来都看不清他的正脸，因为他即使脖子都要断了，也要偏着脑袋将目光钉在他的女朋友身上，看到她脸红才罢休。

擦肩而过时如果注意听，就能听到基本上都是段凯峰在说话，然后那个学姐好像一直沉浸在自己的世界里，偶尔回过神来才回复他一句。他也不恼，很耐心地又把刚刚的话重复了一遍。

妈呀，高冷男神努力找话题，然后对方还爱搭不理的样子，看起来真的好爽哦！

甚至还有人看到过他们两个人在教学楼的角落里拥抱，也是段凯峰一直搂着人家不放。他将那个学姐一把扯进怀里，要藏起来似的，抱了足足五分钟才撒手。

"分明是在热恋啊！"

两个女同学红着脸路过，手挽在一起小声感叹："真好啊！冬天来了，我也要找个男朋友抱一抱取暖！"

"那个子要高一点才能有这种效果！"

"还要帅一点！"

两个人笑闹着撑开伞，冲进了冬日蒙蒙的阴雨中。

其实段凯峰很少在外面这么黏糊的，将人抱着不撒手完全是因为他那天喝醉了酒。

作为一名平日烟酒不沾的良好青年，虽然下了球场之后会被队友哄笑"怎么不拿球的时候这么没有血性""是男人就喝几口"，但在自己的生活习惯方面，他没有那种易受伤的脆弱神经，喜欢就是喜欢，不喜欢就是不喜欢，别人怎么说是别人的事情。所以他的酒量和队友们比起来奇差无比。

这次是因为赢球之后聚餐，教练在场，不好一口都不喝，便象征性地喝了一杯，结果见到易礼诗的时候黏人指数就开始成倍地增长。

他把易礼诗揽进怀里一直抱一直抱，好不容易把人放开，又将脑袋搁在她的肩膀上，热乎乎的嘴唇凑近她被冷风刮得冰凉的耳旁开始胡乱表白。

"我爱你。"

这样简短却真诚的话易礼诗至今没办法对段凯峰说出口，他在清醒的时候也不会说。因为两个人满打满算认识的日子也才不到半年，虽然除去她纠结与逃避的那段时间，之后两个人一直在双向地进行沟通，但在她的心里，"喜欢"和"爱"仍旧是两个不同重量的词。

她现在当然喜欢段凯峰，很喜欢很喜欢，她甚至觉得以后她再也不会像喜欢段凯峰这样喜欢任何一个人，然而，要是让她使用"爱"这个字眼，她大概还是只能用在自己身上。

没有听到易礼诗的回应，段凯峰拉开了一点距离，双手搭在她的肩膀上，眼神有些迷茫。但下一秒钟他又露出一副释然的表情，重新将头埋进她的脖颈，轻声说道："你不说也行，那你要说喜欢我。"

暖暖的呼吸从易礼诗的脖颈汇入四肢，被寒冷的冬天冻得快要凝滞的血液开始翻滚沸腾起来。她伸手回抱住他，抬起头回应道："嗯，我喜欢你。"好喜欢你。

易礼诗自从和段凯峰确定关系之后，学习、生活倒也没什么变化。研究生同学都在为自己的前途奔波，根本没心思去留意谁和谁在一起、谁和谁又分手这种无关紧要的事情。偶尔也会听到一些质疑的声音，但她选择忽略。她的心理建设已经做好，不会轻易被动摇。

易礼诗的确不是一个拥有好人缘的人，但付出多少就会得到多少回报，她既然平时没有为社交做出努力，那就没必要太过在意自己是不是讨人喜欢这件事。

况且还有可爱的小学妹当着她的面夸过她很棒。她在导师那里有一节课是和本科舞蹈生一起上的，课间休息时，几个小学妹突然围了过来。

一开始谁都不肯先说话，直到她先问她们有什么事，其中一个小学妹才说道："学姐，我觉得你能把那个段凯峰搞定，真的好厉害！"

易礼诗还没反应过来，就听见另外一个学妹帮腔道："是啊是啊！你不知道，因为他太难追了，根本理都不理人，我们都在怀疑他是不是不喜欢女孩子。"

"太好了，帅哥就应该属于女孩子！"

几个学妹学舞蹈学了很多年，几乎个个都是腰杆儿笔直，白天鹅一样气质超群。易礼诗看着她们干净又漂亮的面孔，笑着点头："是啊，我们女孩儿值得拥有一切好的东西！"

而易礼诗所担忧的事情也并没有发生。她在和段凯峰在一起半个月之后，才在食堂碰到了一次谭子毅。

那天易礼诗和段凯峰刚好都在学校，大中午的也不知道要吃什么，段凯峰肚子饿得不行，两个人就直接去了食堂吃饭。

正吃着，突然有人过来和段凯峰打招呼。

嘴里尚含着一口饭的易礼诗抬头，看清来人的脸以后，愣了一下。

来人是谭子毅。

谭子毅看到易礼诗的时候也愣住了，两个人沉默着对视了一眼，同时移开了视线。

这一瞬间的不对劲被段凯峰捕捉到，他抬头看了看谭子毅，又看了看易礼诗，犹豫着问道："……认识吗？"

除了加错微信那码事，易礼诗和谭子毅的关系充其量只是联谊过，然后她表白被拒绝而已，易礼诗觉得没什么，正准备承认，谭子毅却先她一步摇了摇头："不认识，就是有点震惊你居然没把女朋友介绍给我们。"

段凯峰莫名其妙地放下心来，当下表情还有些羞赧，走程序一般简要地给两人做了一下介绍。只不过程序还不熟悉，几句话说得有些冷淡。

事已至此，易礼诗也不好多此一举地再多解释，只好淡定地朝谭子毅笑笑，然后低下头来继续吃饭。

等到谭子毅走后，易礼诗才问道："平时你们几个室友的关系很好吗？"

段凯峰说："还好吧，一般聚不齐，大家各有各的事情做，平时很少交流。"

他们宿舍有基本不来上课的学渣，有一下课就去当篮球教练一星期兼职六天的劳模，还有喜欢到处留情的海王，剩下一个他，原本是三好学生，自从谈了恋爱后便再也没有回过宿舍。平时比完赛，在更衣室休息的时候几个人会稍微聊下天，不过段凯峰一般是个倾听者，他也很少会跟队友分享自己的生活。

易礼诗心神稍定，过了两个星期发现无任何异常，又一头扎进了论文里。她以为这大概是谭子毅良心发现，给她留了几分面子，没把她向他表白被拒的事情挂嘴边，选择息事宁人。

易礼诗不知道的是，谭子毅当下选择和她装作不认识完全是因为太过震惊。一个花心的人，即使自己曾经拒绝过别人，那也只是代表短暂地拒绝而已，当有需要的时候，照样可以找机会约回来。

况且他的海口都已经夸出去了，他可是和毛峰不止一次提过音乐学院的这个学姐爱他爱得深沉，虽然毛峰每次都没仔细看，但现在她就这么悄悄地和他的室友段凯峰在一起了，这算什么？

挥别错的才能和对的人相逢？敢情他就是那个"错的人"？这让他的脸往哪儿搁？

这要让毛峰知道了，他就不只是"错的人"这么简单了，他还是那个"差的人"。吹出去的牛收不回来，也只能死咬着不放了。

第二十一章

撒娇

　　入冬以后，天气渐渐转凉，易礼诗租的教师公寓是老房子，层高比一般商品房要高不少，一降温就特别阴冷。

　　一个月之内易礼诗感冒了三次，每次都是风寒引起的。段凯峰看不过去，直接联系了自己家对面的房东，帮她把对面房子给租了下来。

　　他们这层的两户都装了地暖，自从天气变冷之后就没关过。易礼诗这学期事多，总是因为感冒发烧的原因而误事的确令她很苦恼，再加上她也想住得舒适一点，便顺理成章地住到了他家对面。

　　当然，租金她还是想方设法地还给了他，因为实在不想在这种事情上占他的便宜。

　　易礼诗这学期主要在忙实习的事情，她在导师的推荐下去了一所大专院校当代课老师，教基本乐理，一星期去三次。她的音乐理论学得不错，所以备课不用花什么工夫。

　　只是那所学校有点远，一趟公交车没办法直达，中途还得转一趟车。段凯峰把他的车钥匙给了她，让她开车去。

　　其实他还有几辆车停在家里的车库中，但那都是他的家里人送的，他平时很少开，只有现在开的这辆车是用他自己赚的钱买的。他把车钥匙给易礼诗之后，就每天坐出租车去上课，看起来也挺习惯的。

　　易礼诗没有第一时间接受。她其实会开车，她在大三的时候就拿了驾照，因为她爸喜欢喝酒，所以她每次回家都要给她爸当司机，但直接开段凯峰的车还是让她有些过不去这个坎。

并不是因为某种名为"自尊心"的东西在作祟，那种情绪从决定和他在一起的时候就已经被他小心地照顾得很好了。有钱还特别照顾她自尊心的男朋友谁不爱？

易礼诗不想开他的车完全只是因为"由奢入俭难"。

虽然很希望能这样一直一直在一起，但她始终对这段恋爱关系的未来有些悲观，她不觉得自己有那么幸运，能和段凯峰走到最后。

段凯峰把车钥匙给她之后，也没问过她到底开了没有。使用哪种交通工具是她的自由，他只是在向她表明自己的态度而已。但后来她还是撑不住了，因为南方的冬天实在是太冷了，一降温就会伴随着降雨，在湿冷的冻雨天气撑着伞赶公交车真的很痛苦。

易礼诗第一次开车去代课，在下班回来的途中绕去了加油站办了一张油卡。

打电话时，段凯峰说他在家里做饭。进了家门，她才看到段凯峰正撸着袖子学着做西红柿鸡蛋面。

他们两个人都不会做饭，只会做简单的一人食。段凯峰在家的时候是不会让她进厨房的，不在家的时候就直接给她点外卖。

易礼诗虽然年长段凯峰几岁，但在生活上却一直是被照顾的那一方，她甚至都没自己剪过指甲，都是段凯峰给她剪的。易礼诗由于平时要练琴，所以指甲一直以来都修剪得很短，几乎从来不做美甲，这个习惯导致了她看男生除了看脸之外，还会着重看他的指甲有没有修剪干净。段凯峰由于要打球，指甲都是贴肉剪，他甚至把剪指甲当作是一种放松。

有一次段凯峰看到易礼诗自己剪指甲剪得有些粗暴，便一把拉过她的手，仔仔细细地替她修剪起来。从此以后，只要易礼诗想剪指甲，就会直接将手伸到他的面前晃，还有脚也是。他这时候往往很会顺杆儿爬，会趁机将她拉到怀里，从她身后将脑袋放在她的肩膀上，圈得死死的，直到剪完才放开。

厨房里有蒸汽在升腾。易礼诗放好东西走到段凯峰的身后,贴着他的背抱了他一下,准备放开他的时候,却被他按住了双手。他的手指一直在她的虎口处摩擦,磨得她心头发酸。

易礼诗干脆就搂着他的腰不放了,从他的背后探出脑袋盯着燃气灶,直到看到那锅面煮得直冒泡泡,段凯峰还没反应,才提醒道:"面汤要溢出来了。"

段凯峰这才渐渐回神,手忙脚乱地将那锅面料理好,端上桌。

面煮得有点软,但易礼诗喜欢吃软食,温敏平时都笑她的牙齿跟个老太太一样,甚至连老太太都不如,人家老太太至少能嚼豌豆,她嚼瓜子都怕呛着。

"你刚刚在发什么呆呢?"易礼诗问。

段凯峰冲易礼诗笑了笑,没说话。他只是觉得,现在这一刻太幸福了,整个人像浮在空中,一点都不真实。

易礼诗没追问,只是把今天办的油卡拿了出来,说道:"我今天开了你的车,为了不白开,给你办了张油卡。"

段凯峰接过去看了一下油卡的面值,又给她递了回去:"那我赚了,现在加油多贵啊。"

易礼诗撑着脑袋冲着他笑,不过笑着笑着就被他倾身过来吻住了。

段凯峰是真的很忙,每年从秋季起便开始了 CUBA 的预选赛,平时他除了参加大大小小的比赛之外,还有队里安排的各种训练。他训练结束,如果易礼诗在学校,两个人就会一起压下马路,吃点学校附近的路边摊,然后一起回去。如果状态不好,训练结束得比较晚,易礼诗就会先回去写论文。

周末有空的时候他们会一起去看看新上映的电影,逛逛街吃点好吃的,日子过得紧张又充实。

不过段凯峰最近养成了一个怪癖。他很喜欢听易礼诗吃东西时的咀嚼声,两个人坐一起吃饭的时候他不会有反应,一旦易礼诗开始坐沙发上吃零食，他就会立刻冲过来贴在她的旁边坐着，还抱怨她吃东西的声音太小，又吃得太快，他都没怎么听够。

易礼诗怎么也没想到段凯峰外表看起来再正常不过，却会有这么多变态的癖好。

不过，易礼诗也不是每次都答应他的要求，一般都看心情。但他磨人的功夫一流，每次都在她旁边表演猛男撒娇，如果撒娇也没法让她动心的话，他就开始撒钱。

不得不说，撒钱比撒娇有用，到后来他都不撒娇了，直接给她转账。易礼诗有时候想看他撒娇还得故意逗他。她买油卡花的钱又被他以另外一种形式还了回来。

有一天段凯峰开玩笑说要把她吃东西的声音录下来，出去比赛时当助眠音乐听。易礼诗一听觉得这样还挺省事，就给他找了几段吃播的视频让他保存下来。

段凯峰看了个开头就关了，说不喜欢。

易礼诗不明白："不都一样吗？"

段凯峰："不一样，我只喜欢可爱的东西的咀嚼声，比如熊猫吃竹子，比如你……"

易礼诗从来都不觉得自己是个可爱的人，但段凯峰经常会觉得她很可爱，哪里都很可爱，就连生气板起脸来时，他都要先夸她一句"你看起来好像一个娃娃"。

"什么娃娃？"易礼诗板着的脸松动了几分。糟糕，被人夸得好像连气都生不起来了。

"就是生气的娃娃。"这大概就是"国家一级废话达人"吧。

一段感情的经营与维持是很需要精力的，除了甜甜蜜蜜的日常，肯定也会有争吵与摩擦。易礼诗没把自己位于教师公寓的出租屋退掉，她想着万一有一天和他吵架了，自己还能潇洒地从他对面的房子冲出去，回到自己的陋屋。

可是很意外地，她和他没吵过架。虽然闹过小别扭，但很快就会和好。

因为易礼诗吵架的时候喜欢笑场，很多时候没吵几句，只要她开始笑，段凯峰就会跟着她笑，然后两个人就会立刻忘记刚刚的争执，开开心心地商量等下要吃些什么。

　　寒假期间，他们一直靠微信来联系，有时候语音，有时候视频。一个多月的假期，易礼诗从来没觉得时间这么漫长过。回想起暑假那会儿她还有心思刷剧、看小说，这个寒假她简直过得度日如年。

　　寒假期间段凯峰来过一次她家这个小县城，不过没有去易礼诗家，因为易礼诗不让。于是他们在县城里玩了两天。

　　段凯峰真的很喜欢听易礼诗讲方言，临走的时候，他还煞有介事地说道："我这几天听了一下，你们这里的方言，就你说得最嗲。"

　　易礼诗问段凯峰："那你要学吗？"

　　段凯峰："好啊！回学校你教我。"

　　段凯峰没有催易礼诗快点回学校，只是抱她抱了很久。最后，还是易礼诗主动说道："过完年后我尽量早点回来。"

　　"嗯。"段凯峰的声音听起来很高兴。

　　寒假过完，易礼诗迎来了研究生生涯的最后一个学期。

　　段凯峰说要跟易礼诗学方言，还真有模有样地学了起来。两个人平时连普通话都不讲了，就用方言对话，每次她冒出来一个新词，他总要问："有没有更土一点的说法？"越土的词汇他越觉得搞笑。不过那些土味方言从段凯峰的嘴里说出来，还挺可爱的。

　　在段凯峰备战 CUBA 东南赛区分区赛的同时，易礼诗拿到了实习证明。

　　易礼诗实习的那所专科院校的人事处处长给她盖完章后，问她："我们学校近几个月就会招聘，你要不要试一下？"

　　易礼诗问："你们招聘老师的话一般要博士吧？"

　　现在的大专院校，报名条件都严苛得很。本科院校和稍微好一点的专科学校教师岗位招聘都要求是博士毕业，只有较冷门的专业才会将条件放宽一点。

人事处处长说："你可以报辅导员或者其他管理人员的岗位，这些都是研究生可以报的。有幸考进来的话干几年，可以申请转教师岗。"

易礼诗的确打算毕业之后考一考专科院校的编制试试，因为她不想去需要频繁跟家长打交道的中小学。本科院校的话，门槛太高，她进不去，而且即使进去了本科院校，以她现如今研究生的学历，上升空间太小。

去没有升学压力的专科院校当老师是她最好的去处。先考个管理岗位进入学校，再申请转岗的确是最佳选择。

易礼诗郑重地谢过对方，拿着实习证明回了学校。

从教务处出来的时候，易礼诗给段凯峰发了条微信。他今天没有比赛，在学校上课。

初春的天气还透着点寒意。易礼诗在校门口买了个烤红薯，一边暖着手一边往教学楼走，教学楼外划了一片停车坪，她把段凯峰的车停在了那里。今天停车坪那里停了一辆平时没见过的两门跑车，特别吸睛，车漆被涂成了珠光粉，车牌上还镶着一圈亮晶晶的水钻。她觉得车漆的颜色真好看，不由得多看了一眼。

车窗突然降下来，一张艳光四射的脸映入眼帘。那是个十足的美女，衣着单薄又贵气，脸颊两侧饱满的苹果肌被车内的暖气熏成两坨漂亮的红。她是特地降下车窗来跟易礼诗打招呼的，不过表情不是很友好。

"易礼诗，好久不见啊！"她一开口，周身的傲慢之气简直要溢出来。

不过易礼诗向来不吃这套，她站在原地冷笑了一声，握紧了手里热乎乎的烤红薯，假模假样地跟她客气："田佳木，你回母校干吗？"

田佳木将手放在窗沿上，托起自己的下巴，眼皮冲她翻了翻："总不会是来看你这个学妹的呀，你当初害我破相的事，我还记着呢。"

矫情。易礼诗很罕见地翻了个白眼。

这位名叫"田佳木"的学姐，是易礼诗本科阶段学习第二专业的时候认识的。

易礼诗本科的专业是声乐，第二专业原本在艺考时是钢琴，但大二的时候，她忽然想将小提琴捡起来学习一下，所以在选修第二专业的时候选择了小提琴。她大老远地从家里把她爸爸的那把老琴背到了学校，兴冲冲地去上了第一堂课。

给易礼诗上课的小提琴老师姓刘，刘老师见到易礼诗这把琴的时候，很委婉地问过她为什么不去买一把新的练习琴，也不贵，几百块钱就能买到。易礼诗人傻，听不出来老师话里的意思，就直愣愣地回道："这把琴是我爸小时候用过的。"

刘老师点点头，没有再说什么。上了几节课之后，刘老师就不怎么来上课了，来给易礼诗她们几个同学上课的是高她一届的学姐，名叫"田佳木"，是刘老师的得意门生。

毋庸置疑，田佳木从身材到长相都是属于大美女那个级别的，即使她矫情、脾气差，有时候还有些作，但别人一看到她那张脸，就会不自觉地原谅她。况且，她的专业课学得是真好。

易礼诗原本对她的印象还可以，直到有一天，易礼诗和室友在寝室里闲聊，室友貌似不经意地问道："我看你们学小提琴，好像都是买的新琴，你的这把琴是不是太旧了呀？"

"这是我爸小时候买的琴，当然旧啦！"易礼诗很天真地回答道，"提琴类的乐器难道不是越老越好吗？哈哈。"

室友："那是人家原本的木头就贵，你这……"

室友的话说得小心翼翼，易礼诗这下再傻也觉出点味来了，她问道："怎么了吗？"

室友实话实说："我听人家说，你的小提琴是全年级最差的。"

她的琴是……全年级最差的？她从家里背过来时是满心欢喜的，她爸把琴给她的时候也特别高兴，两个门外汉都没觉得自己的琴差，还挺骄傲这把小提琴的年龄居然比易礼诗的年龄都大。

可是，好讽刺啊，有人说她的琴是全年级最差的。

"你听谁说的啊？"易礼诗一定要问个明白。

室友沉默了几秒钟，才说："你们那组的另一个学生跟田学姐上课时，田学姐说的。"

那年易礼诗二十岁，是自尊心最强的时候，当时她就忍不住了，一定要找田佳木问个清楚。

田佳木此时正在小音乐厅排练，晚上她们弦乐队有个弦乐四重奏的专场演出，一行人刚合奏完一首，休息的间隙，另外一个拉小提琴的女同学突然问她："哎，你那个很帅的表弟，晚上会来看演出吗？"

"不知道啊，"田佳木拿出一块松香仔细地擦着琴弓，"他最近去五棵松参加耐高总决赛了，我也没问我小姨他回来没，如果回来了，应该会过来吧。"

女同学来了兴致："耐高是什么？"

田佳木也不太清楚："全称好像是高中篮球联赛，北上广深等几个城市的篮球打得好的高中生都在那里了，那场比赛口号还挺傻，叫什么'一生一次的耐高'，不就学日本那个甲子园嘛，中二得很。"她停顿了一下，斜睨着对方说道，"你问他干什么？那小鬼的性格很闷的，眼里根本看不到人，你还指望他见到你乖乖地喊你一声姐姐？"

那幅画面好像有些美好，女同学想着想着居然笑出了西游记里面的妖精的声音。

田佳木及时打断她："停停停，人家可是高中生，我劝你别对未成年人有非分之想。"

"那……我就看看怎么了？看看还能犯法？"女同学不以为意。

话音刚落，易礼诗就推开了小音乐厅的门。

田佳木一见到易礼诗那副样子就明白了她的来意，她淡定地放下手中的琴弓，看着易礼诗一步步走到台下。她被易礼诗一脸兴师问罪的样子逗笑了，扬了扬眉："小学妹，找我有事？"

易礼诗没和她兜圈子，直接问道："那句话，是你说的吗？说我的琴差的话。"

"啊，没错，是我说的，"田佳木承认得很干脆，因为她根本不觉得这句话有什么错，"你自己有听过你那把琴的声音吗？老得连声音都出不来。刘老师早提醒过你换一把琴，便宜的，至少是新琴，你自己不愿意换，怪谁啊？"

似乎是有个人笑了一下，但那个人看到易礼诗的脸色后，便及时止住了笑容，只是捂着嘴悄悄地和乐团的其他成员交换了一下看热闹不嫌事大的眼神。

"而且，"田佳木朝易礼诗走近，慢吞吞地说道，"你的小指头，揉弦很困难吧？其实，不适合自己的专业没必要勉强学下去的。"

易礼诗的两只小指头都弯曲得很明显，以前学钢琴的时候，钢琴老师说她手指的跨度可能不够，她就每天捏着两个小球在掌心转，想尽力把指缝撑大，让自己手掌张开的跨度能大一点。她没觉得这有什么问题，这些都是可以改善的。可是田佳木那副直接给人判刑的样子真的让人很愤怒。

后来易礼诗是怎么和田佳木扭打到一起去的呢？她现在回忆起来，也就是争执了几句而已。田佳木受不了有人直接跟她呛声，于是先动了手。当然最后谁也没落着好，田佳木虽然比易礼诗高，但她毕竟是个娇小姐，力气没易礼诗大。

两个人被拉开时，脸上都挂了彩。

辅导员念在她们两个人都是初犯，而且在学校表现良好，便一人给了个口头警告了事。

刘老师瞒着学校找学生代课的事情也被发现，挨了顿批评，其他人倒是没受什么影响，只是每次易礼诗来上课的时候，分给她的时间骤减，常常一节课下来，易礼诗没拉几分钟就下课了。

易礼诗本人表现得十分无所谓，她从小就犟得很，认定的事情别人怎么劝都不会改。接下来的小提琴课她还是背着那把旧琴去上课，大有一副破罐子破摔的态度。

或许，也只有她自己知道，她其实没有那么无所谓的。

第二十二章
气急败坏

　　和田佳木打完架的那天晚上，易礼诗原本打算回宿舍叫上几个室友一起出去通宵唱歌，也提前发了微信，但得到的回复都是她们晚上想去看演奏会，因为票很难搞到。

　　那好吧，那她晚上就继续练琴好了。

　　这样想着，她却在音乐厅的门口看到了自己的室友们兴高采烈地笑成一团的场景。

　　虽然人类的悲喜真的不能相通，她所受的委屈也不要求别人能感同身受，但她那天原本还很幼稚地期待过有人能陪陪她、安慰她来着。

　　情绪的崩溃也就是一瞬间的事情，明明她什么都没有做错，但事情发展成这样好像也没办法责怪任何人，谁都没有义务，无条件地和她站在一条战线上。她抱着自己那把老旧的琴，想着那就怪那把琴好了。

　　反正一切都是因为这把琴而起，那把它扔掉，换一把新的琴应该就没人会嘲笑她了吧。本来就早该换了，是她自己没听懂老师的暗示而已。

　　音乐厅后面有个垃圾集中处理场，平时很少会有学生过去，那里的路灯坏掉了，一片漆黑，她难看的哭相也不会有人看见。

　　悠扬的四重奏从音乐厅的小窗里远远地传出来，那里漏出来一点光，热闹离她很远。

　　易礼诗站在原地哭了很久，才将琴盒放下，特地找了一块干净点的地方，因为不想亲眼看到这把琴真的变成垃圾。

易礼诗捂着脸狠心地转身，只是，还没走远她就后悔了。那把琴的拥有者不是她，是她爸爸。她有什么资格把她爸爸的琴扔掉呢？

她急匆匆地赶回去想把琴捡回来，却有人先她一步出现在了那里。

音乐厅的天窗透出的残光微弱地洒在他的身上，她看不清他的脸，只能从轮廓辨认出是一个长得很好看的少年，也不知道他从哪里冒出来的。

少年蹲在她的琴盒旁边，见她折返，似乎有些尴尬，过了几秒钟他才问她："这么好的琴，为什么要把它扔掉？"

她是怎么回答的呢？她好像低着头说了一句："不关你的事。"

因为她觉得他一点乐器都不懂，居然给一把破旧琴盒里装的老琴加上一个这么好的形容，还因为这个陌生少年，是那天唯一一个试图安慰她的人。但那天她太脆弱了，她怕自己会忍不住再哭出来，所以根本没办法大方地回馈这份善意。

那个学年结束的时候，刘老师给了易礼诗一个及格分。

和室友们的关系，在那之后也好像陷入了不太好明说的尴尬境地里，她隐隐有一种自己遭受了排挤的感觉，但她想不明白为什么。

当社交变成一种累赘的时候，大概人怎么都不会开心吧，后来易礼诗也放弃了修补和室友之间的关系，选择了搬出去住。

幸运的是，她在大三时认识了温敏，交到了大学期间第一个可以交心的朋友。

田佳木和她也再没有什么交集，她们两个人分属不同的年级、不同的系，交际圈也完全不同，平时很少打照面。易礼诗听说田佳木在大四的时候被保送去了中央音乐学院，读的是三年的艺术硕士。她算了下时间，推断她今年也该毕业了，回学校估计是来看望老师。

年少时打过一架的两个人现在回想起那件事来，其实也不是什么大不了的矛盾，只是家庭条件和眼界注定了这两个人没法成为朋友。

易礼诗不打算跟田佳木寒暄，简短地和她告别之后，就往段凯峰的车走去。才走到车边，就看到他远远地朝这边走过来。她干脆停下来，站在车边等他。

还没等段凯峰走近，便听见田佳木嚷道："凯峰！你在干什么？我在这里！"

段凯峰停下脚步，视线从易礼诗的脸上移开，皱着眉头看向田佳木，有些不情愿地叫了一声："表姐。"

段凯峰从小到大很少见到田佳木表现得这么气急败坏过。她永远是被偏爱的，有父母宠，他的父母也宠她，不管提出多无理的要求都会被满足，显得骄横跋扈到极点。

小时候，他就一直被她欺负，他的弟弟出生以后，她欺负的对象就变成了段煜其。

但田佳木也是吃过瘪的。那还是在他高中时的一个周末，应该是田佳木的什么专场演出，他也不懂，只知道他的母亲杨晗女士一定要带着他去捧场。他的母亲年轻时是一名舞蹈演员，凡是与艺术相关的活动她都很热衷。田佳木从小到大的演出她很少会有缺席的时候，对田佳木的音乐事业比她的亲妈还要上心。

杨晗很有仪式感地订了一车的花束，送到后台时田佳木还没化妆。脸上居然挂了彩。杨晗追问了半天也没问出个所以然来。他站在她们身后，猜想田佳木应该是觉得丢脸才会支支吾吾地一个字都不说。不过，不管让田佳木吃瘪的那个人是谁，他都挺佩服。

田佳木今天是来接段凯峰回家吃饭的，她早发过微信让他回家，但他没理，于是她直接开车来了学校，原本想先看望一下以前的恩师再去堵他，结果居然看到了他和易礼诗搅和到一起的画面。

于是段凯峰回家的一整段路都不得安生。全程，田佳木都用一种不可置信的眼光盯着他，每次等红灯的时候就跟发了疯一样地对他碎碎念："搞了半天你朋友圈的那个背景原来是易礼诗？怎么能是易礼诗？她到底怎么把你追到手的？"

"你表姐我！从小到大唯一一次破相就是被她弄的！"

"我拜托你，找女朋友的时候能不能睁大眼睛找个好点的？"

前面的话段凯峰都可以装作没听到，听到这句话他就不乐意了，他不管会不会激怒她，直接回了她一句："易礼诗就是最好的。"

田佳木朝天翻了一个堪称绝望的白眼，又给自己顺了几口气，才瞪着段凯峰道："你不知道，她那时候……"

"表姐，"段凯峰突然沉声打断她，"我不想从你口中得知你们两个之间的过节。"

"为什么？"田佳木愣住，不太习惯段凯峰严肃的口气。

车道两旁的梧桐发了新芽，夕阳的余晖撒在枝干上，看起来没什么温度。段凯峰想起刚刚他让易礼诗开车先回去的场景，她临走之前好像想冲他笑一下，没笑出来。不知道她生气了没有。

段凯峰垂下眼睛，接着刚才的话题说道："因为矛盾发生的时候，每个人都会站在自己的角度进行阐释，从而美化自己行为，所以，我不想先从你这里听到你的版本。"

很成熟的一番话，田佳木这才冷静下来仔细打量段凯峰。片刻，她又收回视线，重新盯紧前方的路况："随你吧，你爸妈知道你谈恋爱的事吗？"

段凯峰："知道，我没瞒过他们。"

考虑到易礼诗可能不会自己做晚饭，段凯峰拿出手机来给她点了份外卖，点完之后又给她发了一条微信："我晚上会回来，等我。"

易礼诗回了他一个"嗯"字，是略显冷淡的语气。易礼诗平时不是这样的。不知道她和田佳木之间究竟发生过什么，段凯峰看着车窗外闪过的街景，心底生出了巨大的不安，想立刻回去找她，但此时已经快到家门口了，也只能先吃完饭再走了。

下车之前，段凯峰又发了一条消息过去："我小时候被我的表姐欺负得很惨，谢谢你当年无形中替我出了一口气。"

易礼诗隔了很久，才发过来一句："嗯，不用谢。"

今天这个饭局是杨晗专门为了田佳木组的，她的宝贝侄女从北京回来了，她高兴得要命，亲自进了厨房帮厨，还像模像样地弄了几个没什么技术含量的凉菜出来。可惜段豪有应酬，没回家，没口福品尝她的手艺。

田佳木这个人，虽然脾气很差，但她从小到大有一个优点，那就是她不喜欢告状，自己能解决的事情就绝不会闹到父母面前去，因为她觉得丢脸。所以今天虽然回来的路上她的嘴巴一直没停过，但一进了门她就再没提过易礼诗的事。

饭桌上，段煜其贴着段凯峰坐着，只要田佳木目光往他的身上扫，他就跟见了鬼一样往段凯峰的身后躲。长辈们像看热闹一样善意地笑着，间或对着小辈打趣几句，一时之间还显得其乐融融的。

段凯峰吃完饭，没坐一会儿就自己从车库里面挑了一辆车开着走了。

段凯峰的大姨，也就是田佳木的妈妈，等他走后才问道："凯峰这么急着走，不会是谈恋爱了吧？"

田佳木玩手机的手停顿了一下，正犹豫着要不要发发善心给他打下掩护，便听见杨晗说道："是啊，谈了挺久了。"语气当中听不出喜悲。

"男孩子嘛，也到谈恋爱的年纪了，凯峰这算很晚熟了，"田妈妈看她一副放任自流的态度，又问道，"那个女孩儿你见过吗？"

杨晗叹了一口气，先让保姆把段煜其抱上楼睡觉，直到上楼梯的脚步声消失在耳边，才开口说道："那个女孩儿以前是段煜其的钢琴陪练，人倒是不错，段豪专门去找人查过，她的父母都是事业单位的职工，家庭条件虽说一般吧，但至少身家清白。"

田佳木端着手机暗自嗤笑了一下，没发表任何言论。

田妈妈没注意到田佳木的表情，只是皱着眉头说道："凯峰这孩子，我也是看着长大的，他这跟谁都不亲，一不小心就找了个喜欢得这么紧的女朋友，你们可得看着点。"

"顺其自然吧！"杨晗明白自己的亲姐姐在担忧什么，"他才二十岁，交个女朋友也不是要结婚，就让他先喜欢着吧。我们也不用管太多，说不定哪天就分手了。"

"别说凯峰了，"杨晗话锋一转，问田佳木，"木木这次回来是要准备留学的事吗？"

田佳木还没说话，田妈妈就替田佳木答道："先让她考个编制，再出去留学。"

"说得好像我多需要一个编制似的。"田佳木连头也没抬，扁着嘴吐槽，"不就是怕我出去了就不回来了吗？"

田妈妈被女儿当众给脸色看，气得眉毛倒竖起来，她一把揪住田佳木的耳朵，一字一句地耳提面命道："怎么？我和你爸可就你一根独苗，我们害怕你出去之后不回来这有错？田佳木，你最好给我认真复习，别给我丢人！"

易礼诗今天晚上没吃几口饭。

那家店的外卖其实很好吃，但她今天没什么胃口。她把剩菜放进冰箱，准备下次热一下，再吃一顿。

吃完饭后，她突然感觉自己找不到事情做，坐在钢琴前发了很久的呆。

窗外下起了小雨，她起身关窗，闻到了窗外带着春意的潮气，心情也像是汲了水一样，跟着潮湿了起来。

段凯峰比她想象中要回来得早，她刚洗完澡，正准备吹头发，就听见了敲门声。

她把门打开后也没管他，他跟着她走进浴室，先是洗了个手，接着从背后抱了一下她，使了点力气，感受她的挣扎后，又很自然地拿过她手里的吹风机给她吹头发。

吹风机嗡嗡地吹着，两个人都没有说话。

易礼诗一直低着头，半干的头发遮住了她的脸。段凯峰细心地一点一点地吹干，然后将她的发丝拨开，微微弯下腰对上她的眼神，手指在她的脸上抚摸。

"你不高兴。"段凯峰得出结论。

"嗯。"易礼诗大大方方地承认，"因为田佳木是你的表姐。"

这的确是没有办法改变的事实，段凯峰有些沮丧地将易礼诗拉到沙发上坐下，问道："你……愿意和我说说吗？你们两个人之间的恩怨。"

"她没和你说吗？"易礼诗仍旧兴致不高。

"没有，"段凯峰摇头，"我没问她，因为我只想听你说。"

被段凯峰任性的回答所触动，易礼诗终于短促地笑了一声，抬眼对上他的视线。他一进门就把外套脱了，现在身上只穿了一件连帽卫衣，领口露出一圈内搭的边。他的肤色在冬天被捂白了不少，看起来显得有些乖，还有些小心翼翼的，是想要和她认真交流的姿态。

易礼诗考虑到不能因为这件事情影响他们之间的关系，于是慢慢说道："其实，现在想起来，也不是什么大不了的事情，就是那时候年纪小，太冲动了。"

段凯峰想象不出来易礼诗冲动的样子，那是一段他没有参与过的人生，他有些难过自己没有早一点认识她。

易礼诗："我在大二的时候，选修了一门乐器，小提琴……"

"小提琴？"段凯峰愣了一下，"你不是说你不会拉小提琴吗？"

易礼诗记起来段凯峰之前好像的确问过她这个问题："哦，那个时候我……不太想说，因为大二过后我就再没碰过小提琴了，而且，小提琴这种乐器，我至今也没入门，说了就好像在班门弄斧一样。"

现在想来也幸好没说，他有田佳木这么厉害的表姐，就算没吃过猪肉也见过猪跑了，幸好她没有脑子一热在他的面前炫技，不然就丢人丢大了。

"等等，等等。"段凯峰突然有些混乱地皱起了眉头，伸手钩住她的小指，将她的手牵到眼前。她的小指头是弯曲的，两只手都是，他已经看习惯了，并不觉得这样的小指有什么奇怪。

是他忘记了，当初他在美国养伤时，决定回她消息的契机便是想起了这样一只弯曲的小指头——他和女孩子的接触少，到现在也只见过两个人的手长成这样。真的会有这么巧的事吗？

去看田佳木演出的那天晚上，他妈妈坐在他的身边，说要他待会儿上台去献一束花，他不想献花，便中途溜了出来。

他先跑到小卖部买了一罐自己平时不允许喝的碳酸饮料，又绕着音乐厅走了一圈，找了个僻静点的楼梯间想把时间消磨掉，结果才在台阶上坐下来，就闻到了晚风中夹杂的酸臭味。

黑不溜秋的地方，只有头顶的音乐厅有光渗出来，他就着昏暗的亮光扫视了一圈，才发现自己坐在了垃圾堆附近，难怪这里没人来。

正准备起身离开，耳畔却传来隐隐约约的抽泣声，在飘荡着优雅四重奏的夜里显得有些惊悚，视线里出现一个披散着头发的朦胧身影大概是比听见抽泣声更惊悚的事情。那时他的年纪小，会被学校都是坟场改建的这种说法给吓到，虽然在自己学校没遇到过此类灵异事件，但每个学校说不定磁场会不一样。

他觉得头皮有些发麻，坐在原地动也不敢动，瞳孔悄悄放大，不自觉地屏住了呼吸。

警报开始解除是因为察觉到那个人的哭声越来越大，她走到垃圾箱旁背对着他，手上还抱着一个长方形的盒子。应该不是什么女鬼。

他松了一口气，正打算起身离开，垃圾的酸臭味却再一次撞进他的鼻腔，他伸手摸了摸鼻子，心想她可能遇到了很伤心的事情，不然不会连臭味也闻不到似的，对着垃圾堆放声大哭。

这时候起身好像会惊动她，他决定等一下再走。

幸好，她没哭多久就把手里那个盒子放下，转身走了。

喝完的易拉罐被他单手捏扁，他终于觉得自在起来，站起身来将易拉罐对着远处朝天敞了个口的垃圾箱扔去。

然而夜太黑，易拉罐并没有如他手里的篮球一样乖乖地进入垃圾箱内，而是被垃圾箱的铁皮给弹开，咚咚几声砸在水泥地上，声音好刺耳。

这简直是……奇耻大辱。在球场上要是出现这种失误是会被人喷到狗血淋头的。他闷着头冲过去将易拉罐捡起来，又回到刚刚的位置，重新判断了一下，试着闭上眼睛扬手一投——投进了。

肌肉记忆总是比眼睛要靠谱。他心里稍微舒服了一点，走回垃圾箱旁边，他只是想记住这个耻辱的瞬间而已，但没想到转身准备走的时候，却不小心踢到了一个东西。

他停下脚步，低头看了一眼，是刚刚那个女孩子扔下的盒子。

已经适应黑暗的眼睛看到那个盒子似乎不太结实，被他稍微踢了一脚就踢开了，里面躺着的东西，好像是一把小提琴。他蹲下来摸了摸盒子边缘的搭扣，才发现是搭扣生锈了。

在他的认知中，乐器这种东西好像生来就会被主人爱惜，比如田佳木就是一个爱琴如命的人。刚刚那个人，为什么舍得把乐器扔掉，明明哭得那么伤心？

耳边突然传来细碎的脚步声，他抬起头，看见那个人居然又折返了回来。

四目相对时，气氛有些尴尬，虽然她的眼睛哭得有些肿，他也根本没看清她到底有没有和他对上视线。更尴尬的是，他的手还搭在她的琴盒上，在垃圾堆旁边……

怎么想都感觉自己有点变态，说不定会被当成收破烂的……

他觉得他应该说点什么："这么好的琴，为什么要把它扔掉？"

她没回答他，沉默了几秒钟才冲到他的面前蹲下，力气很大地将琴盖扣上，"啪"的一声，还夹中了他来不及收回去的手。

手背有点疼，但他没多说什么。她好像也意识到了自己太过鲁莽，一边将琴盒背上身一边甩下一句"不关你的事"，然后转身便走。

结果她没走几步又折返回来，还特地绕到他身后，站到了里面光线更暗的地方，像是在躲着什么人。他站起来，看向她来的方向，这才发现，不远处的音乐厅门口有一群人嘻嘻哈哈地站在那里聊天。

难道是怕被同学撞见自己这么狼狈的样子吗？

他感到有些头疼，摸了摸后脑勺，感觉自己走也不是，留也不是。

树梢在沙沙作响，想要借助他的身影挡一下视线的那个奇怪的女孩子，突然低着头开口说了一句："谢谢。"

语气透着一股浓重的鼻音……难怪她闻不到垃圾的臭味。他暗自叹了一口气,决定在这里站到那群人离开。

"没事。"他回应了一句,便不再说话,因为他实在不是一个喜欢和陌生人搭话的人。

或许是觉得就这样默不作声地站着,谁也不搭理谁的气氛太过诡异,她居然开始对着他没话找话了:"你学什么的?"

他意识到她可能在问他学什么乐器,于是摇摇头:"我不是你们学校的,我才读高中。"

"高中生?"她好像看了他一眼,有些不确定,"长这么高?"

虽然他从小就没有那种特别快活的少年心境,但受到夸奖的时候,他还是条件反射般地回了她一句"谢谢",接着谦虚地道:"还不够高。"

"在炫耀吗?"她似乎曲解了他的意思。

"没有,是真的觉得身高不够,如果要打篮球的话。"他本来可以不说这么多的,但音乐厅门口的那群人迟迟不走,于是对话就这么莫名其妙地继续了下去。

"哦,那你有多高?"

"一米八三,算矮了。"

一阵沉默之后,她突然低声说道:"我也有缺陷。"

察觉到她语气当中浓重的倾诉欲,他顺着她的意思问道:"什么缺陷?"

她往他的身边挪了挪,将手伸到他的眼前:"喏,你看,小指头,是弯的。"说着有缺陷,语气中却满是倔强,好像这点小毛病对她来讲根本不算什么。

夜色浓重,他就着音乐厅外墙的小窗透出来的微弱亮光仔仔细细地看了一眼,得出一个结论:"很有特色。"

"谢谢,"她得到了安慰,又礼尚往来般地说了句,"你现在年纪还小,还能再长高,就算长不高,一米八三也足够了。"

微风裹挟着垃圾的臭味又钻进他的鼻腔,他不想再说话了,看到站在音乐厅门口的那群人渐渐走远，便侧过脸说道："嗯，如果没有其他事的话，那我就先走了。"

"嗯。"她点点头。

谁也没有说再见，因为不是会再见面的关系。

有人说嗅觉记忆要远比视觉和听觉要深刻——虽然不知道这句话有没有理论依据——再加上，站在垃圾堆旁边聊天的经历也的确算得上比较独特，因此虽然他对当时的聊天对象没有任何想法，甚至连模样都没有看清，但他却一直记得那两根很有特色的小指头。

第二十三章
你长高了

段凯峰明显的沉默让易礼诗觉得有些诡异。

"怎么了？"易礼诗问。

"我……"段凯峰不知道该从何说起，便示意易礼诗先讲完。

易礼诗将故事讲到了那天晚上她抱着琴准备扔掉那里，然后故作轻松地笑了笑："你知道吗？那天我真的哭得很惨。"

却没想到段凯峰却直直地看着她，眼神里透着一股奇异的炽热："我知道。"

易礼诗以为这大概是某种安慰，便伸手摸了摸他刚剃了没几天的头发，硬硬的毛楂戳在手心，有些痒，她盯着他漂亮、光洁的额头，正准备谢谢他迟来的慰藉，肩头却被他握住。他只稍微用力便将她整个人抱进了怀里，他的怀抱一向结实又温暖，她顺势抱住他的腰，将脸贴上他的胸膛，不想动弹。脖子被他低下头来亲了一下，微烫的呼吸移到她的耳边，然后，她听见他又轻声重复了一遍："我知道。"

心头突然涌上一个离奇的猜想，因为太过离奇，所以她从来都没有设想过那种可能性。可是……可是他说他知道啊。

易礼诗猛地抬起头，压下快要跳到上喉头的心，对上他的视线，小声问道："你……那天晚上在我们学校吗？"

明明可以一句话问清楚的事情，非得拐着弯问出口，她在这一刻变成了胆小鬼。

"在啊，"段凯峰没和她兜圈子，他才不和她兜圈子，他牵起她的手，将她的小指贴在嘴边亲了一下，问道："那天晚上，有个人用琴盒砸了我的手，不仅没道歉，还奇奇怪怪地把小指头伸到我的面前给我看，那个人是你吧？"

他的这段话，直接将她送回了雨季，好不容易干燥的眼眶又要开始下雨。

"别哭啊，姐姐。"看到易礼诗绷着脸，眼泪却不停往下掉的情景，他手忙脚乱地伸出手背来擦拭着，声音轻轻柔柔地哄她，"你砸我的那一下也不疼。"

昏黄的灯光照在易礼诗的脸上，满是泪痕，她红着眼睛问："不疼吗？"

段凯峰赶紧摇头，伸手抹上她的眼角，那里流出眼泪止都止不住。

因为易礼诗想起了自己想要扔掉小提琴的那天晚上。她说了那样不礼貌的话，折返回来时，他居然还愿意站在她的旁边听她废话，替她挡住远处有可能投来的目光。即使这样程度的照顾只是举手之劳，但当时的她还是觉得很感激，甚至在交谈时还很庆幸黑暗掩饰了她的脸，让她哭得狼狈不堪的样子看起来至少没有那么丑。

段凯峰走的时候，她回头看了他很久的。她看着他的背影，忘记了当下最大的烦恼，想着以后也要找一个打篮球的，身高一米八三的男朋友，要是像他这样善良就最好了。

可是这样的人，却偏偏是田佳木的表弟。那个嘲笑她，用言语打击她，还隐隐让她遭受了排挤的罪魁祸首的表弟。

易礼诗不知道现在到底是该高兴还是该难过，无论是哪一种情绪，她都有些消化不了。她又哭了一会儿才抬头说道："你长高了，比那时候还高了整整五厘米。"

要是按照一米八三的标准去找，原本是永远都找不到他头上的，可是，绕了这么大这么大的一个圈，最后还是阴差阳错地遇见了。

"长高不好吗？"段凯峰不知道她心里想了那么多，只觉得她看起来很难过。

"关于田佳木的事情，我们是一条战线的，"段凯峰表明立场，"不管是从前还是现在，我都会站在你这边。"

这并不是被某种对于女朋友的无脑喜爱情绪支配而胡乱站队。在他的认知中，他也好，田佳木也好，他们能有这么优渥的生活都是受了祖辈的荫庇，因此在金钱方面，命稍微好那么一点点而已。被田佳木无情嘲笑的人，即使不是易礼诗，他也会替田佳木感到羞愧。

段凯峰的目光坚定而温和，配上他那张帅气的脸，莫名地有种抚慰人心的力量。傍晚时的心神不宁渐渐消散，易礼诗轻轻地拥住他，呼吸之间像是拥有了整个世界。

段凯峰顺势将她搂紧，嘴唇贴上她的额头："你不要不高兴了，这样显得我的高兴都是一种罪过。"

易礼诗抬起红肿的眼睛去看他，段凯峰却笑嘻嘻地说道："我真的很高兴那天在撞见你哭的时候没有转身就走，虽然好像也没给你多少安慰，但现在回忆起来，至少在那一刻，没有丢下你一个人。再说了，如果不是你非得给我看你的手指，我在养伤的时候也不会那么快回复你的消息吧。"

提起这件事，便又是一件让人心虚的往事。她从来没有问过他选择回复她的消息的原因是什么，因为从来都不敢问。这件事情最好谁也别提。

而现在，她是真的希望他永远都不要知道真相。他不应该为这种事情伤心、难过。

手指被段凯峰牵着把玩，心情渐渐平复，她靠在他的怀里，呆呆地问他："你那时候为什么会回复我？"

段凯峰指了指她的小指头："因为你给我发的那段弹琴的视频里，我看到你的小指是弯的。"

"所以这是什么值得回复的吗？"明明她唱了那么多歌，但他一个字也不回。难道这也是冥冥之中的某种安排吗？那些不是唱给他听的歌，他听了也并不会有所触动。

段凯峰摇摇头，仍旧是一副开心极了的样子："我也想不通，但那次就是回了。"说完还找补了一句，"你别误会，你唱歌是真的很好听，那时候不回你可能也只是想再多听你唱几首吧。"

所以，这到底是一种什么样的概率呢？她算不清楚，只觉得这样的运气未免也太让人恐慌。

易礼诗从小就运气平平，不会倒什么大霉，但也不会特别走运。唯一一次撞大运，就是阴差阳错地遇到了段凯峰。她原本只打算跟谭子毅周旋，上天却奖励了她一个段凯峰——对她来讲，全世界最好的段凯峰。

可能人的运气真的是由守恒定律支配的吧，只是，某些人撞了大运是需要付出代价的，易礼诗付出的代价是找工作不是很顺利。

其实，将"找工作不顺利"这件事归因于运气，只是她的自我保护机制而已，她心里知道自己考不进心仪的学校最大的原因是自己能力不足，但要让她像以前一样将失败归因于能力，只会更加打击她的自信。所以每次她考完一所学校，拟聘人员没有她的名字时，她都会习惯性地认为这是她差了点运气，这样她才能屡败屡战。

报考大专院校的岗位真的很磨人，每一所学校的笔试范围都不同，她需要复习大量与音乐无关的知识，很多次，她都在笔试环节就被刷了下来，因为她根本考不过那些文化生。有几次她侥幸进了面试，可是面试又是新一轮的折磨。一整天，从早上起就被没收手机，关在考场，抽签进行面试，如果抽签的数字靠前，那受折磨的时间会短一点，如果数字靠后，那需要在考场等一天才能轮到她。

最受打击的一次是她好不容易以笔试第一的成绩进了面试，结果那所学校录用了一个笔试成绩比她差很多的男考生。

整整两个月，她的情绪肉眼可见地低落了起来，可是她不想在段凯峰的面前表现出来，因为他近期正在准备 CUBA 的十六强比赛，动不动就要随队集训，下训时整个人累得不想说话。但他再累都会给易礼诗打电话，即使只是在电话里听一下她的呼吸声。

两个精神高度紧绷的人都在小心翼翼地不让自己的负面情绪影响对方，但段凯峰会做得更好一点。他把自己所有的卡都绑定了她的支付宝和微信，并设置了优先付款。每次她考试结果不理想时，他都会叫她去报复性消费一下。

易礼诗的消费主要是用在吃上面，因为吃到好吃的食物对现在的她来讲，是获得快乐最简单的途径。

不得不说，这种安慰方式真的很有用，到最后，她已经习惯在每次考试结果出来之前想好今天要吃什么美食来犒劳一下自己，吃完美食心情变好以后，第二天又能精神抖擞地在各大学校的官网浏览招聘信息。

五月份，易礼诗顺利地通过了答辩，之前她实习的那所学校也发布了招聘通知，有个岗位很适合她报名——社团专干，主要负责学校艺术团的相关工作。

易礼诗没抱什么希望地报了名参加了考试。

笔试当天，她在考场上遇见了和她一届的同学。

毕业季，大家都在到处找工作，考场上遇到几个老熟人再正常不过。易礼诗和同学打了声招呼，两个人走到考场门口，那个同学却第一时间拿出手机将张贴在考场前门的考生信息表拍了照。

易礼诗觉得奇怪，便多问了一句："你拍这个干什么？"

"我们这个考场的考生，都在竞争同一个岗位，拍下考生信息，成绩公布的时候不就可以自行查到所有考生成绩吗？"同学回答她，"毕竟有些学校是不会公布成绩的，你只能根据考号查到自己的成绩。你没拍过吗？"

易礼诗摇摇头，她每次考试都是只管找到自己的考场，过了安检就闷头开始做题，从来没想过还要将自己的竞争对手的信息记住。想到这里，她不由得冲对方竖了个大拇指。

开考铃响之后，陆续有迟到的考生入场。

本场考试禁止入场时间是开考十五分钟之后，易礼诗做了一会儿题，看到有人刚好卡着点儿进入了考场。

是田佳木……

真是冤家路窄。

两个人对视一眼，同时移开了视线。

不久笔试成绩公布，易礼诗是第一名。考生按一比五的比例入围面试，入围名单除了有她上次遇到的那个同学，还有田佳木。

只不过田佳木是第五名，笔试成绩比易礼诗差很多，如果易礼诗面试发挥稳定的话，赢面非常大。

易礼诗没把这件事告诉段凯峰，因为不想在他打比赛的关键时候给他徒增烦恼。

在准备面试的间隙，段凯峰为了让她轻松一下，邀请她去看他过几天的比赛。

段凯峰刚从北方参加完CUBA十六强赛的抽签仪式回来，休整几天之后，紧接着又要参加比赛，幸好整个CUBA十六强赛都会在A大举行，他最近都会在学校。

只不过，A大的第一场比赛，就刚好对上了B大。

"你之前不就是和B大比赛时受伤的吗？"易礼诗问，"你确定是让我轻松一下？我万一看了更担心怎么办呢？"

"那我更需要你在场给我鼓励啊！"段凯峰说得很轻巧，"别担心，易老师，我会赢给你看。"

CUBA在大学生群体中的关注度还可以，再加上是全国十六强的比赛，来自全国各地具有参赛资格大学的男篮和女篮团队一下子涌进了S市。比赛当天，除了有比赛任务的几支队伍外，没有比赛任务的队伍有些队员也过来观战，再加上直播的媒体、解说和啦啦队，一时之间A大体育馆可以说是人声鼎沸。

段凯峰一大早就随队坐着大巴到了体育馆做赛前热身，B大的球队来得晚一点，穿着统一的队服，走下场时两支球队互相打了个招呼，就各自占据了一个半场开始了热身运动。

有一道目光看得段凯峰不是很舒服，他连续投了几个球之后，转身看向对面的球队，但辨认不出来刚刚是谁一直盯着他看。

干脆就不想了，段凯峰抬脚走向场边，拿起手机看了看消息。易礼诗给他发了微信，她已经进来了，坐在靠近前排的位置，身边坐着温敏。他看过去的时候，温敏还很激动地冲他挥了挥手，挥到一半她的手就被坐在她身边的男生给抓住了，那个男生有点眼熟，好像是他们体育学院的学长。

易礼诗冲段凯峰笑了笑，隔着一点距离，她也没走下来，只是低头又给他发了几条微信：

"有件事情，我一直没跟你说。之前姚樱子告诉我，林星龙垫你脚那件事，他也是受害者，他当时是被人推了一把。"

"今天早上我特地问了姚樱子，她说那个人还在球队里，穿四号球衣。"

"不管她说的是不是真的，总之你一定要小心。"

微信分三条发过来，最后还附上了一个"加油"表情——她最近很喜欢这个系列的表情包。

段凯峰捏着手机朝 B 大的球员们看了一眼，四号是他们队的小前锋，身高将近两米，三分球的命中率不高，但持球突破能力很强，是个灵活的高个子。

如果，他受伤那件事真的另有隐情，那他今天的确是要更加提防着对方一点。

易礼诗看到段凯峰朝她点了点头，露出一个安抚性的笑容。她稍微放心，靠在椅背上心无旁骛地看他。

这几个月以来，她太关注自己的事情，以至于从 CUBA 开赛以来，她一场比赛都没去看过。作为女朋友，表现得这么不称职，段凯峰也从来没有一句怨言。

易礼诗轻轻地叹了一口气，被身边的温敏听到。温敏往她的手里塞了一包怪味花生，凑过来逗她："怎么，又被弟弟帅到了吗？"

"是啊，"易礼诗感叹道，"这么个大帅哥放在我的面前，我最近都无心欣赏，真是暴殄天物。"

温敏指着球场西南方那一群打扮得花枝招展的美女说道："看到没，那些妹妹都是冲着段凯峰来的，你这话说给我听也就算了，千万别让她们听到，不然我怕你走不出这个体育馆。"

温敏明年才毕业，丝毫没有"毕业就失业"的危机感，她有时候看着易礼诗这个状态也挺着急，想劝她干脆转行或者自己开培训班算了，A大至少也是个双一流名校，文凭硬得很，外面大把的企业可以去试试，考编这条路可以暂时先缓缓。但易礼诗是个一条路走到黑，特别认死理的人，在她自己想通、放弃之前，别人怎么劝她都没用。

易礼诗知道温敏的好意，拆开她递过来的零嘴，放进嘴里咬了一颗，嘎嘣脆。

"牙齿没崩吧？易奶奶。"温敏打趣道。

易礼诗又吃了一颗花生，莫名地得意道："没有。"

段凯峰在练习的时候几乎不会主动与周围的人交流，如果不是因为他帅得太扎眼，那么人群中其实有没有他都不重要。但是比赛开场之后，他整个人的状态就完全变了，他的个子在球员中不算太高，但是整个人很灵活，起到了串联全场的作用。他在为队友吸引夹击，送出一次次助攻的同时，还能带球突破，爆发力惊人。

B大的四号球员一直在对防守他的人造成犯规，试图在投篮的同时获得罚球。很聪明的打法，但看起来很恶心人。

在比赛打到第三小节的时候，双方的比分开始拉开差距，A大的球员连续几个三分球进筐直接将B大的士气打散，B大的球员每次想要追分的时候，差距都会被拉得更大。

或许人人都需要为守恒定律付出代价吧，B大的四号球员在一次反击上篮的时候，落地时没有站稳，直接倒在了地上。直播的镜头怼到他脸上，他疼得泪流满面，脸上满是不甘心与痛苦。

易礼诗下意识地去看段凯峰，他站在人群外围，脸色平静地看着倒地的四号球员。易礼诗知道，他其实并不想看到这种场面，球员受伤意味着很长时间不能打球，错过巅峰期，如果伤势严重，很可能就此断送职业生涯。

即使这个四号球员是曾经害得他受伤的"疑犯"，他也不想看到这种形式的报应，这对一个运动员来讲太痛苦了。这种痛苦他感同身受。

受伤的四号球员被保安架回了更衣室，本场比赛不会回归。

B大少了一名主力，换上来的替补不堪大用，比赛才第三节，就直接进入了垃圾时间。段凯峰被教练换了下来，坐到板凳席上为下一场比赛保存体力。

全场观众看得一阵唏嘘，双方的比分渐渐变得悬殊起来，在B大教练换下了主力之后，比赛已经完全没了看头，有些观众开始起身离场。

段凯峰不用再上场，易礼诗也松了一口气，和温敏挨在一起聊起天来。突然有人跟温敏的男朋友打招呼，易礼诗顺着声音看过去，没承想看到了谭子毅和段凯峰的另一个名叫"毛峰"的室友。

和温敏的男朋友打招呼的正是毛峰，毛峰看到易礼诗也愣了一下，但没多说什么，倒是谭子毅，一脸尴尬的表情，不知道该不该和她打招呼。

易礼诗很大方地冲谭子毅笑了一下，又和温敏聊了起来。

幸好那三个人不是很熟，随意寒暄了几句就结束了聊天。临走的时候，易礼诗还听到毛峰小声问谭子毅："这不是凯峰的女朋友吗？"谭子毅回答了什么，她就听不到了。

谭子毅和毛峰两个人虽然都是运动训练专业的，但他们整个宿舍只有段凯峰能打CUBA，因为他高中时就是明星球员，当年也是学校花了重金专门招进来为学校打球的，结果才打第一年就受了伤，简直令人大跌眼镜。

"今天B大伤的这个，伤势应该很严重。"毛峰说，"据可靠消息，是十字韧带撕裂。"

"十字韧带撕裂的话……即使恢复过来，估计也恢复不到以前的水准了。"谭子毅跟着摇摇头。

两个人又感叹了几句，在走出体育馆的大门之前，毛峰突然一拍大腿，嚷道："我终于想起来段凯峰的女朋友为什么瞅着那么眼熟了！"

毛峰的眼睛直直地盯着谭子毅："你之前是不是跟我说过她追过你？"

"没有……"谭子毅有些心虚。

"不对不对，你别想糊弄我！"毛峰这会儿全想起来了，"就去年啊，你还在食堂专门指给我看过，说这个音乐学院的学姐爱你爱得深沉！难怪我一直觉得她眼熟！但她和段凯峰走在一起时我真的完全没想起这事！"

谭子毅没想到当年吹过的牛被毛峰记得这么清楚，一时之间也懒得解释，只是说道："都过去了……"

"你刚才还跟她在那眉来眼去的呢！"毛峰一脸不相信的表情。

谭子毅不说话了，毛峰当谭子毅默认，一脸痛心地冲谭子毅"啧啧"了几声，也沉默了下来。因为他发现了一个秘密。

段凯峰作为他们的室友，太过有名，刚入学那会儿几乎每天都有女孩子过来找他们这几个人打听他的联系方式，但段凯峰一个都不给，后来大家摸清了他的脾气，渐渐地也就放弃了。

有一个人是个例外，就是刚刚和段凯峰的女朋友坐在一起的那个学长，找到他们宿舍来居然是来打听谭子毅的联系方式，但那段时间谭子毅正和一名美术学院的学妹打得火热，接到毛峰的电话时想都没想就拒绝了。

但那个学长平时对他也挺照顾的，毛峰不好驳他的人情，刚好他想着段凯峰在美国养伤估计挺寂寞的，就灵机一动，把段凯峰的联系方式给了出去。

段凯峰找了女朋友之后，有一次毛峰和他在一起闲聊时，他透露过他和女朋友是通过微信认识的，就在他养伤的那段时间。

如果，段凯峰的女朋友一开始喜欢的是谭子毅，并且爱得深沉，那段凯峰岂不是……传说中的——备胎！

第二十四章
面试风波

竞技体育是残酷的，射丢的罚球、射偏的三分、失误的断球……种种这些都是比赛的一部分。十六强赛落幕的时候，几家欢喜几家愁。

段凯峰欢喜的是 A 大进了全国四强，愁的是休整几天之后，他又要随队前往别的城市参加冠军挑战赛。一去又是半个月见不到易礼诗，他愁得上课都在走神。

毛峰自从发现了那个秘密之后，自己觉得跟段凯峰的关系近了不少，上课都跟他坐一起，每次看他的目光都充满了不自觉的怜爱。原来这么个大帅哥也会被人当备胎，甚至有可能戴绿帽啊！他的女朋友也太渣了吧！

毛峰本来就不看好那两个人，本来嘛，他有个关系好的姐们儿，论长相、论身材哪点都比易礼诗强，每次找他聊天都在那里打听段凯峰到底啥时候分手，她好接盘。可人家段凯峰真就准备在这一棵树上吊死，也不知道对方到底给他吃了什么迷魂药。

总之，段凯峰现在在毛峰的眼里，就是个纯情男孩被心机渣女吃得死死的形象，每次毛峰一见到段凯峰，就感觉他的头顶在冒绿光，心里的天平不自觉地又往自己的姐们儿那里倾斜了一点。

或许是毛峰的目光太过于明显，段凯峰自己也察觉出了不对劲，他偏头问道："我的脸上有东西吗？"

"没有，干净得很，"毛峰摇头，赶紧转移话题，"我只是在想你是不是从来都不长痘的。"

学体育的男生大多压力大，偶尔脸上冒出几颗压力痘是常事，但段凯峰的压力这么大，脸上却从来都没冒过痘，不得不说老天爷真是不公平。

段凯峰觉得毛峰问的问题无聊，又趴在了桌子上发呆。

桌上的手机一直很安静，易礼诗今天早上出去参加面试，手机在进考场之前就上交了，也不知道现在的情况怎么样。

易礼诗之前说过自己笔试的结果挺好的，虽然那个岗位只招一个人，但她的笔试成绩比后面的考生要高很多，按照笔面结合的统分方式，正常发挥应该没什么问题。

"我得给她买个礼物庆祝她找到工作。"段凯峰突然说道。

毛峰吃了一惊："不是，你走神半天就在想这个啊？"

"对啊！"段凯峰点点头，"我马上要去比赛了，留她一个人在这里，万一她想我了怎么办？"

易礼诗是想你的钱吧？毛峰觉得无语了，心里名为"道德感"，实为"私心"的东西突然上线，他越想越觉得，段凯峰应该知道真相。

段凯峰下课之后就准备直奔商场，但毛峰却一路跟着段凯峰到了车边。

"你去哪里？我送你。"段凯峰不疑有他。

毛峰皱着眉头，似乎做了一下心理建设，才慢吞吞地开口道："有件事情，不知道你清不清楚。"

易礼诗在候分室，拿到自己的面试分数时，脸色有些灰败。

找工作找到现在，失败的经验她积累了不少。每个学校虽然考试的内容不一样，但大致的答题思路其实差不多，面试的仪态、教态与具体流程，她已经算熟悉了。因此，每次面试都会比上一次更得心应手。

这次的面试她自认为表现得还不错，观点新颖，对答流利，答题时间卡得刚刚好。技能测试时她甚至还看到了考官们一脸欣赏的神情。

可是为什么，分数会低成这样？这样一来，她的笔试成绩便完全没了优势。

易礼诗不知道别人找工作是不是也像她这么曲折，或许没有吧，毕竟她本科四年当咸鱼当了挺久，专业课不如别人学得好很正常。其实她也不想盯着考编这一条路走，但她的人际交往能力挺差的，她不知道除了当老师之外，她还能干什么。也许，"表现好"只是她的错觉吧。

只不过是又一次失败而已，易礼诗安慰自己，整理好自己的个人物品后，走出了考场。

一路避着人朝停车场走去，还没走到停车场，就远远地看见田佳木在车旁边站着，一脸悠闲的表情。她的抽签号比较靠前，出考场的时间要比易礼诗早。

见易礼诗走过来，田佳木唇角一挑，不客气地道："又开我弟弟的车呢？"

像是专门逮着她痛处戳。但易礼诗今天没工夫为这个感到羞耻，她看也没看田佳木，对着不知道什么地方说了一句："他是你的表弟，又不是你的亲弟，你这么关心他的恋情做什么？"

田佳木也没恼，只是脸上的高傲淡化了一点，正色道："对不起啊。"

易礼诗拉开车门把手的动作一顿，垂着眼睛咬了下嘴唇，没什么精神地回答道："那件事情我不想再提了，你的道歉，我接受。"

田佳木却摇摇头，一脸遗憾地看向易礼诗："你知道我很抱歉就行了。"说完便开着车扬长而去。

易礼诗抿着嘴唇在原地站了一会儿，直到惊觉自己的视线变得模糊不清，才揉了揉眼睛，深吸一口气。她突然听见有人在叫她，侧头看过去，原来是一起进面试的另外一个同学。她是特地过来和易礼诗核对分数的。

"你的分数为什么会这么低？"那个同学听到易礼诗报出分数后，一脸不可置信的表情。

易礼诗摇摇头："我也不知道，可能的确表现得不好吧。"

同学却四下环顾了一番，才开口问道："你见到那个身高最高的女孩子了吗？很漂亮的那个。"

她们几个考生中，身高最高的是田佳木。

"她先走了，怎么了？"易礼诗问她。

"她刚刚拿到面试成绩的纸条时，被我不小心看到了。分数特别高，断层第一的程度，"同学停顿了一下，"你认识她吗？"

断层第一？那这个岗位田佳木应该十拿九稳了。

易礼诗点点头："田佳木，第五名进面试的那个。"

"她就是田佳木啊？"同学的表情突然变得很奇怪，她沉默了很久，才接着说道，"笔试成绩出来的时候，我查过我们考场所有人的成绩，田佳木的分数，原本是进不了面试的，但你猜发生了什么？她前面的两个人都放弃了，把她递补进去的。"

"笔试也可以这样递补吗？"易礼诗的心沉了下来。

"谁知道呢。"

……

易礼诗开着车回学校时脑袋还是蒙的，等红灯时她才想起来给自己的导师打个电话。之前她来这边实习就是导师介绍过来的，她应该能打听到一点内幕消息。

导师在电话里让她回学校当面说。

听完毛峰的一席话，段凯峰突然感觉自己有些脱力，不知道是前几天打球费了太多体力还是怎么了，大中午，日头最盛的时候，他的指尖却开始发凉。手指在颤抖着，他悄悄将拳头握紧，背到身后不让人发现，嘴唇颤抖着，轻声道："这些我都知道。"

"什么？"毛峰愣住了。

"她跟我说过的，"一句谎言说出口，剩下的话就说得顺畅多了，"她加我微信的时候就跟我说清楚了。"

说完，段凯峰又强调道："她不是你想的那种人。"

毛峰讪讪地道："哦……是吗？那是我多事了。"

"没有，谢谢你。"

段凯峰一脸真诚地道谢，倒让毛峰觉得有些不好意思："没事没事，都是兄弟，你们说清楚了就好。"

马不停蹄地赶回学校，易礼诗到了导师的办公室，关上门，导师才开口道："帮你问过了，你报考的那个岗位原本就是给别人设的，所以你考得再好也没用。"

易礼诗的鼻子有点酸，但她忍住了。

"你报名的时候怎么没问下我呢？这种只招一个人的岗位，很多都是一个萝卜一个坑……"导师说得轻描淡写的，她看到易礼诗的眼角已经红了，及时把更严厉的话咽了回去，只是说道，"继续考吧，大家都是这么过来的，就当吸取个教训，下次看到招聘要求的时候留个心眼。"

易礼诗："谢谢老师。"

"如果考累了，其实考虑一下别的学校的编外合同制也挺好的，高校都要逐步取消编制了，以后放出来的编制会更少。当然了，什么编内编外待遇相同这种话你听听就算了，可千万别信，怎么可能呢？"

易礼诗没什么话好说了，只是垂着脑袋不住地点头。导师见易礼诗的心情不好，也就不留她说话了，最后安慰了几句就让她走了。

从导师办公室走出来的时候，易礼诗的脑袋一片空白，一直在眼眶里打转的泪水终于忍不住流了出来。走廊上还有同学在走动，她不愿意让更多人看到自己的丑态，低着头往厕所冲，直到进了厕所的隔间，才咬着自己的虎口哭出来。

这期间段凯峰给她打了一个电话，她不想接，直接挂掉了。因为她不知道该怎么面对他。即使深知这件事与他无关，她还是克制不住地感到很委屈。这种委屈并不是他给她一个拥抱或者送她贵重的礼物能缓解的，这种委屈，甚至在此刻膨胀成了一股厌恶感，厌恶自己的无能为力，也厌恶造成这种境况的所有人和事。

　　那些人施舍与说教似的假惺惺的道歉和安慰，令她困在了死角里走不出来。与她一同困住的还有那座段凯峰给她构筑的象牙塔，已经到了快要崩塌的边缘。心里有很多恶言恶语想要骂出来，但她告诉自己要冷静，不要迁怒于他。

　　易礼诗收拾了一下心情，对着厕所的镜子稍微整理了一下，又深吸了几口气，才将自己的状态调整好。虽然眼睛还是红的，但不和人对视的话就不会太明显。

　　回去之前，她给段凯峰回了一条微信："我还在学校，待会儿联系。"

　　段凯峰隔了很久，才回了一句"嗯"。

　　地下停车场安静得能听到自己的心跳声，易礼诗静静地坐了一会儿，拨通了父亲的电话，才开口说第一句话，又忍不住开始哭了起来。

　　易爸爸在电话那头连声安慰道："不就是找工作嘛，你就算一辈子找不到工作，爸爸妈妈也能养得起你的，没事，你别着急。"

　　"我没事，爸爸，我就是哭一下。"满腹的委屈终于找到了出口，易礼诗在车里哭得上气不接下气，用掉了半包纸巾。

　　临挂电话时，易爸爸说道："对了，你姑姑上次问我，你要不要去G市考一下教师编制，那边的待遇更好，机会也更多。我看你一心想留下来，所以一直没跟你说。如果S市真的那么难考的话，你先出去玩一圈，然后换个地方考一下也是可以的，毕竟咱家在S市没有人脉，帮不到你。"

　　小时候，易礼诗怕黑，一个人睡觉时窗外的树影风声都能让她做噩梦，后来年纪越大她就越喜欢一个人待着，待在一个幽闭的小空间里面，能得到极大的安全感。之前，她考试失利的时候，很喜欢待在这辆车里，但现在，在这辆车里，她待不下去了。

　　"又开我弟弟的车呢？"易礼诗以为田佳木的这句话对她来讲杀伤力不大，但没想到后劲这么足。她太心安理得地享受着段凯峰带给她的一切，现在却连最基本的正面情绪都不能回馈给他。

　　易礼诗将车里自己的东西都收拾了，关上车门，上电梯。电梯停下来之前，她已经做好了决定。一个不该拖到现在才做出来的决定。

开门进屋之后，她才发现段凯峰坐在她的房间里。

段凯峰窝在沙发上，像是在发呆。听见她进门的动静，才如梦初醒一般，缓缓地转过头来看她。

"回来了？"段凯峰的声音有点干涩。

"嗯。"易礼诗小声答应着，抬脚朝段凯峰走过去。

冷静一点，不要迁怒他，这件事情跟他无关。

走近之后，她原本不打算坐下，右手却被段凯峰握住，他想将她牵得再靠近一点，但她心里好不容易被压制住的火气却一下子蹿了上来，下意识地反抗了一下。

段凯峰应该没想到她会挣扎，所以手上没使力气，轻易就被她挣开。

易礼诗抽回手的那一瞬间，两个人都愣住了，难挨的沉默蔓延开来，最后还是段凯峰先开口："工作的事情，不顺利吗？"

"嗯，我正想跟你说这件事，我面试的结果不太好，所以这个岗位又没戏了，"易礼诗在他的身旁坐下来，做了下心理建设之后才慢慢地开口，"我想，去别的城市看看。"

关于田佳木的事情，她没有多说一句。她都已经要离开他了，没必要让他和家里人的关系再闹僵。

段凯峰一下子没听懂她的话，眨着眼睛，沉重地呼吸着。太多的负面情绪密密匝匝地缠绕在他的胸口，他快要喘不上气了。他垂着脑袋，双手插进自己的发间撑住，轻声问道："那我呢？"

段凯峰没有在控诉什么，但易礼诗能听出来，他是觉得委屈的，这种委屈被他小心翼翼地压抑着，却让她的眼睛又开始发胀。

"你……"易礼诗的胸口起伏了几下，她终于鼓起勇气开口，"我们就……"

"易礼诗！"段凯峰突然打断了她，慌慌张张地从身边的沙发上拿过一个小盒子，边打开边说道，"我今天给你准备了礼物，你看……"

盒子打开，是一块手表，罗马数字的表盘，外面镶了一圈钻。

"你不是要上课吗？上课需要一块手表看时间的。"段凯峰低声絮叨着，拉着她的手就想给她戴上。她不肯戴，用了一点力气往回缩，这次他有准备，一直握着她的手腕不松手，但没有使劲捏她，不然她手腕上那块皮肤会红。

"凯峰，凯峰！"易礼诗出声阻止，"你听我说！"

"我不想听。"段凯峰的声音提高了一点，却还颤抖着。

"段凯峰！"易礼诗一定要说，现在不说，她又会心软，"我们的开始就是一个错误，我跟你不是一个世界的人，你难道看不出来吗？你不知道我有多累吗？"

话音落下，两个人又陷入了一阵沉默，四周只剩下彼此的呼吸声，还有压抑着的上下牙齿碰撞的声音。

他们之前是有过类似的争吵的，大概在一个月以前，虽然两个人都在尽力调整情绪不要给对方带来太多负面情绪，但正如平时很少掉链子的人只在关键时刻掉链子一般，那次争吵其实早有预兆。

那天，段凯峰他们球队刚刚和另外一支强队打完一场比赛，以两分之差险胜对方，赛后复盘数据时，段凯峰的失误有点多。

段凯峰那天的状态的确不佳，老老实实地挨了教练一顿骂之后，便拿了数据板，找了个没人的楼梯间，准备自己分析一下今天的失误，顺便消化一下负面情绪。他不想回去之后还带着这种负面情绪，这样对易礼诗不好。

篮球比赛，有赢便有输，没有人能保证自己在球场上完全不失误。

但如果是段凯峰的失误，总是会被人骂得更惨一点。赢球是他该做的，倘若输了便是他的能力匹配不上关注度。优越的家世和过人的颜值在这种时候反而是一种累赘，是最招人黑的靶子。

段凯峰早已经习惯，别人提到他时最常说的话便是他的命好、他幸运，他日复一日的努力在别人看来完全不值一提，好像他的上场机会完全只是靠家世的加持一般，如果把时长分给另外的队员，别人肯定不会出现此类低级失误。

第一次听到那些扎心的话时，段凯峰才十几岁，他不知道为什么别人要对他有那么深的恶意，他只是感到有些沮丧，沮丧过后便更加刻苦地投入训练，争取在下一次比赛中，尽力表现得更好一点。

　　后来这类的话听得多了便麻木了。如果说有那种无聊的最佳听墙角排行，那楼梯间的票数应该会很靠前。他刚坐下没多久，楼上的门便被人推开，隔着一层楼梯，他听见两个人在聊天。

　　其中一个声音很耳熟，是他们队里的替补："今天总算有上场机会了。"

　　"因为段凯峰这场的失误太多了吧，连着丢了几个球，不过幸好最后清醒了。"这个声音很陌生，应该是那名队员的朋友。

　　"是啊，差点害我们输掉比赛。这场要是输了，按照双败淘汰制掉进败者组，那我们至少要打五轮才能晋级八强，打得越多，人越累，一不小心就得明年再来。"

　　"他打球没以前那么拼了吧，毕竟脚踝受过大伤，得收着点打。"

　　"你不觉得他本来水平就很菜吗？不过就是仗着家里有钱，有那个训练条件而已，换成别人估计早不是他这个水平了。"

　　"也是，既然受了伤就干脆别打了嘛，好好转个商科回去继承家业多好，白白占那么长的上场时间。"

　　"谁叫人家的命好呢，我们这种太子伴读，可没有他那个运气的！"

　　竞技体育"菜"是原罪，即使前几场表现神勇，只要有一场表现不好，都会被骂得体无完肤。

　　同一个球队，谁也不服谁的现象更是常见，只是他们队的气氛还算融洽，至今也没有爆发过无法调和的更衣室矛盾。

　　段凯峰面无表情地站起来，拿着数据板拾级而上。运动鞋走起路来声音小，直到他的身影出现，那两个人才对视着，露出一副又惊讶又尴尬的表情。

　　其实段凯峰平时不会这样当面让人难堪的，因为他从来都很清醒地知道什么事情该做，什么事情不该做，他也知道在这种情况下装作没听到，直接离开才是最好的选择。但兴许是这段时间的压力太大，他在走上楼梯的时候心里在想，他本来就不算是一个脾气温和的人。人人都有权利生气，为什么他不可以？

画面像是僵住了，一时之间，楼梯间的几个人谁都没有说话。

直到楼梯间的门再次被人推开，才打破了僵局。毛峰的嘴里叼着一根烟，没点燃的烟，探头进来，看见这三个人的表情，没头没脑地问道："怎么？你们这是要打群架吗？"

段凯峰冷着脸没说话，倒是另外一个替补赶紧否认："没有没有，友好交流。"

"哦哦，那就好，在这当口，你们可别一人背一个处分，"毛峰将嘴里的烟拿下来揣回兜里，伸手拉了一把段凯峰，"走了。"

好不容易把人拉出来，毛峰还在不停地絮叨："那个人是出了名的嘴碎，你跟他一般见识干什么？我听说你被你们教练骂了，还没被骂够啊？想被直接禁赛是吗？那你们队估计真要完。"

段凯峰摇摇头，只是低声说了一句"谢谢你"，便再没多说一句话。

"行啦，"毛峰拍了拍段凯峰的肩膀，"我就是躲这里抽根烟，刚好碰上了。你现在准备干吗？"

段凯峰："去看比赛录像。"

毛峰："我看你们队里就你最辛苦，也不知道他们到底在不满些什么。"

"……"

段凯峰回到家时已经到了晚上，易礼诗正在修改论文。他敲开易礼诗的房门，她匆匆将门打开，向他打了一声招呼，又自顾自地接了一杯水把自己关进了书房——这是他们很早就达成的共识，她在忙正事时会把自己关起来，谁都别想打扰她。

但此时此刻，段凯峰突然很想要一个拥抱，他走到书房的门口敲了敲门。

易礼诗走到门边，抬头看向段凯峰："怎么了？"她心里还惦记着刚刚没写完的那段话，所以没有察觉段凯峰的情绪有些低落。

或许是易礼诗表现得太过敷衍，段凯峰突然没有了倾诉的欲望，只是张开双臂将她搂住，摇摇头："没事，你今天过得怎么样？"

"还好吧，"易礼诗埋头在段凯峰的怀里蹭了蹭，"今天有个岗位出结果了，意料之中地，我又没考上，跟我一起考试的一个同学考上了。她说她都没怎么复习，完全是运气好，你说我怎么就没那么好的运气呢？"

段凯峰的双臂僵了一下，他第一次对易礼诗的"运气论"提出了异议："嗯……你怎么知道，别人完全只是运气好呢？他们努力的时候难道会告诉你吗？"

"嗯？"易礼诗也愣住了，原本准备搭在段凯峰腰上的手也收了回来，在他的胸膛上轻轻推了一把，"你在……说谁呀？"

被易礼诗突然推开，段凯峰的表情变得有些生硬，他试图去拉她的手，却被她不着痕迹地躲开。段凯峰斟酌着再次开口："我只是觉得大家都是在悄悄地努力，没有谁会把自己的付出挂在嘴边上吧？"

易礼诗不明白段凯峰为什么会突然这样说，她那时的眼界太小，只觉得他站着说话不腰疼。她当下便变了脸色，盯着他的眼睛说道："你们有钱人都是这样的吗？自己命好，运气好，还不许别人说，还指望别人能透过你们享受的财富来看到你们的努力，这世上哪有这么好的事情？"

这番话说得太不留情面，段凯峰的脑袋突然有点蒙。他借助屋内的光线仔细打量了一番她的神色，才发现她说这话是认真的。他将手收回来，垂在身侧握紧又松开，然后低声说道："当然没有这么好的事，我从前就很清楚，只是我以为，我至少……不会从你的嘴里听到这样的话。"

段凯峰看起来真的有些失望，易礼诗知道他在失望什么。原本，她是最了解他有多辛苦的人，不是吗？只是她现在真的没有那个精力去照顾他的情绪。她将手搭在门把手上，倔强地盯着他的眼睛："对不起，虽然我不该这么说，但我的确从一开始就是这样想的，现在我的想法依旧没变。你有千万条路可以选择，我没有，所以我暂时没有办法站在你的角度看问题。"

　　这番话是易礼诗恼羞成怒下的口不择言。为了不让自己说出更过分的话，易礼诗深吸了一口气："现在，我想一个人静一下。"

　　段凯峰慢慢地垂下头，不再试图和她交流，安静地走开。

　　后来是怎么和好的呢？

　　易礼诗在书桌前枯坐了一个小时，发现自己没办法打出一个字来。渐渐平复下来的心情告诉她自己应该出去向段凯峰道歉。他明明是一番好意，却被她恶语相向。

　　如果人能够只活在真空环境中就好了，那她也不必把自己这么丑陋、这么自私的一面暴露出来，可她没办法控制自己，她难道不知道这世上多的是比她家境好同时又比她努力的人吗？只是她脆弱的自尊心不允许她去责怪自己的怠惰而已，残酷的现实已经将她的自信打击到了谷底，现在她还有了一种被击中痛处和被看穿的感觉。

　　易礼诗起身走到门边，打开门，段凯峰却刚好站在门外，举着手准备敲门。

　　看到易礼诗出来，段凯峰的神情还是有些不自在："我想，一个小时你应该气消得差不多了，就想问问你，要不要出去吃点东西。"

　　易礼诗又要笑场了，每次发脾气时横得厉害，但随便一哄就好。

　　"好啊。"她走回去关电脑，段凯峰就牛皮糖一样贴上她的背，下巴搭在她的肩头说道："如果我刚刚说的话有什么过分的地方，那我向你道歉。"

　　易礼诗摇摇头："是我要向你道歉，对不起！我想，我说那样的话，只是不想被你看扁吧，我就觉得自己挺没用的，需要找个借口发泄而已。"

　　"你发泄当然没问题，但是，"段凯峰扳过她的双肩，看着她的眼睛认认真真地说道，"你要知道，我是无论如何都不会看扁你的。我见过你给煜其上课的样子，真的很耀眼，是连我这种音乐白痴都能听得津津有味的，你只是需要让别人看到你有多优秀。"

　　一直以来，段凯峰都从不吝啬对她的夸奖，不管她化没化妆，都会夸她好漂亮，然后傻乎乎地看着她，好像她真的是他眼里最漂亮的人。反倒是她，很少对他说出鼓励性的话，因为她总觉得他受到的优待与鼓励太明显，她没有必要多此一举。作为女朋友，太不称职了，不是吗？

后来，他们一边吃东西一边聊了很久，也终于弄清楚了这场争执发生的原因，以为这件事情就此翻篇。

但是，直到听到田佳木那番假惺惺的道歉，她才发现，她一直都没有驯服自己内心那只敏感又自卑的野兽。

段凯峰的手搭在易礼诗的手腕上无意识地动了一下，他终于开口："那你和谁是一个世界的？谭子毅吗？"

易礼诗愣住了，今天第一次抬眼去看他，他也正好转过头来。

对视的瞬间，他们才发现彼此的眼睛都是红的。

第二十五章

我们不是分手

秘密败露的这一刻，其实也没有想象中慌乱，或许易礼诗很早就为这一刻做好了准备，所以此时她反而平静了下来。

"你知道了？"不仅仅是语气，易礼诗连表情都带着如释重负的意味。

易礼诗的神情太过放松，衬得段凯峰的表情更加哀伤，甚至隐隐有了一丝怒意。

"原来你等这一天等很久了啊……"段凯峰感觉自己的四肢都开始僵冷了起来，"我以前一直想不通，为什么你要不停地拒绝我，明明是你先找我的，为什么当我开始追着你跑的时候，你却始终在逃避。不许我提那段经历，原来，原来，你一开始想接近的那个人……不是我啊……"

易礼诗无从辩解，她只能闭着眼睛不说话。

"对我来讲，那段时光是真的很开心。我承认，一开始我真的不想理你，太莫名其妙了，不是吗？天天关心我，又不告诉我你是谁，藏着掖着，没有任何诚意，但是……"段凯峰哽咽了一下，"我也没和别人这样过，我一个人养伤，有个人不管我的态度怎么冷淡，都耐心地哄我，我……"

"因为你没见过女人，你被保护得太好了。"易礼诗咬着牙关试图不让自己哭出来。

"我知道自己是什么感受！"段凯峰现在根本不想听易礼诗说话，罕见地提高了音量。他太难过了，原来他从头到尾都只是别人生命当中的意外。他憋得眼角通红，眼泪顺着脸庞就滑了下来，他顾不上去擦，只是喃喃着说道："可是，我不知道，我不知道你喜欢的人是谭子毅啊！我要是知道……"

他要是知道了能怎么样？他现在知道了，还不是巴巴地去给她买礼物逗她开心，希望她能更喜欢他一点。可是现在她不要他了。

"我不喜欢他，"易礼诗终于解释了一句，她反手握住了段凯峰的手腕，看着他的眼睛，"你听我说，我不喜欢谭子毅。"

日头渐渐倾斜，傍晚的日光从段凯峰的身后照进来，他的面容隐在暗处，她看不清他的表情，只能听见他疑惑的语气："你不喜欢他？为什么在被他拒绝之后，还要弄个小号来接近他呢？"

单纯的询问让易礼诗知后觉地觉得难堪起来。

是啊，不喜欢谭子毅为什么会想要通过微信撩他这种方式来报复他呢？因为太无聊？因为脑子进水？那些当初看来都很理直气壮的理由，在这一刻却难以启齿。

易礼诗不想承认，她当时内心深处其实还是有那么一点点的渴望，渴望谭子毅能够真的喜欢她。不是因为他这个人，换成任何一个身高一米八三，背影好看的打篮球的男生，或许都可以。不管是谁，她只是想要满足自己的执念而已。

而现在，易礼诗的执念本人正坐在她的身边，红着眼睛向她讨要一个解释。

事情荒唐得可笑，她害了他好多。

她不能再害他更多。

最后一丝残阳也隐入了云层，黑暗渐渐占据房间。易礼诗伸出双手将他的手握紧，终于对他说了实话："我们第一次见面发生的事情，对当时的你来说，应该没有任何意义吧？"

段凯峰不知道易礼诗为什么要提这个，他愣了一下，像是领悟到了什么："你不要告诉我，你是因为我。"

　　"与其说是因为你，不如说是因为你当时所展示出来的形象，"易礼诗深吸了一口气，做了好久的心理建设才继续说道，"我其实根本没看清楚你长什么样子，但在那之后我便一直想要找一个身高一米八三，会打篮球的男朋友。谭子毅刚好符合这个形象。"

　　"所以因为这样，你就想要找他当男朋友？"段凯峰自嘲地笑了笑，手却不自觉地握成了拳头。

　　"是啊。"易礼诗停顿了一下，突然觉得自己好傻啊，她为什么要做那样的事情？她又缩回了自己的壳里，"我单身，他也没有女朋友，那时候我根本不认识你，我凭什么不能找他呢？"

　　易礼诗的语气越来越生硬，硬到像是有颗石子在段凯峰的心头上碾。

　　段凯峰："如果你拿到的联系方式真的是谭子毅的，那你一样会对他那么好吗？"

　　易礼诗叹了一口气，斟酌着说道："凯峰，你不要本末倒置了。"

　　这样的回答，也就是变相地承认了。可是，究竟谁是本，谁是末呢？事到如今，好像也不是一两句话能说清楚的事情了。他只是不知道，自己对她来讲究竟算什么？从前不知道，现在依旧不知道。回忆起来好像一直是自己在死缠烂打要和她在一起，要把她绑在身边。

　　段凯峰难过得说不出话来，但他还有最重要的问题要问。他将脸埋进掌心，低声问道："你到底有没有喜欢过我啊？易礼诗。"

　　易礼诗以为自己的眼泪已经在车里面流光了，但她现在眼里又涌出了泪水。她从一开始就觉得段凯峰倒霉，现在她仍旧觉得他倒霉，如果换成另外一个女孩子来爱他，他应该会幸福很多吧。可是……

　　"我喜欢你，我很喜欢你。"即使觉得这一切都很糟糕，她唯一不想否认的，就是对他的感情。

　　段凯峰愣愣地抬起头来，偏头看向易礼诗，眼里好像有了一点神采："你既然喜欢我，那为什么要走？是我做错了什么吗？"

　　"你没有做错任何事，是我自己暂时没有能力去喜欢你了。因为我很讨厌现在这样没有自信的我，如果我连我自己都不喜欢，我又怎么有能力去喜欢你呢？"

"如果是因为找工作的事情，你愿意的话，我可以帮你。"段凯峰从来没有说过这样的话，因为他知道说这种话是对她的侮辱，但现在他已经顾不得那些了。

"凯峰，"易礼诗捧住段凯峰的脸，凑近他说道，"你看，这就是我不能留下来的原因。你帮我，你找谁帮我？你的家里人吗？那我所付出的努力又算什么呢？我如果留下来，那我就只能为了嫁给你而奋斗了，我做的所有的事都会被你身边的人认为是居心叵测。可是，这不是我的人生目标，你懂吗？"

怎么可能不迁怒于他呢？田佳木的态度，大概率就代表了他家里其他人的态度。可是，她回到自己家也是父母的宝贝啊，她好好地和人谈恋爱，凭什么要受这种委屈呢？如果那些事情是和他修成正果所注定要经历的磨难，那她宁愿不要这个结果。

说起来，他们两个人的缘分，完全是由田佳木而起，现在即将因为田佳木而结束，也算是有始有终了。

"我身边的谁对你说了什么，做了什么吗？"段凯峰敏感地抓住了她话里的重点。

易礼诗却不想再说了，她不想表现得像个怨妇一样，每次受了什么委屈就找他来诉苦。田佳木的事，他总有一天会知道，但他不能从她这里知道。她不能伤害了他，还在他的伤口上撒盐。她从沙发上站起来："没什么，我要收拾东西了。"

这边的租约快要到期了，不用和房东续租，她可以直接回之前的教师宿舍楼继续住下去。

段凯峰跟着她站起来，眼疾手快地一把将她揽进了怀里。他不知道自己在干什么，他只知道不能让她走，她走了就再也不会回来了。

"段凯峰，你放手。"易礼诗没有挣扎，埋头在他的胸前平静地开口。

"我不。"段凯峰任性起来，双手搂得更紧，濡湿的脸埋进她的颈窝里轻蹭。

易礼诗忍住想要拥抱他的冲动，双手握紧，狠狠心道："凯峰，你没失恋过，我今天教你一次。分手，最忌讳拖泥带水，我今天如果不走，我就不会走了。可是我留下来还是不会快乐，你也不会快乐，最终我们还是会走向今天这个结局。所以，你成熟一点，让我走吧。"

话说到这里，已经没了转圜的余地。段凯峰抬起头来的时候，红肿的眼睛里还隐隐带着恨意。

易礼诗决定的事情不会轻易改变，他从来都犟不过她。

以前他们吵架时就是这样，因为易礼诗沉浸在自己的世界中时，对什么事情都比较敷衍，他受不了被她忽视，会闹别扭。如果她的安慰太浮于表面，他闹别扭的时间会很长。

但易礼诗的耐心是有限的，她看着温温柔柔的，很好说话，但脾气上来的时候犟得跟头牛一样，完全不讲道理。如果她三两句话哄不好他，就直接不哄了，扔他一个人在那里生闷气。他自己生一会儿气又会主动来找她，将她圈在怀里，也不说话，就用他那张脸看着她，眼里的委屈像是要溢出来。

这次段凯峰的眼神里不仅有委屈，有愤恨，还有失望。

易礼诗不敢再看段凯峰，转身回到房间里收拾东西。

段凯峰一直倚在门边，似乎已经接受了这个结果，但在她准备关箱子的时候，突然像是闹脾气一样，又去了沙发那里把那块表拿了过来，直接往她的箱子里一扔，恶声恶气地说道："把你的东西带走！"

段凯峰又在房里转了一圈，把自己曾经送给她的值钱的礼物都抱在怀里，走到她的箱子旁，一股脑地扔了进去，赌气似的口不择言："你把这些留下是什么意思？我留着有什么用？睹物思人吗？"

说完不管易礼诗的反应，直接把她的箱子拖过来，盖上，然后拉着箱子走到门口，对着紧闭的大门暗自窝火。

易礼诗跟着走过去，试图从段凯峰的手里接过行李箱，他没让，略显粗鲁地拨开了她的手，直接打开房门走了出去。

"我送你。"她不是说他不成熟吗？他现在就成熟给她看，亲自送她走。

回去的路上没人说话，夜幕已经降临，一盏盏路灯高高地亮起来，将夜色染得昏黄，一共十分钟的车程被段凯峰开了将近半个小时。

车停下来，易礼诗解开安全带，低头告别："再见了，段凯峰。"

一路上她想了很多种道别的方式，但都被她一一否决，因为那些话听起来太过依依不舍，像是她还未下车就已经后悔。她知道，她总有一天会后悔，但不是现在。

没有听到段凯峰的回答，她深吸一口气，推开车门，准备下车。

"易礼诗，"段凯峰突然开口，"我没有同意跟你分手，我们不是分手，只是吵架。"就像之前每次闹别扭都是段凯峰先妥协一样，这次他妥协了个彻底。

"我会等你回来找我，你一定要回来。"

"凯峰，准备过安检了。"机场的广播不停地播报着航班信息，托运完行李后，段凯峰的队友拍了拍他的肩膀，示意他跟上队伍。

CUBA 冠军挑战赛在即，A 大的篮球队今天全队提前飞过去熟悉场地。一群平均身高超过一米八五的年轻男孩子穿着统一的队服排队办理托运，那场面看起来异常吸人眼球。

段凯峰拿着登机牌，一直有些心神不宁，不小心就落后了几步。

"你怎么了？"队友问。

段凯峰盯着机场某一处人头攒动的方向，忽然拔腿就要往那边走去，队友赶紧拉住他："老高在前面盯着呢，你去哪里？"

"我好像看到我的女朋友了。"段凯峰不知道自己是不是魔怔了，刚刚居然看到了易礼诗的身影一闪而过。

自从易礼诗毅然决然地从他家搬出去的那天起，两个人再没有联系。他是憋着一口气，不肯先找她。被甩的人，凭什么要先低头？

于是段凯峰这几天一直在埋头苦训，试图用高强度的训练来让自己分心。累了就好了，累了就能马上入睡，不用再想她。

可是刚刚他看到她了，他不确定是不是幻觉，他要去确认一下。如果，她真的来送他，那他……

"如果你的女朋友真的来了，那她为什么不打电话给你？"队友觉得很奇怪。

"她……"段凯峰一时语塞，一下子不知道该说些什么。如果说吵架了，势必要解释吵架的原因，男生也很八卦，流言也传得很快，他不想说。

"段凯峰！磨蹭什么呢？赶紧跟上！"老高在前面吼道。

队友赶紧拉着段凯峰往安检口走，嘴里不住地念叨："你别犯糊涂了，小心老高又说你谈恋爱耽误竞技水平。"

主教练老高虽然没有明令禁止他们谈恋爱，但一旦看到他们状态不好，就总会把原因归咎在儿女情长上，最老生常谈的话便是"学校每年就招你们这几个篮球类的高水平运动员，你们不想着为学校争光，整天在那里情情爱爱，对得起学校花这么多钱培养你们吗？"

话都是正理，但血气方刚的小年轻往往听不进去，队里谈恋爱的队员不在少数，只要不影响训练和比赛，教练也不会骂得太过分。

段凯峰被教练一嗓子吼醒，抬脚跟上队友，没有再回头。

行色匆匆的人群后面，的确藏着一个不那么匆忙的人。目送着段凯峰进入安检口，直到背影都看不见了，易礼诗还站在原地没动。

好像不管处在什么时期，段凯峰的背影总是充满了少年气，个子那么高，又挺拔，即使是隔着川流不息的人群，也能让人一眼心动。

一个扎着丸子头的小女孩背着小书包从易礼诗的身边跑过，脚下的地板有些滑，小女孩没留神摔了一跤，正好摔在她的脚边。

易礼诗弯下腰将小女孩抱着站稳扶好，小女孩眨着水亮的大眼，像是要哭出来，但看到易礼诗的样子，又硬生生地把泪水憋了回去。

女孩的妈妈从她的身后追上来，一边将她抱住一边向易礼诗道谢。

易礼诗低着头，好像应了，又好像没应。她自己不太清楚，只觉得视线变得模糊起来。抬手摸了一把自己的脸，才发现手背上水光一片。

难怪那个小女孩会被吓到。因为她自己也被吓到了。

她怎么会哭？分手是她提的，虽然段凯峰嘴上没有同意，但没联系的这几天她的确像是卸下了重担，感觉内心无比轻松。她甚至还很平静地告诉温敏，和段凯峰这样的男生在一起，不过是早一点伤心和晚一点伤心的区别而已。她把主动权掌握在自己手里，选择现在伤心，总好过爱他爱得无法自拔时再伤心。

况且摆在她面前的现实问题那么多，强行继续下去，只会伤人伤己。

温敏说她就会嘴硬。

嘴硬吗？

好像是有一点，不然她也不会牢牢地记住段凯峰的航班信息，想着她在去 G 市考试之前，无论如何也要过来看他最后一眼。

易礼诗站起身来，失神地走出机场。天上浮云朵朵，风和日丽，是个不适合离别的好天气。玻璃幕墙照映出远处湛蓝的天空，她侧头看了看，她的眼睛还是有些红，但眼角的泪水已经止住。她想，这大概就是故事的结局了。段凯峰和她要走的路从一开始就不一样，他脚下的道路一向很光明，或许会遇到坎坷，但他会继续朝前走。

她也一样，她会找到自己想走的路，重新获得希望与勇气。到了那一天，也许……

算了，真有那么一天再说吧。

进入全国四强的几所大学都是所谓的 CUBA "豪门"大学，其中包括北方的两所顶级学府，历年的冠亚军都是被那两所学校包揽。这次 A 大依旧没能从那两所学校当中虎口夺食，只拿了个第三名，但这已经是 A 大篮球队自换帅以来的最佳水平，老高对这个结果虽然心有不甘，可是球员的总体差距摆在那里，也只能寄希望于明年再来。

更何况段凯峰还拿了个三分大赛的单项冠军，也足够回去交差了。

段凯峰回家的时候，家里人特地宴请了一桌亲戚朋友为他接风洗尘。

田佳木来的时候，段凯峰正陪着爷爷聊天。爷爷一直想让他转行学商科，苦口婆心地劝他拿了几个奖就赶紧退了算了，趁着身上还只有脚踝受过大伤。爷爷担心他打球的时间越久，身上的伤越多，到时候拼得一身伤再退役，老了会落下病根。

段豪现在的态度也松动了不少，段凯峰在身高上的优势有限，继续拼下去也只能完全靠爆发力与技巧取胜，走不长远，把大学这几年打完也算是对自己的职业生涯有个交代。

田佳木在旁边听着听着觉得无聊，便开始逗段煜其，不仅调侃他最近又长胖了，还对他提出了小孩子最讨厌听到的要求："最近钢琴练得怎么样啊？去弹个曲子给姐姐听听。"

段煜其一脸不情愿地往段凯峰的身后躲，田佳木直接上手过来抓他，吓得他哇哇直叫。

段凯峰扶住他，冲着田佳木说道："你有完没完？他不愿意。"

田佳木一脸满不在乎的表情："那我小时候不也被家长们要求表演过节目吗？我能表演，他不能？学钢琴这么扭扭捏捏的，以后怎么上台？还是说你的女朋友的陪练水平不到家，你怕他丢人啊？"

段凯峰的脸色一下子沉了下来，田佳木看他的脸色，突然问道："吵架了？"

"没有。"段凯峰不由得撒谎。

田佳木冷笑一声："原来她没找你闹啊！"

段凯峰皱着眉头问道："闹什么？你又对她做什么了？"

易礼诗跟他提分手的那天晚上，提到过他的家里人，他当时猜过是不是田佳木又作了什么妖，但后来他忙着生气，忙着训练和比赛，便把这件事给忘了。

一个"又"字让田佳木也感到有点窝火，怎么说她和段凯峰也算是血浓于水，他的胳膊肘往外拐得这么明显，她的面子上挂不住，脸色也沉了下来："我对她做什么？你当我一天天闲着没事做，专门找她的麻烦？这次只能怪她的运气不好喽！"她不觉得有什么，平铺直叙地将事情的经过讲了一遍。

而此时此刻段凯峰的脸色已经沉得快要滴水了。

　　有生以来，田佳木第一次对着段凯峰产生了名为"害怕"的心理。她这个表弟，从小性情就温和，她怎么欺负他，他都不会生气，可现在……

　　段凯峰腾地一下站起来逼近她，她虽然心里害怕，但还是虚张声势地冲他昂起了头。段煜其还以为他们在闹着玩，很起劲地开始拍手鼓掌，厅内的大人们不明所以地朝这边侧目。眼看着气氛越来越僵硬，一直坐在旁边听完了整段对话的段凯峰的爷爷突然出声道："凯峰，你跟我进来一下。"

　　莫名地，田佳木松了一口气。她转过头对着视线看向这边的长辈们笑道："没事没事，开玩笑呢！"

　　段凯峰冷眼看着田佳木，握着拳头跟着他的爷爷进了书房。

　　"木木说的那个女孩子，是不是你前段时间说要带给我看的？"爷爷问。

　　段凯峰还在气头上，抿着嘴没有回话。

　　段凯峰的爷爷又问："刚刚如果我不叫住你，你想干什么？"

　　"我不知道，"段凯峰的胸口上下起伏着，他像是受了莫大的委屈，"田佳木太过分了。"

　　"所以你也要当着所有亲戚、朋友的面让她不好过？"段凯峰的爷爷在沙发上坐下来，语气不急不缓地道，"你这样让你的家人以后怎么看那个女孩？除非你和她分手……"

　　"我是不会和她分手的。"段凯峰梗着脖子打断他爷爷的话。

　　"那她呢？"段凯峰的爷爷一针见血地问道，"她跟你一样吗？"

第二十六章
毕业典礼

段凯峰不说话了，低着头一脸的沮丧的表情。

段爷爷叹了一口气，语重心长地劝道："如果你还想和她走下去，就不能这么冲动。这件事情，你跟木木置气算什么本事？木木固然有错，但你和你女朋友之间的分歧，说到底，还是因为你没有能力保护她。"

段凯峰："……"

段爷爷："不说话是不服气吗？"

段凯峰："没有……"

"那我问问你，你有能力不通过你的父母，或者不通过我，只靠自己去为她讨回公道吗？"纵然段凯峰的心里有一百种不服，但此时此刻他也不得不承认，爷爷是对的。他光靠自己，根本就没办法替易礼诗做些什么。他在自己的世界里被人保护得太好，都不知道天高地厚了。

"你的零花钱是自己赚的，但那点钱能负担得起你真正的生活吗？你现在玩的车、表，你住的房子，哪一样不是你爸妈给你的？你连去美国养伤的费用都是你爸给你出的，你要是能安心当个纨绔子弟，那也就罢了，"爷爷缓和了一下语气，目光炯炯地看向他，"可是你能吗？"

四周突然变得安静下来，书桌上的绣球花无声地落下两片花瓣，窗外的风吹进来的时候，段凯峰终于开口："我知道了，爷爷。"

他知道该怎么做了。从书房走出来，段凯峰已经恢复了平静，他没去找田佳木的麻烦，但他也再没理过她。

杨晗看出了一点不对劲，但她以为段凯峰就是这种谁都不想理的性子，所以没多问什么。

吃过饭，段凯峰带着段煜其在影音室玩塞达尔传说。田佳木在门口看了他们半晌，最终没有走进来，转身走了。

段煜其一直汗毛直竖着，生怕田佳木又进来逗他玩，见她走了，他赶紧趴到段凯峰的肩头说道："哥哥，她走了！"

段凯峰轻抚着段煜其的脑袋："嗯，她很长时间不会来了。"

段煜其又问："表姐刚刚是不是提到易老师了呀？易老师现在在哪里呀？"

段凯峰："易老师有别的很重要的事情，需要暂时离开一下。"

段煜其："那她会回来吗？"

"会的。"毕竟他们还没有分手，只是吵架而已，不是吗？

过了一会儿，段凯峰又淡淡地问道："你想她吗？"

"不想不想！"段煜其赶紧摇头，"她看着我练琴的时候，凶死了！我都不能偷懒！"

"你这个懒鬼！"段凯峰笑着弹了一下段煜其的额头，"她也不想你！"

易礼诗也不想他，一点良心都没有。

再回到大厅时，田家人已经离开。一屋子客人已经走光，只剩下杨晗焦急地在门口打转。

"怎么了？"段凯峰走过去问道。

杨晗一脸凝重地叹了一口气："木木，被人实名举报了。"

举报田佳木的人是和她竞争同一个岗位的另外一名考生，易礼诗的同学。由于证据全部上传到了网上，又刚好戳中了应届毕业生的痛点，所以这件事情发酵得很快。为避免扩大影响，一经爆出相关部门就将涉事人员全部查处，也算是对愤怒的广大应届毕业生有了一个交代。

田家因为这件事元气大伤，为了避风头，段凯峰的大姨几乎是连夜将田佳木打包给送出了国。

可田佳木在去德国的路上出了事。她的琴丢了。她的那把产自意大利的手工小提琴有二十多年的历史，名叫"Lucy"，价值超过一百万美元，结果在转机的时候遗失了。由于是在中转国遗失的，报案也没什么用，追不回来，只能认栽。

田佳木给她的琴上过巨额的保险，保险公司能赔不少钱，但那把琴陪伴了她将近二十年，是她从小到大最亲密的伙伴，这种损失根本不是金钱能够弥补的。

段凯峰听他妈说，田佳木现在的精神状态很差，一想起她的"Lucy"就开始放声大哭。虽然不应该幸灾乐祸，但是他一想起田佳木曾经因为琴的事情瞧不起别人，如今她也因为琴而整天以泪洗面，突然就觉得，这大概是一种报应吧。

不知道易礼诗知道这件事以后，会不会开心一点。

爷爷对他说的那番话将他点醒，他终于明白易礼诗在顾虑些什么，他也终于知道为什么她一定不肯留下来。

段凯峰其实能感觉出来，易礼诗是喜欢他的，这种喜欢让她一次又一次地对他妥协。但是，她和他在一起时的确不快乐，因为他太幼稚，太黏人，他还只会打篮球，除了能给她买买买，他根本没办法在精神和事业上给她提供任何帮助，所以她什么事情都不和他商量，习惯自己做决定。

段凯峰以前从来都不会去思考自己的家庭给她带来了多大的压力，幼稚地认为感情只是两个人之间的事情，无关其他，但原来，一旦决定要继续走下去，会牵扯到这么多麻烦的人和事。

道理他都懂，可是情感上却还是会不自觉地埋怨她，她怎么能这么狠心呢？对他狠，对自己也狠。

六月底，学校在主校区的操场上举行毕业典礼和学位授予仪式，他在烈日下跟着成群结队穿着学位服的毕业生进了操场。

人太多，段凯峰找不到易礼诗，但又不想发消息给她，所以他只好坐在体育场的看台上看着毕业生们一个接一个地走上主席台领取证书，试图从那些穿蓝袍的硕士毕业生中间辨认出她的身影。可是一直到最后一名毕业生领完证书，他都没有看见她。

毕业生们蚂蚁搬家一样成群结队地从这里到那里拍照，他想起了他童年时期的小小爱好。应该很多人小时候都会有这种恶趣味吧，撒一把白糖在地上，故意将蚂蚁引过来，然后看着它们将那些细小的糖粒搬进草丛里。心血来潮时捉一只装在瓶子里，揣在身上。但好像不多时就会被他搞丢。

如果，他能拥有很多很多的糖，那易礼诗会不会闻着甜味找回来？

段凯峰拿出手机，无数次地点开置顶的聊天，想给她发点什么，但最终还是把手机屏幕摁灭。他想，她要原谅他暂时不能主动找她，不能做一名称职的男友。在他的心里，他们依旧没有分手，因为他没同意。她要是觉得倒霉，那她也只能自认倒霉了，反正她从来都觉得自己运气不好。但是，他还没有原谅她。

没有原谅她对他的不信任，不只是为了田佳木做的那件事，还有谭子毅的事。她从头到尾都没想过要向他坦白，是因为她不相信当他知道真相的那一刻，他仍旧会爱她如初。

段凯峰不知道为什么，他将自己的一颗心毫无保留地给出去，对方却从来没想过要信任他。

夏天来了，烈日将在操场上拍照的毕业生的脸晒得通红，他们找了一块荫凉地坐着休息，脑袋挨在一起检查刚刚拍下的照片。一个个露出一口白牙，笑得比阳光都灿烂。

他们头顶上繁花满树，这是属于别人的青春。

而他的青春，从易礼诗将他丢下的那天起，大概就已经结束了。他失去了任性的权力，现在他需要成长。

等到他终于成长为值得她信赖的人的那天，他会重新站在她的面前。假如那时候她仍旧没有勇气和他走下去，那他的勇气应该足够抵消她的犹豫。

一个平常的周末，易礼诗还躺在被窝里睡觉，手机里的群消息就开始响个没完。她眯着眼睛拿过手机一看，是艺体组的小群，组长约着这个周末一起出去玩。

易礼诗来 G 市已经三年了。

这三年她看起来过得挺好，考了个大专院校的音乐老师编制，工作轻松又自由，虽然年薪不高，比不上 G 市的其他行业，但教师行业的基本待遇也就是这个行情，平时偶尔带带学生上小课，日子过得还算滋润。

只是 G 市的房价一直居高不下，并且有越来越高的趋势，工作了几年她还是没攒够首付，平时就住在学校分配的宿舍里。

她有几个亲戚在二十世纪九十年代就来了 G 市，现在俨然成了当地土著。她刚来那会儿还享受了一把团宠的待遇，几个叔叔、姑姑轮流带着她到处玩，一放假就在家族群里呼朋引伴，一起开车去不是那么热门的海边民宿进行家庭聚会。

时间排得满满当当。

易礼诗的姑姑在她刚找到工作的时候还很热心地说要给她介绍相亲对象，介绍几个电子通信行业的工程师，又会赚钱又不会花钱。

或许是想专心工作，又或者是对段凯峰的那一点不可言说的心思，易礼诗想都没想就拒绝了。

刚入职的时候，她父亲就准备给她买一辆代步车，但 G 市车牌需要摇号，中签的概率堪比中彩票，她排了快三年的队才摇上号，还只能办那种新能源的绿牌照。不过她已经很满足了，有辆车至少出行比较方便。

她的同事关系处得还算不错，他们艺体组几个年轻老师住在一栋宿舍楼，平时也互相有个照应。组长是个男体育老师，专业是体育教育，他跟易礼诗同年进学校，由于性别占优势，很受领导的器重，第二年就当了艺体组的组长。

但组长不是个好干的差事，艺体组的老师当学生时就散漫惯了，当了老师也改不了当初的毛病，开会时要么迟到，要么请假，要么干脆不来，通常在办公室开完一次会还得在工作群再传达一遍会议精神，工作效率实在是低下。

组长后来想了个办法，把开会改成了聚餐，有什么重要的事情在办公室速战速决，重头戏变成接下来的聚餐，吸引力果然大了很多。

长此以往艺体组就形成了动不动就要聚餐的习惯。

今天大周末的，组长在群里说他自己在 G 市置了一个业，买了个车位，于是要请大家去学校附近的运动街区玩玩。

这个运动街区易礼诗听说过，是由以前的一个电子企业的老厂房改造的，厂房拆除以后就直接被打造成了一个很大的运动文化园区，包含恒温游泳馆、篮球馆、羽毛球馆、蹦床公园等一众体育休闲场馆，还有餐饮等娱乐设施一体，里面有一个篮球俱乐部，养了一支球队。那家篮球俱乐部经常会邀请明星球员过来参加篮球比赛，所以很多网红都爱来这里打卡。

易礼诗开会时是经常迟到的那一个，所以当她停好车时，大家都已经到了，去了蹦床公园玩蹦床。路过篮球馆的时候，篮球馆的门口居然被堵得水泄不通，几个身型彪悍的保安站在门口，维持入场秩序。

易礼诗对"篮球"这两个字有些敏感，穿过人群时耳朵自动竖起来听了几句八卦。

"今天为什么这么热闹啊？"

"小老板来了，球员们都在里面比赛呢。"

"小老板……是那个帅得生人勿进的……以前也打球的那个？"

"对对对！"

后面的话，易礼诗走远了，没听到——

"是不是那个段凯峰？"

"对！就是他！"

易礼诗一行人在蹦床公园玩了一个多小时，累得饥肠辘辘，组长大手一挥，连午餐也包圆了。

下午大家自由活动，有事的可以先走，想留下来的就可以自己去逛逛。

易礼诗鉴于今天的运动量已经达标，不准备再进行任何运动，但有几个女同事晚上约了她一起逛街，她想着下午也没什么事，就在园区买了几杯日式网红咖啡店的咖啡，一路逛到了篮球馆。

上午的人群已经散去，里面还剩了些散客，其中就包含了她那几个精力充沛的同事。她站在门口，有一瞬间的恍惚。

回过神来，把咖啡递给几个同事，组长又笑嘻嘻地过来给她办了一张小时券。

"易老师，待会儿你配合一下，我就不信菲菲还不吃醋了！"组长低着头跟她咬耳朵。

组长口中的"菲菲"，全名叫梁菲菲，是学校今年新来的美术老师，比易礼诗小几岁，长得特别甜美可爱。她一来组长就盯上了，嘘寒问暖，攻势猛烈。今天这个局，百分之八十也是为了她组的。

易礼诗跟组长认识三年，头一次见他追人这么大架势。吃人家的嘴短，她叹了一口气，问道："怎么配合？"

组长说："你就假装要我教你打篮球就好了。"

原本易礼诗是不喜欢管闲事的人，但组长好歹跟她有三年的交情，她帮一下要能促成一段姻缘也是好事。她不情不愿地应了，把手腕上的手表摘下，放进包里。

组长见易礼诗这么小心翼翼，随口说道："你那表挺贵的，是应该爱惜一点。"说完推着易礼诗的肩膀朝梁菲菲走去。走近了，他把易礼诗的包朝梁菲菲的怀里一塞，也没看她的反应，直接就把易礼诗拉到了离场边最近的一个篮筐下。

易礼诗倒是回头看了一眼，梁菲菲的神色有些黯淡。她顿时觉得有戏，演得也来劲了一点。

不过组长显然没想到易礼诗还真会一点篮球，在她拿起篮球拍了几下的时候，就很惊讶地问道："你会运球？"

完全不懂篮球的人，拍球就跟拍皮球一样，手跟着球跑。但易礼诗明显不是，虽然她很不熟练，但球在她的手中是有弹性的，像是以前专门练习过。

易礼诗愣了一下，双手抱着球，说道："以前……有人教过我一点。"但她没认真学，老是玩几下就喊累，说打篮球会伤害她弹钢琴的手指。其实她的手指也不是正儿八经用来弹钢琴的，她这样说只是想偷懒而已。

"那你会投篮吗？"组长又问。

"我只会抛投，"易礼诗说，"因为我手腕的力量不够，就只能用手臂加身体的力量来把球扔出去。"

打篮球的男孩子投篮的时候都是用手腕的力量来投球，双手举起来，手腕轻轻一压就能把球送出去。

组长一下子兴奋起来："那你摆个动作，我教你！"

易礼诗犹豫道："我这姿势摆好了，力量还是不够啊。"

"哎呀，要你摆就摆，从背后看会显得亲密一点！"差点忘了他不是真心想教她。

易礼诗双手握球高举过头顶，组长站到她的身后，伸出一只手虚握住她的手腕。刻意保持了距离，但从背后看不出来。

手有点酸，易礼诗累了，正准备放下球，面前的篮筐突然一声响动——不知道从哪里飞过来一个球高速旋转着擦网而入。

篮球落地，咚咚几声响。

两个人吓了一跳，同时回头。

只见一个一身潮牌的小哥对着球场入口渐行渐去的背影干巴巴地拍了几下手掌，又回过头来冲着易礼诗道："不好意思啊，我的老板刚刚抽风了，非要把球扔进你们那个筐。"

事实上，可以说是砸球了，站在界外就把球往那边扔，他拦都拦不住。幸好小老板打球厉害，这么远也能直接扔进篮筐里去，不至于砸到人。

组长皱了皱眉头："不是，你们老板怎么回事啊？客人还站那里呢，万一伤到人怎么办？"

"不会的，我们老板心里有数！"那个小哥摆了摆手，又道："为表示歉意，我们将赠送你们二位两张年卡，欢迎你们再次光临。"

　　道歉还算是有诚意，组长看了看易礼诗，想问问她的意思。但她没接收到他的眼神，直直地盯着球场边缘的背影，眼睛眨也不眨。

　　"易老师？"他叫了易礼诗一声。

　　易礼诗像是没听见，抬脚就往那边追了过去。

　　"哎！"组长觉得反常，正准备跟上去，梁菲菲却突然出现在他的面前，一脸幽怨的表情。

第二十七章
心不在焉

篮球场旁边就是员工通道，易礼诗追过去的时候，那道身影已经快走到员工通道的尽头。步伐迈得很大，一点都不肯等她。

"段凯峰！"易礼诗叫了一声，声音不大，但他听到了。

段凯峰停在原地，没有回头。他似乎变化不大，依旧是一套款式简单但价格不菲的 T 恤、短裤，脊背挺得笔直，从背后看，他的头顶快要触到天花板上的白炽灯。

走近段凯峰的时候，易礼诗才注意到他的肌肉紧绷着，流畅的线条从袖口延伸出来，手握成拳头攥紧。

隔着大概三步远的距离，她没有再靠近。

最终还是段凯峰先转过身看她，视线在她空落落的左腕上停留了一瞬间，才渐渐移到她的脸上。

"易礼诗。"段凯峰平静地打招呼，仿佛刚刚那个在球场上发脾气的人不是他一样。

面对面的时候，易礼诗才发现，段凯峰是有变化的。他的脸上褪掉了一点青涩，轮廓变得更加清晰，虽然依旧帅得惊人，但随之也更加……有距离感。周身的血液慢慢凝固，她不自觉地后退一步，仰头对上他的视线："好久不见。"

喉咙发紧，易礼诗的眼睛被走廊上的白炽灯照得发酸。凭着一股冲动追到这里已经是她的极限，她现在脑子里乱成一团糨糊，根本不知道该说些什么才好，只能说出这么一句毫无营养的开场白。

"嗯。"段凯峰的眼皮轻轻动了两下，睫毛遮住漆黑的眼珠，嘴角想牵出一些笑容，但他笑不出来，只好作罢。

其实易礼诗想鼓起勇气解释一句她和组长只是在假装亲密而已，但是走廊上一直有员工陆续经过，他们经过的时候都无一例外地朝这边投来探究的目光，于是气氛无端地变得有些尴尬。易礼诗感觉这里不是讲话的地方，正准备厚着脸皮约他换个地方坐一下，有几个穿西装的男士却走到了他的面前。

易礼诗又不自觉地将话吞了回去。

段凯峰有事要忙了。

易礼诗朝段凯峰摆了摆手，做出"再见"的嘴形。他的脸一下子冷得像冰山，皱着眉头不想再理她，被人簇拥着走了。

易礼诗靠在走廊上发了一会儿呆，远远地看见那个一身潮牌的小哥走了过来，经过她的面前的时候，她伸手一拦，问道："你刚刚说送我年卡还作数吗？"

走回球场，组长和梁菲菲已经坐到了一起，两个人神情愉悦，还带着一点羞涩，气氛暧昧。也幸好今天的主角是那对看样子已经终成眷属的鸳鸯，所以没有人注意到她刚刚直接跑走的奇怪的举动。

易礼诗的包被另外一个同事递了过来，拿到包的那一瞬间，她才意识到一个很严重的问题——她刚刚把表摘下来了，段凯峰送她的表。所以他刚刚……是生气了？

篮球馆内充斥着球鞋摩擦地板的声音，一声一声地，有些刺耳。人很多，空调温度开得很低，但她心中却生出一股无法排解的烦闷。她不想以这种方式见到他的。毫无准备，所以她做的每一件事都在减分。

心里装着事情，易礼诗晚上逛街也逛得兴趣不高，回到宿舍的时候，她才发现自己什么都没买。

一晚上的魂不守舍，全都是因为段凯峰。

入睡之前，她照例打开手机相册，里面保存了这三年来段凯峰拍过的所有广告。

这三年，段凯峰共拍过三支运动品牌的广告。导演真的很偏爱他这张脸，每次镜头扫到他的脸上的时候都是大特写，哪一帧画面他是什么表情，她闭着眼睛都知道。

段凯峰其实是个很低调的人，但每次那家运动品牌都会把他的海报挂在门店最显眼的位置，她逛商场的时候，经常会盯着他的巨幅海报发呆。

温敏比她晚一年毕业，但在学校里根本就没见过段凯峰几次，作为他俩忠实的 CP 粉，想给她提供点情报都无从打听起。她问过易礼诗后不后悔，易礼诗总算变得坦诚。

怎么可能会不后悔呢？

但易礼诗是个反射弧很长的人，一部催泪的电影，别人都是边看边哭，她每次都是等到电影结束了才泣不成声。

刚刚分手的那几天，她觉得自己的情绪很稳定，都追到机场送机了，她都没想过要露一面，想着悄悄地送他就好。一个星期之后，她开始有了失眠的症状。不严重，因为那时她还有很多事情要做，没空悲春伤秋。等到她在 G 市的入编名单公示之后，她才感觉自己好像一下子失去了目标。

易礼诗知道自己会后悔的，只不过她以为这种程度的后悔和遗憾她能经受住。人生哪能没有遗憾呢？看开点就好。但她没想到最看不开的也是她自己。不过，这一切都是她自找的，她愿意为自己的言行负责。

等待着新学期开学的那段时间是最难熬的，她回了家，整天把自己关在房间发呆，在每一次深夜来临的时候默默流泪，白天见到父母的时候还要假装自己是熬夜熬得双眼红肿。

其实也不是没想过要发条微信给他，但每次打开对话框的时候，她都没办法把那条信息编辑完整，最后只能删除。

段凯峰也一直没有联系她，可能他早已看开也说不定。当初在车上他说没有分手，谁知道过了这么久他都不联系她，他到底是怎么想的？

易礼诗的心情不好，她的母亲大概猜到了什么，不过并没有多问，而是很爽快地给她转了一万块钱，要她出去玩一圈再回来。但她的母亲毕竟是个喜欢哭穷的人，在给她转完钱后还强调道："这钱你年底要还给我的啊！"

还就还吧！

易礼诗约着温敏去了一趟泰国，回来的时候心情好了不少。

只是还是会不自觉地想他，在夜里自虐一般地回忆他。可以抹平一切的时间在她这里仿佛没有流逝一般，她的心还和三年前一样。不同的是，她比三年前更加了解自己，也更加接纳自己。

中岛敦在《山月记》当中描写了一只名叫"李征"的老虎。李征本是意气风发的少年郎，性格颇有些清高狷介，不愿屈身于官场，于是辞官回乡潜心写诗作。没混出个名堂来，生计也日渐寥落。为生活所迫，不得不屈节再度为官。

对诗歌抱负的绝望，再加上昔日同窗的身居高位，使他的自尊心再一次遭受到践踏，他终日郁郁寡欢，终于在一年后因公出差时发狂成了老虎。

第一次读到这个故事时，易礼诗突然对自己自卑又自傲的性格有了找到答案的感觉。

她从小没受过什么挫折，长得漂亮，学习也不错，有一副天生的好嗓子，在音乐上好像也有那么几分天赋。在老家那个小县城，她的确算得上是优秀的。考上这所双一流大学时，她也曾像李征一般意气风发、自命不凡过，但进了大学她才发现自己的眼界有多窄。

学校里比她优秀，还比她刻苦的人多如牛毛，而她在专业上的瓶颈让她不敢再仔细雕琢，生怕付出得不到回报，于是相比别的同学来讲，她荒废了太多时间。可要说她不如别人，好像也没办法甘心承认，因为她可以给自己找退路，说是自己没有努力付出过。

她的心中大概也存在着这么一只老虎。"生怕自己并非明珠而不敢刻苦琢磨，又自信有几分才华，不甘与瓦砾为伍。"

这样庸庸碌碌、纠结拧巴的性格，导致了她做什么都不尽兴。花开了不敢去摘，爱情来时不敢去爱，不敢被爱，也不敢不被爱。

这三年时间，易礼诗还是长进了一些的。在职业院校当专科任课教师，轻松与否全靠个人追求。工资虽然不多，但事情的确很少，休息时间充裕。

易礼诗将休息时间利用起来，报了不少大师班，专业上比以前精进了不少，评优评先稳步进行。她开始试着不排斥表现自己，学校组织的活动能参加则参加，指导学生参赛也获得了不少奖项。

即使如今易礼诗仍旧不认为自己已经变得有多优秀，但比起以前，她至少没了那种"不配感"。她慢慢学会了接受自己的平凡，并且开始拥抱这样平凡而不讨喜的自己。

这大概是找回自信的第一课。

接下来的一个星期，易礼诗一有空就会往运动街区跑，先去买一杯咖啡，然后坐在篮球馆的角落里，什么都不做，只是发呆。久而久之，前台小妹都已经跟她混了个脸熟，每次她来的时候都会打招呼："又来看帅哥啊？"

球员里高个子多，每天都有训练，易礼诗在前台妹妹看来和其他精心打扮后只为过来钓帅哥的美女差不多。

知道易礼诗真正目的的人只有上次送她年卡的那个名叫"张君"的潮牌小哥，因为他发现最近老板看监控的次数过于频繁了。电脑上一天到晚开着个监控录像，镜头正对着篮球馆一个犄角旮旯，那个角落里就只有一个女人端着杯冰咖啡坐在那里玩手机，无聊得很。

球队的训练老板也不去看，除了例行的工作外，就待在办公室里盯着电脑显示屏发呆。

老板性格孤僻，不是很喜欢与人交流，这些张君都清楚，但他没想到老板居然能孤僻成这样，明明在意人家，但就是不出现。

事情的转机发生在今天。

那个女人又来了，照例端了杯咖啡在角落里坐着，球队今天有训练，球场上很热闹，吵吵嚷嚷的像是炸翻了天。

老板依旧没有去球馆，径直去了办公室。十分钟后，他突然从办公室里冲了出来，直奔楼下的篮球馆。

易礼诗的脑袋被球砸了，连带着被砸的还有她没喝几口的西班牙拿铁。脑袋倒不怎么疼，她就是心疼那杯咖啡。

穿着球衣的年轻球员一身的汗，不知所措地站在她旁边一个劲地道歉。她捂着头，想着医药费就算了，但咖啡钱还是要让他赔的，于是她迟迟没有说没关系，只是盯着地上打翻的咖啡不说话。

那个球员立刻明白过来，但他以为她想认识他，毕竟她这段时间天天来，想认识几个打球的帅哥也不是什么新鲜事，于是他很大方地说道："那你等我一下，我下训了去给你……"

"我给你买吧！"一个声音冷冷地打断了他。

是这个星期都没在球场出现过的老板。

那个球员正疑惑着，又听见老板对他说道："去训练吧，这里我来处理。"

他愣愣地答应了一声，跑回去时不经意地回头看了一眼，那个洒了咖啡的女人居然低着头在笑。

"你笑什么？"易礼诗在板凳上坐着，听见段凯峰在她的头顶问出了这句话。

奇怪，她明明低着头，段凯峰怎么知道她在笑。

她想严肃一点，但她的嘴角放不下来，抬手掩面准备控制一下表情，但下一秒钟段凯峰就蹲在了她的面前，从指缝中可以看到他放在自己膝盖上的手指紧绷着，指关节由于用力过度而开始发白。

"头疼吗？"段凯峰轻声问。

易礼诗想说"不疼"来着，但是，在这句话滚到舌尖的那个瞬间她改变了主意："好疼啊，凯峰。"

易礼诗伸手搂住了段凯峰的脖子。

刚刚她矫情得有些过分了，头被砸了一下就搂着段凯峰的脖子不松手，连来打扫卫生的阿姨都睁大眼睛看着她，露出了不可思议的神情。

易礼诗被周围若有似无的探究的目光看得不好意思起来，讪讪地松开了段凯峰。

心脏跳得像是要从喉咙眼冲出来，易礼诗鼓起勇气看了段凯峰一眼，他却一直垂着视线躲避着她的目光不和她对视。就是脸红了，从脸颊一直红到耳朵。

胳膊突然传来温热的触感，是他的手轻轻捏了一下她，又很快松开。

"上去坐一下吗？"段凯峰站起来。

易礼诗点点头，起身跟上他。

段凯峰的办公室装潢得很简单，就一桌一椅一电脑，再加上一个可以休息的沙发，可供点缀的小物件几乎没有。三年前，她是绝对没办法把他和"办公室"三个字联系起来的，他仿佛天生就应该站在球场上，被人瞩目。

"我没想到你现在不打球了。"易礼诗坐在沙发上，没话找话。

或许是她刚刚厚着脸皮搂住他的举动让他有些困扰，这下他离她离得有点远，坐在沙发的另一头，双手搁在膝盖上，指尖无意识地屈着，眼睛紧盯着地砖的缝隙，一眨也不眨。

"年龄到了，自然就退役了。"段凯峰说得很轻描淡写。

两个人仿佛又回到了刚认识的时候，他在微信那头十分冷淡，而她要负责绞尽脑汁寻找话题。只不过那时候她以为他是谭子毅，而现在，她很清楚地知道，她需要哄回来的人是段凯峰，那个当初无辜被她迁怒，被她抛下的人。

易礼诗："你现在这样……快乐吗？"

对话被她弄得如同访谈节目一般生硬，段凯峰突然发出一声不明意义的笑，反问道："这是我想问你的问题。你现在快乐吗？"

段凯峰抬眼看向她，眼里蕴藏着的情绪一下子将她拉回了三年前那个夜晚，那时候，她告诉他，自己不快乐，即使留下来也不会快乐。

易礼诗一下子哽住，不知道该说些什么。

办公室的门在这时被敲响，段凯峰似乎不想听到她的答案，起身走向门口。走回来的时候手里提了一个塑料袋，里面装着一杯她刚刚被打翻的那种咖啡，是她每次都买的那种冰拿铁。

段凯峰把咖啡递给易礼诗："少喝点，等下晚上睡不着。"说完坐回了到沙发另一端，仿佛靠她近了会有什么可怕的后果一样。

易礼诗沉默着喝了几口咖啡，故意想引起他的注意一般抬了抬左腕，那上面戴着他之前送的那块表。他看到了，但没多说什么。

冰咖啡的塑料杯和空气结合，凝成一滴滴冰水落在她的膝头，她突然开口道："我的头还疼。"

语气不是很好，像是带着点气，总之不是撒娇的口气。

段凯峰叹了一口气，这才磨磨蹭蹭地走过来，在她的旁边坐下，盯着她的后脑勺问道："哪里疼？"

段凯峰一坐过来易礼诗就感觉全身都要僵硬了，真皮沙发偏软，他常年运动的身材比看起来要重很多，坐在她的旁边，沙发塌陷下去了一块，她的身体跟着往他那边偏移，直到两个人的双腿相触。刚好他们都穿的是短裤，裤腿外露出的那一截皮肤紧贴着，像是要烧起来。

段凯峰刚刚问什么来着？哦，问她哪里疼。

易礼诗直视前方，抬手摸了一下自己脑袋上被球砸过的地方，结巴着道："这……这里。"

段凯峰肩膀本就宽阔，又坐得比她要靠后，随意朝她侧身都像是要将她圈住。温热的掌心贴上头皮的瞬间，她全身的血液都直直地往头顶冲上来。

段凯峰的身上有好闻的香味，温度越来越高，是她悄悄地往他的怀里靠。

段凯峰揉搓的动作开始变得缓慢起来，一圈、两圈，渐渐停住，但还是贴在她头发上。

"不要……"段凯峰的声音像是落在她的心上，说出口的话却有些无情，"不要再靠近了。"

段凯峰在抗拒她。

易礼诗明白他还在闹别扭，她也不觉得自己轻易就能哄回他，但是，在此之前，她必须要搞明白一个被自己故意遗漏，迟迟不敢问出口的问题——

"你现在有女朋友吗？"问出这个问题的时候，易礼诗的声音都在颤抖着。

笼住易礼诗后脑勺的手突然离开，段凯峰突然起身，站在她的面前对她露出一副受到冒犯的神情。她愣愣地看着他，心头涌上一股不安。

"怎么了吗？"她嗫嚅着问。

段凯峰冷冷地看着易礼诗，一字一句地问道："易礼诗，我有没有女朋友，你还不清楚吗？"

一时间，办公室里安静得可怕。

易礼诗也觉得委屈起来，她当然不清楚啊，这几年他们就跟较劲一样，谁都不联系谁，甚至从分手的那天起，连朋友圈都没再发过。他是本来就不喜欢发朋友圈，而她是害怕，害怕自己精心设计文案和图片只为引起他注意的朋友圈根本吸引不了他来点赞。

段凯峰朋友圈的背景虽然还是她的照片一直没有变，但谁知道是不是因为他懒得换？

易礼诗憋着一口气逃避到现在，终于问出这个问题，她问错了吗？

今天就到这里吧。

易礼诗放下咖啡，垂着头去提自己的包，也不看他，直接往门边走："你如果不愿意正面回答我的问题，那我就先回去了，下次再……"

后面的话她没来得及说出口，因为段凯峰追上来把她堵在了门边。她的面前是还没来得及拉开的门，身侧是他的两条臂膀。他整个人将她困住，只是依旧没有碰到她。

"你老是这样……老是这样……"段凯峰似乎气急了，一直在她的头顶喘着粗气，试图平复心情，"你一点都不相信我，你什么事情都不肯相信我……"

段凯峰的声音越来越近，直到下巴磕上她的肩膀。

手上拿着的包被易礼诗扔到地上，她转身抱住了段凯峰，脸颊与他的胸膛相贴。

段凯峰抵在门上的力道终于松懈，双手渐渐下移，直到将她的整个人拥进怀里。

"学姐，你真的很过分。"

《初恋五十次》里的女主每次要到第二天才会将进度条清零，忘记与男主的爱情故事，而段凯峰，还没等到第二天，就已经把自己刚刚在门口抱着她不放的表现给忘了，又成了一副对她敬而远之的模样。

段凯峰带着易礼诗吃晚饭的时候，隔着一张餐桌，连眼神交流都不肯给她。易礼诗没办法，只好祭出她能想到的最后一招——装醉。

两瓶啤酒下肚，她还是很清醒。或许有那么一点遗传因素在，她父母的酒量都不错，所以连带着她也不差。

但以前她不喝酒，所以段凯峰不知道她的底细。两个人回到车上的时候，她便开始闭目养神。反正待会儿他问她住哪里，她是绝对不会回答的，她倒要看看他能把她弄到哪里去。

失策的是，段凯峰根本就没问她，他坐在驾驶座看了她半晌，亲自动手给她系好安全带，然后慢慢地将车开出了地下车库。

段凯峰的车开得很平稳，不过也有可能是这辆车太好，所以坐在上面几乎感觉不到震动。易礼诗面对着车窗悄悄睁开眼睛，窗外的景色居然越来越熟悉。

这是……去她学校的路。

段凯峰知道她在哪里上班吗？

进校门的时候，段凯峰被门卫拦住了，做了个简单的登记，就直接把车开到了她的宿舍楼下。

"易礼诗，醒来了。"段凯峰轻声叫她。

易礼诗拱了拱，将脸朝向他，依旧是一副不清醒的样子，眯着眼睛冲他笑得特别矫情。她故意不说话，就是想知道他是不是连她的宿舍号都清楚。

段凯峰拿她没办法，只好问道："能走路吗？"

易礼诗点点头，推开车门下车，为了符合她的形象，她故意没有解开安全带，于是她人还没出去，就直接被安全带给拉回了座位。

段凯峰被她逼真的演技骗到，急忙下车跑过来，搂着她的腰将她抱下车。

宿舍楼人来人往，她也不敢装醉到底，脚踩到实地后就一手推开他摇摇晃晃地往楼道里走，他跟在她的后面虚扶着她一直到上了电梯。

当段凯峰自顾自地按下电梯楼层的时候，易礼诗的心中已经有了答案。

两个人沉默着走到宿舍门口，易礼诗将门打开，先走了进去。段凯峰站在门外，目光躲闪着，似乎在犹豫着要不要踏进来。

她没给段凯峰纠结的机会，直接伸手将他拉进了门内。房门阻绝了门外的喧闹声，走廊昏黄的灯光也一并被阻绝。屋里黑咕隆咚的，只剩下气息纠缠的声音。

第二十八章

我的心意

　　宿舍的隔音不好，走廊上一直有脚步声。易礼诗对面住了一个年轻的男老师，吃过晚饭就开始呼朋引伴邀人过来玩狼人杀。隔壁住了一家三口，小孩才四岁，每天做完作业以后就开始大声玩闹，在走廊上奔跑着嬉戏。

　　各种烟火气交织在一起，显得屋内越发安静。

　　"你到底知道我多少事情？"易礼诗将段凯峰堵在门边，摁亮开关。

　　这样迫近的姿态，段凯峰一开始还有些抗拒，靠在门上将头昂起来，直到易礼诗小声说"我的脖子好酸，你头低下来一点"，他才自暴自弃般地叹了一口气，伸手将她搂住。只是方才的问题他一直没有回答。

　　压抑着的情绪犹如陈年的落叶，堆积在一起烂到风也掀不开。

　　易礼诗突然想起大学时和段凯峰在一起的那段日子，虽然也会有不安全感，但两颗心是靠在一起的。那时他的神色热情而坦诚，看她的眼神炙热得令她愧疚，而现在，他却很少和她对视，情绪压抑着不想让她看清。

　　房门突然响起了几声敲门声，两个人对视一眼，同时愣住。

　　"诗诗，你在吗？"门外有一个女人的声音在叫她。

　　"谁啊？"段凯峰轻声问易礼诗。

　　易礼诗凑到段凯峰的耳边小声说道："新来的音乐老师，应该是来找我要课件的。"

这个新来的音乐老师，最近找她找得很勤，因为这个学期才入职，所以每天有无数的问题要问她。

她家的灯还亮着，虽然窗帘拉得紧，窗户上还糊了一层墙纸，但光可以透出去。所以那个老师敲了一次门没人答应之后，又轻轻敲了几下。

"要开门吗？"段凯峰用眼神问道。

易礼诗摇摇头，决定不理会。

然而下一秒，她放在包里的手机便开始响铃。是那个老师见敲她的门她没应，就打了个电话给她。偏偏她把包放在了门口的桌子上，手机铃声和外面站着的老师就隔着一扇门，声音清晰得令人绝望。

段凯峰低下头来埋首在她的肩头无声地笑了一下，接着便将她松开，抬手替她擦了擦嘴角，然后站到了门后面，示意她先处理眼前的事情。

易礼诗愣住，伸出手背在他擦拭过的地方又下意识地擦了一下，才将门打开。

门外的新来的音乐老师果然是想找她要课件。易礼诗堵在门口，没邀请对方进来，她直接从包里拿出手机将课件发了过去。对方接收之后，向她道了一声谢，又开始了一个新的话题，看样子是想拉着易礼诗聊天。

易礼诗心不在焉地敷衍了几句，好不容易一个话题结束，她急忙把手搭上门，说自己还有事，对方这才笑着告别。

目送着人走远了，她才将门关上，站在门边轻轻地叹了一口气。

易礼诗扭头看向一直站在门后没出声的段凯峰，他正靠着墙，目光落在她的床单上微微出神。

她的宿舍是一套简单的一居室，进门就能看到床和桌子，不过她自己还在网上买了张小沙发，陆续置办了一些家居用品，看起来还算是有生活气息，但她没像其他老师一样在宿舍做饭，吃东西都在教师食堂，因此房子里没有油烟味，而是飘荡着一股熟透了的水果香。

"你在房间里放了桃子吗？"段凯峰对上她的视线。

"嗯，"易礼诗点点头，"放了几天了，一直没吃，你要吃吗？"

段凯峰思考了几秒钟，才开口：“今天，先不吃了。”

一股不安涌上易礼诗的心头，她揪住衣角，轻声问道："你刚刚……为什么要站在门后面？"

"哦，"段凯峰低声解释，"因为我不知道，你是不是想让我被别人看见。"

就像以前他们刚在一起那会儿一样，在外面见到同学，她会将与他牵在一起的手松开。

易礼诗张开嘴，想说点什么，却发现自己一个字都说不出来。她的心像灌满了水一般沉重，落到胸腔底部极缓慢地跳动。他突然上前一步，走到她身前，伸出温热、干燥的掌心贴住她的面颊，迫使她抬头看他。他没有凑得很近，脸上带着她熟悉的柔和的神色，慢慢地说道："我今天……就不留下来了。"

段凯峰的手在她的脸上轻轻蹭了几下，作势要收回，却被易礼诗一把按住："你在害怕什么？"

害怕的人其实是她自己吧！她害怕段凯峰其实没有她想象中想念她，害怕他今天晚上愿意送她回来只是刻在他骨子里的礼貌使然，害怕刚刚他一瞬间的失控是她的错觉。她还害怕他今天晚上走了就不会再回来。

易礼诗抓住段凯峰的手，抓得很用力，但他没有挣扎，顺从地回握住她的手。

易礼诗心神稍定，又听见段凯峰说道："田佳木的事情，你应该知道了吧？"

"嗯。"易礼诗点点头，内心无比平静。

田佳木被举报那件事情，闹得那样大，易礼诗当然有关注。在她看来，那位和她一起考试却同样没考上的同学，是真正的勇士。

勇士同学后来没选择继续考编制当一名老师，而是成功地抓住了当时的那波流量，成了一名拥有几百万粉丝的网红。易礼诗也是她的粉丝之一，每天看她分享自己纸醉金迷的生活，看得很开心。

而对于田佳木，易礼诗依旧记仇。但这件事情毕竟过了这么久，回想起来也没了当初那股一定要争口气的劲儿，她只是觉得没意思，为这种人生气不值得。

易礼诗："虽然她是你的表姐，但我不会……"

"你不用原谅她，"段凯峰像是知道易礼诗想说什么，"我也不会原谅她。"

再多的话段凯峰便不肯再说了。

其实，易礼诗并不希望他因为她的事而左右为难，所以对于他们的关系，她总是会自作主张地替他进行选择。她觉得如果她先做出了选择，那她就不必承受有可能会到来的失望。说到底，只是因为她太懦弱而已。

"那你能原谅我吗？"她轻声问段凯峰。

原谅她一开始想要接近的人不是他；原谅她在他知道真相的当天就因为田佳木的事情迁怒于他，不顾他的挽留，一定要连夜离开；原谅她从来没有为他们这段关系能顺利走下去而做出过任何努力。

段凯峰的表情在灯光的渲染下显得有些哀伤，他几次试图张嘴，都无法发出声音，倾诉对他来讲实在是太困难了。易礼诗看得一阵心疼，忍不住轻轻抚上他的背。

易礼诗像顺毛一样的安抚让他渐渐平静下来，终于找回了自己的声音："如果你问的是谭子毅的事情，那我没有立场怪你，相反，我应该要高兴，毕竟你一开始想找的人就是我，不是吗？但我想不通的是你为什么要瞒着我，在我们都已经认识了之后，你从来都没有想过要向我坦白。归根结底是因为你根本就不相信我——"

段凯峰深吸一口气，努力了半天，才接着说道："还有，田佳木的事情也是，你也一点都不相信我，你觉得，我没有能力保护你，或者说，你甚至根本就不相信我会站在你这边。你从来就没给过我机会，让我想明白到底发生了什么事，就直接宣告了结果。"

一针见血的指责让易礼诗顿时涨红了脸，但她无从辩驳，更难以辩驳的是他最后那句话："其实，你就是没想过，要和我走下去。"

这是段凯峰花了很久才想通的事情,他以为的心意相通,在她看来,
不过是一种负担而已。

易礼诗在 G 市的入编结果公示之后,段凯峰还幻想过她会第一时间
把这个消息分享给他,毕竟找工作是她目前最重要的事情,他很懂事地
没去打扰她,那她的工作解决了她是不是就会想起他了呢?

段凯峰的朋友圈背景一直没有换过,只要她想,随时可以回来找他,
但他等了一个暑假,直到她已经到新学校入职了,也没有等来她的只言
片语。

易礼诗在迫不及待地奔向没有他的新生活,而他还在原地,认认真
真地计划着他们的未来。

段凯峰真是,闹了好大一个笑话。

说不出话来的人,变成了易礼诗。

而段凯峰,自从打开了话匣子以后,便有了一鼓作气的勇气。他
从来不想向她要求什么,但是,他更不想像这样不明不白地陪她玩恋
爱游戏。

"你现在这样,是想和我达成什么关系呢?"段凯峰用食指轻轻地
摩挲着她的嘴唇,带着隔了三年的时光都无法消解的情意,"我的心意,
一直都没有变,你不要说你不清楚,实际上你清楚得很。而你,我希望
你能想明白自己到底想要什么。"

易礼诗的眼眶渐渐红了,眼睛一眨就流出两行眼泪,他一下子便乱
了心神,抬手轻柔地帮她拭去。他稳住想要拥抱她的情绪,狠狠心说道:
"你想明白了再联系我,再见。"

易礼诗咬着牙,看着段凯峰慢慢走到门口,拉开门之前,他又回头
对她说道:"你开始问我在害怕什么,我可以回答你。我害怕,你会不
会有一天,又突然觉得自己不快乐,然后跟以前一样,随意地通知我一下,
就直接离开,连商量都不肯跟我商量。"

她现在重新和段凯峰搅到一起的目的到底是什么?

易礼诗直到第二天下午下课了还在想着这个问题。她很确定自己不想再失去他，但她害怕自己再一次把事情搞砸。就像段凯峰说的那样，她会不会有一天又感觉自己不开心，然后做出再也无法挽回的举动。

昨天晚上聊了几句便被她敷衍走的音乐老师一见到她就一脸揶揄的表情，凑到她的耳边问她昨天晚上家里是不是藏了一个男人。

易礼诗和相熟的同事私底下聊天时都很放飞自我，几个单身女老师一起出去聚餐的时候老是忍不住聊着聊着就有些收不住，都是思想上的巨人，特别是有一个学汉语言文学的老师，每次都能爆出金句。反而是那些有男朋友的，对这种话题会更加矜持一点。

其实这个音乐老师也就是随口一问，但易礼诗却突然心虚得很。是藏着一个男人呀！

易礼诗的脸颊在夕阳的光影里被打上了两坨自然的腮红，心跳陡然加快，一直到走出教学楼，她还是没有平复下来。

以往这个点她都直接开着车往运动街区去了，但昨天晚上段凯峰说，没想明白的话不要联系他。

可是她怎么可能不联系他呢？她的车昨天晚上没有开回来呀！

借口绝佳，不愧是她！

易礼诗在校门口打了个车又跑去了运动街区，像是这个星期做过的无数次一样，雷打不动。

在停车场找到了自己的车后，她坐进驾驶座打开了微信，点进被置顶的聊天，最后一段聊天记录是三年前，她发给段凯峰的"我还在学校，待会儿联系"，而他回了一句"嗯"。

这三年的时间里她换了三个手机，这个微信的聊天记录每次都会被重新导入新手机里，她会第一时间置顶聊天，因为如果不置顶，和他的对话框就会很快被各种各样的消息淹没。

虽然那个对话框已经三年都没有新消息，但她不在乎，她就是要记他记一辈子。

打字的手在颤抖。不是什么重要的消息，但却是时隔这么久，易礼诗发给他的第一条消息。

易："虽然你说过想清楚之前不要联系你，但我现在在停车场，我的车昨天在这里停了一晚上，停车费挺贵的，想找你要几张停车票。"

两分钟后——

喔："帮你把车牌录入系统了，你可以直接出去。"

易："哦，谢谢。"

段凯峰现在出息了，都会逼她就范了。她的小可爱不见了。

易礼诗坐在车里惆怅了一会儿，认命地开着车准备回学校。她得回去想想对策，明天再来。

她的车牌果然已经被录入了系统，开到停车场出口的时候，显示屏上自动出现了"内部车辆"的字样。她轻轻地叹了一口气，还没来得及提起精神，副驾驶突然坐进来一个人。

她目视着前方，嘴角快要咧到耳根。

啊，她的小可爱又回来了。

"你别得意。"段凯峰在旁边闷闷地说。

易礼诗提高音量："我哪里得意了？我没说什么呀！"

明明全身都透露着止不住的笑意。

段凯峰提醒易礼诗："你想好没有？"

"不是，"易礼诗扭头，"这才过了多久？"

段凯峰："已经过了十九个小时了。"

车堵在停车场出口，很快后面就有车不停地鸣笛示意她快点走。她将车慢慢开到路边停下，认真看着他说道："嗯，复合吧，我想一直一直和你在一起。"

段凯峰低下头，小声嘟囔着道："本来就没有分手。"

就算是闹了笑话也没关系，他的心给出去了，就没想过要收回来，他也并不指望她用一整颗心来回报他。她可以更爱她自己，就像她一直以来做的那样。他只是需要她更加坚定一点而已。

城市上空快要落下的夕阳，洒进安静的车里，点点滴滴澄澈的光落在他的头发上，像是有个小小的光圈。易礼诗忍不住伸手去摸，她的手落在他头顶的那个瞬间，他先是不自觉地在她掌心蹭了一下，然后又像是想起了什么，整个人别扭起来，看着窗外不说话。

"我原本打算让你追我更久一点的，"半晌，段凯峰才叹着气将头埋进掌心，"你追谭子毅的时候多上心啊，又是嘘寒问暖，又是唱歌——"

"我那都是唱给你听的。"易礼诗赶紧辩解，"无论是从前还是现在，都是因为你。"

"反正你怎么解释都有理。"段凯峰小声嘟囔了一句，接着说道，"但是，你毕竟前科累累，我怕你万一追得不耐烦了，又把我甩到一边，到最后，还是我来追着你跑……"

易礼诗："就干脆先妥协了？"

段凯峰转头看向易礼诗，皮笑肉不笑地扯了一下嘴角，然后伸手捏了一把她的脸颊："是啊，以后再跟你慢慢算账！"

易礼诗皱着眉头将段凯峰的手拍开，一边瞪他一边抗议："你好好说话，别把我的妆弄花了！"

"是吗？"段凯峰的笑容突然扩大，把脸凑得离她很近。他很久没这么仔仔细细地看过她，突然看得有些出神。直到发现她的脸已经红到了耳根，才发现自己的脸好像也很热。

段凯峰老老实实地坐回去，看着窗外，吐出一句："还是那么好看。"

他还是那么喜欢夸她。

G市没有冬天，整座城市都是明亮的、热情的、积极向上的，来往的行人脚步匆忙得恨不得把一分钟掰成两分钟用。

只有车里的时光是静止的，彼此都还是以前的样子。

真好。

易礼诗盯着段凯峰的侧脸看了一会儿，才问道："帅哥，我们接下来去哪里？"

段凯峰将安全带系好："吃饭，我饿了。"

"你那时候为什么没有回来参加毕业典礼？"

人声鼎沸的椰子鸡店里，两个人对面坐着聊天。

粤菜口味清淡，易礼诗一直都吃不习惯，所以下馆子的话，她会比较偏爱那种全国连锁店。她近期的最爱是椰子鸡，吃了一两年了还没吃厌，因为使用自助调料可以调成家乡的味道。

段凯峰反正跟没有味觉一样，要他吃什么就吃什么，一点都不挑，能吃饱就行。

吃饱喝足的后果就是开始翻旧账。

段凯峰问易礼诗为什么没有回来参加毕业典礼，她其实回来参加了，不过——

"我迟到了，你知道的，我们班有很多学生都习惯性地迟到，"易礼诗说，"我和我们一组的几个同学见操场上那么晒，就都决定不进去了，反正毕业证、学位证会送回院里，还不如去喝杯奶茶叙下旧，下午回院里办公室拿证。"

"哼，所以你也没有看见我。"段凯峰面无表情地吐槽道，"你们的纪律性真的很差。"

易礼诗显得很无辜："那我们学音乐的能跟你们学体育的比吗？你们不守纪律教练可是要打人的！"

音乐生对于毕业典礼这种又累又晒、走形式的东西还真没有很大的执念，他们在意的只有毕业照拍得好不好看，能不能出圈。

毕业典礼后的第二天，院里统一拍毕业照，易礼诗和同学一起在几个校区之间来回拍了个遍，拍完以后又马不停蹄地赶回了G市继续复习，因此根本就不知道段凯峰在毕业典礼上找过她。

易礼诗看着段凯峰略显失落的样子，又说道："我回来的那几天，其实一直期待着能在学校遇见你，可是，有的时候吧，越想见一个人，就越见不到。"

就算是在机场默默地说了告别，可内心还是希望着在某一天能遇见。因为她真的很想他，所以想知道他会不会和她一样想她。没有勇气发消息给他，怕得到冷淡的回应，因此只能寄希望于虚无缥缈的偶遇。

可是易礼诗那几天满校园地晃，食堂、体育学院门口都去遍了，就是没有遇见他。可能缘分的确就到此为止了吧。

她在不属于自己的世界中陪着他走过一段路，路到尽头理应分道扬镳，再不留恋。以后不管是白日的思念还是夜里的痴想，都只与她一个人有关。

"所以你根本没把我的话听进去，"段凯峰还是气不过，"我都说了等你回来，可你就是不回来找我。"

"那你不也没找我？"易礼诗心虚地反驳。

不过声音比较小，很没气势。

"我找过你，易礼诗。"段凯峰如今还是有一点过不去的情感障碍，所以没办法很亲密地叫她。

易礼诗："找过我？什么时候？"

"你刚入职的那个时候吧。"段凯峰低头喝了一口水。

第二十九章

他还有希望

　　易礼诗去 G 市的那年暑假，段凯峰也进入了休赛期。暑假不用加训，他便跟着爷爷的秘书一起出去长见识。他以前对于金钱其实没有太多的概念，他的父母很早就给他创立了信托基金，基金由专业经理人负责投资打理，收益从他上大学起便开始定期打到他的账户上，那些钱他从来都没有数。

　　但那是他家里的钱，他以前花得心安理得，可是，如果他不能赚到属于他自己的钱，那他将永远受制于别人。

　　可是接触一门新事物真的很难，段凯峰需要不停地进行他并不擅长的社交，还需要学习一些基本的商务知识来让他自己显得不那么四肢发达、头脑简单。他在球场上的球商一开始并不能很好地被他转化为与人相处的情商，他每天累得根本没有时间思考别的事情，甚至想着快点开始新一个赛季的比赛吧，至少赛场是他熟悉的地方。

　　好不容易熬到开学，一个不用训练，也不用去爷爷那里报到的周末，他一冲动就买了一张机票直接飞到了 G 市。他想见一见易礼诗，即使是悄悄见一面也好。

　　但他扑了个空，易礼诗不在学校。

　　段凯峰在易礼诗的宿舍楼下等了一天，好不容易等到她回来，却发现她和几个同事一起走向宿舍，聊着今天在海边发生的趣事，还你一言我一语地品评着在海边和她们搭讪的男人们的身材。

天边悬挂着橘色的夕阳，照在易礼诗的脸上，她笑得很开心。她们的笑声如海潮一般将他包围，段凯峰突然觉得有些喘不过气来。但他还是站在原地，自虐般地看着她，想知道她见到他时会是什么表情。他完全想象不出来，只是觉得在这一瞬间，她离他好远。

即使是她闹着要分手的那天，段凯峰都没有过这样深切的被人抛弃的感觉。在这一刻，他才终于明白，原来她所说的不快乐，是真的，那并不是由于田佳木的事而说出来的气话。

天上飘着支离破碎的云块，在她们走近之前，他很没出息地快步走开了。刺耳的笑声在他的耳边溃散，他的拳头捏紧又松开，整个人突然涌上一股深深的无力感。

在这一刻，段凯峰突然无比地庆幸他不是一个脆弱的人，并且拥有一条路走到黑的决心。他想要给她的东西那么多，不能受了一点小小的打击便失去方向。

那种难过的情绪就攒着吧，攒到他可以出现在她面前时，再露出脆弱的一面给她看，他也想看看她会怎么哄他。

段凯峰赌着气正准备打道回府，他爷爷的秘书突然打电话给他，问他愿不愿意去跟着他见识一个项目，就在 G 市。

后来，往 G 市跑便成了常态，他在学校和 G 市之间两地奔波，虽然手上有易礼诗的全部近况，但他忙得没有时间去找她。他必须抓紧一切时间成长起来，不能被任何事物分心。

毕业之后，他的时间充裕了很多，可他依旧没有去找她，因为她看起来过得快乐又充实。工作轻松，同事关系简单，假期固定和亲友聚会，每年寒暑假出国旅游。

这些快乐都与他无关，这让他更加不敢再接近她。他害怕她所有的不快乐都是因为他——她说过的话他都记得。

唯一给他勇气继续走下去的事情，是她一直没有再找男朋友，这几年来感情生活一片空白。

　　她想找的第三个男朋友迟迟不出现，那他应该还有希望。

　　他还有希望。

　　听完这些话，易礼诗陷入了沉默。四周人声鼎沸，火锅蒸汽弥漫，显得他们这桌沉默得有些明显。迟来的难过席卷了她，她低下头，显得有些无措："对不起……我那天，没有看见你。"

　　"看见了会怎样？"段凯峰还是很想知道答案。

　　易礼诗做过很多次这样的梦，梦见段凯峰来找她。可总是还没梦到自己做何反应，梦便醒了。那时的她大概是真的没有做好准备，虽然心里很想很想他，但她始终想象不出来自己该怎么面对他。

　　"不知道，"易礼诗诚实地摇头，"做过很多次这样的梦，但我总梦不到我们见到面的那一刻，或许是没到时候吧。"

　　"哼，你反正看得开，"段凯峰从鼻孔里发出一声冷哼，"那天不还是有人来搭讪？"

　　易礼诗很吃惊："这你都听见了？你还知道什么？知道我的学校和宿舍，你是不是还知道我的课表？"

　　段凯峰轻咳了一声，脸色一下子涨红。他还真的知道，他也没打算隐瞒："我是知道。"

　　段凯峰真的是个棒槌，问一句说一句，闷都会把自己闷死——他以前在她面前可不是这样的。

　　易礼诗对段凯峰的心理历程实在是好奇，于是又问道："那要是我找了男朋友，你也会第一时间知道喽？"

　　段凯峰的嘴巴一下子闭紧了，因为他听到"男朋友"这三个字就来气。

　　"难怪我这几年来没有一朵桃花！"易礼诗隔着桌子踢了他一脚，嗔怪道，"是不是你给我挡住了？"

　　段凯峰显得很无辜："我真没做过那种事，再说了，你自己桃花运怎么样你自己不清楚吗？"

　　易礼诗单位英语组的组长，喜欢研究周易，逮到人就习惯性地想算上一卦，特别喜欢算她们这些未婚女老师的桃花运。

旁人虽说不会全然相信，但大家听得都很开心。

英语组长说，子时出生的女性和午时出生的男性，是坐在桃花岛上的命，英语组刚好有一个女老师是子时出生的，其实她长得不是很漂亮，身材也一般，但就是身边桃花没断过。

易礼诗是快天亮时出生的，具体时辰未知，因为她那对糊涂父母在她出生的时候谁都没看时间，但英语组长给她推算了她出生那天相近的三个时辰的桃花运，说实话，都挺惨淡的。

她自己倒不觉得有什么，她心里装着一个人，哪还能注意到别的桃花呢？

只是被段凯峰这么直接地指出来，她还是觉得有些面上无光，于是她嘴硬道："那我哪里知道，我以前行情不差的。"

她以前的行情当然不差，一个前男友，一个谭子毅，一个林星龙，随便哪一个都能让他醋意熏天，更何况她还立志要找三个男朋友。

"在你年少的幻想当中，有想过你的第三个男朋友会是什么样子吗？"段凯峰真的很记仇，一直记得那个她根本还没来得及找的第三个男朋友，想知道她到底还想尝试一下什么类型的男人。

没想到易礼诗却笑了笑，撑着脑袋看向他，认认真真地说道："没想过，真的，我在和你提分手的那一刻起，便不打算再找第三个男朋友了。"

段凯峰不知道易礼诗是不是在随口胡诌，但神色还是软了不少："你又在骗我。"

"没有骗你，"易礼诗说，"我毕业之后桃花运不好的原因我自己知道。那是因为男生希望女生拥有的那些被社会规训出来的美好品质我通通都没有，不善良、不可爱，也不听话，还不好骗，当然没有男生喜欢我这种人啦。"不过她也看不上别人就是了。她根本不稀罕。

现在，她稀罕的人正坐在她的面前，神色温柔地说道："怎么会没有人喜欢你呢？你明明这么耀眼。"

因为这么一句话，她差点在大庭广众之下哭出来。

她的段凯峰，可真好啊。

吃完饭买单，易礼诗抢着扫了桌上的二维码付了款，段凯峰其实知道她就是想请他一次，但嘴上还是吐槽："我这么一个会说话的 ATM 机（自动取款机）在旁边，你为什么非要自己买单呢？"

易礼诗神神秘秘地朝他勾了勾手，他弯腰将耳朵凑近，听见她说道："我买单的话，别人就会以为我是包养了小白脸的富婆，多有面子啊！"

真是傻里傻气的。

两个人走出店面，坐着手扶梯下楼。段凯峰站在低一级的台阶上，侧身与她平视。两个人心平气和地吃过一顿饭后，一对视就忍不住要红着脸发笑，连拌嘴都像在助兴。

段凯峰的车没开出来，只能由易礼诗送他回家。她原本以为自己又会看到什么老套的豪宅，却没想到他又指挥着她回到了运动街区。

"你住在这里吗？"易礼诗很惊讶。

"对啊，住俱乐部的宿舍，"段凯峰一脸坦然的表情，"小南山太远了，来这边不方便。"

易礼诗当然知道小南山是什么地方，前海的豪宅区嘛，离这里是挺远的，因为这里在三年前还完全是郊区，近几年政府才把投资慢慢规划到了这一片，房价也跟着水涨船高，只不过还是比不上 G 市的几大富人区超过十五万元一平方米的房价。

不得不说，段凯峰住俱乐部宿舍的举动让她的心里舒坦了不少，虽然他是典型的富家少爷体验生活式主动住宿舍，而她是买不起房而被迫住宿舍。

一路跟着段凯峰进了俱乐部，球馆里练球的球员眼尖地发现了他们的身影，不知道是谁先吹了声口哨，接下来便有些乱套了，一群球员像看稀奇一样停下了手上的动作，齐刷刷地朝着易礼诗行注目礼。

易礼诗一想起上次被砸了头还装头疼抱住段凯峰不放的举动就觉得难为情，扯着身边的人赶紧往里走，一直走到员工通道了还听见他们在小声议论——

"所以你上次砸中的真的是老板的女朋友？"

"废话，人家都抱着不松手了，肯定是啊！"

"所以他是真的有女朋友？我以前一直以为他只是为了挡桃花在骗人，哪有人的女朋友这么久都没来看过他一次啊……"

"太好了，老板赶紧谈恋爱去吧！不然没事就来看我们练球，简直比教练来得都勤……"

上了楼，又绕过几道走廊，才走到宿舍区。段凯峰住着最大的一间。一室一厅一卫，空间不大，但室内装修得跟高档公寓差不多，沙发上胡乱扔着几件还没来得及洗的衣服，看起来很有生活气息。

易礼诗正准备仔细打量，却被人一把从身后搂住。

"怎么了？"易礼诗试图回头看他，却发现动弹不了。

段凯峰的下巴在她的发顶，缓慢地动了一下，似乎是在摇头。双臂松了一点力道，她才得以回过身，去确认他此时的情绪。

夜蝉在窗外鸣唱，而他低着头，眯着眼睛迷茫地看着她。

灯光照在易礼诗的脸上，突然有了温暖的气息。

段凯峰的眼神慢慢聚焦，像是终于确认了她的存在，然后，他自嘲般地笑了几声："没什么，刚刚一瞬间我以为在做梦。"

易礼诗的心里顿时酸涩得像是舔了一口刚切开的柠檬，眼泪在眼眶里打转，还没流出来，就看见他的眼睛先红了。

"易礼诗，我真的……好想你。"段凯峰的情绪在夜幕的遮掩下彻底得到了释放，此前的别扭与故作坚强荡然无存，剩下的只有止不住的眼泪像是流在她心上。

易礼诗一看到段凯峰哭了，自己也忍不住了，手足无措，不知道是该先给自己擦眼泪还是先给他擦。

"你为什么就能一点都不想我呢？"蕴藏着蓬勃力量的高大身躯还是紧紧地将她抱在身前，一点都不肯放松，但说出口的话却让人感到心疼。

易礼诗急忙辩解："我想啊，我每天都在想你。"

"可是你没说，你没告诉过我，"这话就有点孩子气了，"你什么都不跟我说。"

段凯峰这几年来做的所有努力都只是想要成为能让她信任与依赖的人，可是一不小心又在她面前哭了。他呜咽了一会儿，又觉得有点丢脸，低着头将她放到沙发上坐好，抽了几张纸巾给她擦眼泪。

易礼诗眼睛红红的，看着他这副样子，突然笑了。

给她擦眼泪的手停顿了一下，段凯峰本来觉得丢脸，所以一直绷着，结果被她这么一笑，也破功了。

两个人像精神病患者一样一晚上又哭又笑，痴痴地看着对方，静静地拥抱在一起。

三年前的段凯峰会在家里准备好护肤品等着易礼诗过来，三年后他依旧体贴，只是嘴上傲娇得很，在把睡衣和护肤品递给她的时候，还嘴硬了一句："客户送的。"

"哦，谢谢你的客户。"易礼诗随他怎么讲，也不拆穿他。

易礼诗洗完澡收拾完出去的时候，段凯峰正穿着睡衣坐在沙发上抱着电脑工作，洗过的头发没吹干，脖子上随意搭了条毛巾，发梢偶尔有水滴下来，落进毛巾里。她在段凯峰身旁坐下，他便立即抬起头来把电脑扔到一边，将她抱到腿上坐好。

两个人依偎在一起聊天，聊着聊着不知道怎么就聊到了毕业照，于是接下来的时间都在看各自的毕业照当中打发，像是要通过那一张张照片去弥补那些彼此错过的时光。

只是不能对视，一对视就不想分开。两个生命终于彼此靠拢，他的怀里像是藏了一罐糖，她想钻进去再也不出来，直到一口一口地全部吃掉。

月光快要被揉碎，她的精神在亢奋与困顿中来回拉扯，最后头一歪直接倒在段凯峰的肩膀上，不想动弹。

段凯峰低下头在她的额头上亲了一下，将她裹进被子里。

一挨到枕头她又清醒了一点，迷迷糊糊地说她要刷牙。他又只好带着她走到洗漱台仔仔细细地将牙刷了一遍。

"你的身份证带在身上了吗？"段凯峰站在她的身后突然问。

易礼诗抬头看向他："带了呀，怎么了？结婚要户口本，身份证不够。"

段凯峰又从身后搂住她，笑得浑身颤抖起来："你想跟我结婚啊，学姐？"

易礼诗的眼睛一下子便睁大了，像是才反应过来自己说了什么。闹了个大乌龙，她也挺不好意思的，赶紧否认道："不结不结，恋爱还没谈够呢。"

段凯峰没继续为难她，只是说道："明天上午你带着身份证来我的办公室。"

易礼诗："干什么？"

段凯峰："你明天就知道了。"

第二天，易礼诗醒来得有点晚，身边空荡荡的，已经没了温度。桌子上摆了西式的早餐，她收拾完，吃完早饭就直接去了段凯峰的办公室。

办公室里除了段凯峰，还坐着一个穿西装的男人。

段凯峰见易礼诗进来，招招手示意她走过去。

易礼诗慢慢地走到办公桌旁，不明所以地接过段凯峰递过来的一沓文件，问道："这是什么？"

"产权转让书，"段凯峰替她翻到她能看懂的那页，"这条街上有几个商铺我准备转让给你。"

易礼诗惊讶得说不出话来，低头扫了一眼，文件上面的商铺至少有五家，其中还包括她最爱的那家咖啡店。

"怎么样？"段凯峰一脸期待地看向易礼诗，"想不想当咖啡店的包租婆？"

第三十章

恃宠

G 市是个富豪遍地的地方。

不管是本地的拆迁户土著，还是电子科技新贵，或是商务精英，在 G 市可以说走两步就能见到一大波。每年有无数的年轻人来这个城市，也有无数人由于买不起房而选择回家乡的省会城市过轻松日子。

易礼诗单位有几个男老师一直想找本地的拆迁户的独生女结婚，美其名曰——曰了什么她也没听，反正都是些冠冕堂皇的话——实际上是什么心思，大家也都看得出来。

在 G 市三年，她也见过不少很抠的、有钱的男人，那些男人对自己非常大方，对他们的女朋友却百般防备，从来都不会送那些可以变现的东西。

她有个女学生曾经在上课的时候当众哭了出来，她问对方怎么回事，对方却一直不说。她知道大概是有什么难言之隐，也不打算继续追问，不过毕竟是在她的课堂上发生的事情，她有责任关心学生，于是她打电话叫来辅导员一起安慰对方。

去了办公室，那个学生才开口——她被分手了，分手的原因很简单，她的男朋友出轨了一名小三。

那个学生长得漂亮，人又单纯，和她的有钱男朋友在一起时什么都不图，就图他能真心对她，结果，那个男人却在和她谈恋爱的同时给那个小三送车送房。

易礼诗和辅导员在办公室听得连话都说不出来。

见识得越多，她就越觉得优质男生稀少。反正，她活了二十七年也只遇到过段凯峰这么一个。

而段凯峰这个傻子，现在说要送给她商铺？

"你知道自己在做什么吗？"易礼诗沉默了足足有三分钟，才艰难地找回自己的声音。

段凯峰撑着下巴看着易礼诗笑："我是一个具有完全民事行为能力的人，我当然知道自己在做什么。"

"可是……可是……"易礼诗结巴了半天，也没想明白自己到底该说些什么，她只能问道，"你是不是傻呀？你……你送商铺给我？"

段凯峰看了一眼站在易礼诗身后的男人，示意他先出去，等到办公室里只剩下他们两个人了，他才开口说道："这几个商铺，我拿到的时候就是想送给你的。"

段凯峰见易礼诗不说话，又开始蛊惑她："你看，离你的学校这么近，多方便收租啊，你一星期七天，一天去一家铺子，是不是想想就开心？"

那画面……真的有点美。易礼诗已经可以想象自己每天下了课以后的业余生活了。

诱惑太大，她心里想着自己要有骨气一点，但问出口的话却是："你不是才毕业一年？怎么能赚这么多钱？"

段凯峰实话实说："这块地前几年不贵的时候，被我爷爷拍下来，在这块地上重建了艺术文化产业园，后来遇上政府的政策倾斜，这边地价、房价才跟着涨起来。我当时趁价低，用我自己的全部积蓄，还找爷爷借了点钱才从他的手里买下一部分产业园的股份和商铺的产权。"

易礼诗："借钱？"

"对啊，为了还钱，我还去拍了几支广告，"段凯峰看起来有点委屈，"上个月终于把钱还清了。"

难怪他这几年连续拍了三支广告。

"你拍的广告我都看过，"易礼诗看向段凯峰的眼睛，"每一帧画面我都记得。所以，谢谢你拍了那几支广告，让我想见你的时候就能见到你。"

易礼诗很少会说这种类似于甜言蜜语的话，所以段凯峰一下子有些不习惯，他有些害羞地低下了头，再抬起头时脸上有着隐隐的遗憾："早知道……当初我就一支都不拍。"那样她想他的时候，就能直接来找他了。

易礼诗看着段凯峰笑了，在桌上拉住他的手，牵过来在自己的脸上摩挲了几下，老老实实地道歉："我错了！我错了！"嘴上说着道歉，表情看起来却毫无诚意。

段凯峰被她笑得又是一阵脸红，站起身来隔着办公桌露出恶狠狠的表情，他试图拿回一点主动权，却又在凑过来的时候不自觉地放轻了动作。

分开的时候，他一脸的郁闷，为毫无骨气的自己而烦恼："算了，你有什么错啊！你只不过是活得太清醒了而已。"

易礼诗很不服气地道："活得清醒也没什么不好吧，况且，我对着你已经够犯糊涂了！"

"既然你活得这么清醒，那你应该知道拿了这几间铺子对你来讲只有好处吧？"段凯峰不跟她计较，一心只想用钱来砸晕她。

易礼诗很纠结，纠结得眉毛都拧紧了："我是真的很爱钱的，你不要拿这么丰厚的礼物考验我。"

"我知道你爱钱啊，可你以前偏偏不爱我的钱，就喜欢去打些零工。"段凯峰故意激她，"你说实话，你是不是故意的？"

"故意什么？"易礼诗不解。

段凯峰冲易礼诗一挑眉："故意让我觉得你好单纯，好不做作！"

听见他这话，易礼诗反倒冷静下来，她端详了他半晌，才说道："凯峰，我只是你的女朋友，你这样做太傻了。"

"既然我已经认定了你，那你是我女朋友还是……"他还不习惯说出接下来要说的那个词，所以磕巴了一下，"还是……老婆，都没什么关系。易礼诗，我不傻，我也知道别人是怎么做的，但我不喜欢那样。我希望，你以后想做什么就做什么，想买什么就买什么，只要你的未来与我有关。"

"老婆"这个词，以前他们关系最亲密的时候段凯峰都没有说过。易礼诗乍一听到，整个人都开始觉得不好意思起来，扭扭捏捏地坐在椅子上摸着自己发烫的脸，看也不敢看他。

段凯峰见易礼诗的态度松动，便趁机将刚刚出去的那名法务叫了进来。

易礼诗跟着法务将所有手续办完的时候，已经快到饭点了。但段凯峰中午有事，没办法陪她一起吃饭，所以她在附近随便吃了一顿饭，才慢吞吞地沿着街区往篮球馆走。

一路上经过了那几间已经办了转让手续只等流程走完的商铺，她看着看着突然觉得好不真实。刚刚她在签字的时候，法务一并把租金单交给了她。从下个月起，每个月都会有相当于她两年工资的租金打到她的账上。因为变成富婆的感觉太虚幻，所以她走路都是飘着的。

下午易礼诗没有课，段凯峰也在忙，她决定一个人去尝尝挥金如土的滋味。先去给段凯峰买点礼物好了。

易礼诗手上的这块表今年出了男款，不带钻的，她刚好用积蓄能买得起。

买完单，她接到了温敏的电话。

"告诉你一个好消息！"温敏在电话里很兴奋。

"我也告诉你一个好消息！"易礼诗回她。

温敏："我要结婚了！下个月的婚礼！"

温敏的老公还是之前的那个男朋友，两个人从高中毕业起就一直在一起，爱情长跑到现在，终于决定去领那张纸。易礼诗真心实意地祝福她之后，和她分享了自己的喜悦。

易礼诗："我跟段凯峰复合了！"

"啊？什么时候的事？"温敏的脑子还有点转不过弯来。

易礼诗："昨天。"

温敏也跟着兴奋起来："那太好了！我就知道你们会复合的！"

"为什么？我自己之前都没信心，"易礼诗说，"除了你，没人看好我们。"

温敏"嘿嘿"一笑，说道："看不看好都是别人的事，那时候段凯峰在学校里太出名，他和谁谈恋爱都不会被看好的。"

易礼诗回到车上又和温敏聊了很久，挂电话的时候，约定了分头去做个热玛吉，为了婚礼的时候能有一张状态绝佳的脸。

易礼诗打了热玛吉之后，脸肿了大概有两个星期。这两个星期她每天都在敷医美面膜狂补水，终于在第十六天的时候，脸成功地消肿了。

其实她的脸肿得也不是很厉害，至少学生们都看不出来，只是以为她最近吃胖了，只有段凯峰每天盯着她的脸看，一看到她的脸便问："还疼吗？"

"不疼了。"易礼诗赶紧摇头，让他放轻松。

其实也怪不得他这么大惊小怪，因为热玛吉打到脸上真的很疼，那种感觉就跟拿烟头在脸上烫一样，敷了麻药也无济于事，但她能忍，躺在那里的时候全程没有哼过一声，只是一见到段凯峰就忍不住了。她一见到他就化身成了一个嘤嘤怪，抱着他直喊疼，可是她不能做太大的表情，因为脸上麻药的效果还没退，做表情会很丑。

易礼诗以前真没这么爱撒娇，但现在只要段凯峰在旁边，她就娇弱得不行。爱情果然会令人变得不像自己。

段凯峰最近天天戴着她买的那块表，不管穿什么衣服都搭着那块对于他来讲只能算是入门级的表。易礼诗忍不住开始反省自己是不是送他的东西太少了，所以她偶尔送他一样东西，他就当成个宝贝似的。

反省过后易礼诗才发现，她是真的很少送他礼物。她不是一个注重仪式感的人，商家用来圈钱的各种节日她也很少凑热闹。再加上段凯峰送东西从来都不会挑日子，通常是心血来潮想送她什么就直接送了，所以导致了她对于节日这种东西更加没了期待。

以前的段凯峰会半真半假地问她为什么不像别人的女朋友那样黏人，会小心翼翼地控诉她对他似乎有点不上心。他连闹脾气的时候都在担心她是不是会生气。她看着段凯峰那副样子，有些心疼，但她不敢对他付出太多感情，她怕最后竹篮打水一场空，走不出来的只有她自己。她那时候觉得前途未卜，似乎永远都有别的事情比谈恋爱更加重要。

　　现在她要对他好一点，再好一点。

　　人在恋爱中的状态真的很容易被人察觉，起初是她在上课的时候，学生夸她越来越好看了，后来，是英语组的组长在走廊上碰到她时，说她"面带桃花，最近应该红鸾星在动"，再后来，是她在课间发呆的情况越来越严重，经常坐在办公室就开始莫名其妙地傻笑。

　　易礼诗自从进学校起就一直是单身，如今突然变成这副样子，实在是有些令人大跌眼镜。艺体组的老师们直嚷嚷着要见见她的男朋友到底是何方神圣，毕竟在此之前，她连一点和男人暧昧的迹象都没有，看起来很有要单身到死的倾向。

　　易礼诗告诉他们是大学时谈的朋友，中间分开了几年，最近又复合了。因为故事被她几句话讲述得太过平淡，所以大家八卦了几句又散了。

　　复合快一个月，她在学校宿舍睡觉的次数寥寥可数，早上有课的时候，她会睡在段凯峰的宿舍，周末的时候，他会带她回小南山。但易礼诗更喜欢待在他的宿舍，因为小南山的房子太大了，她住不习惯。

　　温敏的婚礼定在一个周末，易礼诗要去当伴娘，所以周五她就收拾好了东西准备回 S 市。她周一没课，加上周末两天假，一星期休三天。每个星期都放小长假，工作自由又轻松。

　　段凯峰就没她这么整块的休息时间了，俱乐部才刚起步，需要他亲力亲为的事情太多，不过他会在婚礼当天赶回去。

　　当伴娘真的很累，相当于新娘的贴身助理，给新娘提包、提鞋、整理衣裙，从婚礼当天早上五点钟起床开始，易礼诗就一刻都没休息过。

　　不过新娘子温敏更累，她本来不想办婚礼，想旅行结婚，奈何双方家长需要这么一个结婚仪式，两个小年轻也不得不妥协。

　　千篇一律的婚礼过场，煽情的配乐加上司仪刻意准备的台本，新郎在说结婚誓词的时候哽咽得说不出话来，反而新娘是一副笑嘻嘻的模样，两个人对视的瞬间，一切都有种尘埃落定之感。

　　易礼诗替温敏整理好裙子，看着她挽着温父的手，一步一步地走上台，心里也莫名涌上了一种嫁女儿的欣慰感。她回到自己的座位上发微信给段凯峰，问他到了哪里，他说路上堵车，大概还需要半个小时。

　　正闲着无聊，身边却坐下来一个人，一个高个子的男人，看着有点面熟，但她一下子想不起来究竟在哪里见过。不过很快，对方便自报了家门："你好，易学姐，我叫毛峰，是凯峰的大学室友。"

　　易礼诗这才回忆起来这个人，露出恍然大悟的神情。

　　毛峰问："凯峰没和你一起来吗？"

　　易礼诗回答道："他还在路上，还有半小时就到了。"

　　两个人相对无言，易礼诗又问："你要在这里等一下吗？"

　　易礼诗坐的这桌还有几个空位，是温敏专门为自己的朋友预留的桌子，桌上全是她的研究生同学。

　　"没事没事，我坐那边。"说着毛峰指了指右边的桌子，那桌坐的人看起来都是新郎的同学、朋友。

　　"哦哦。"易礼诗觉得有点尴尬，本能地拿出手机准备玩手机。

　　毛峰坐她的旁边犹豫了一会儿，又开口说道："我过来是想和你道个歉。"

　　"嗯？道什么歉？"易礼诗一脸不解。

　　毛峰说："大学的时候，因为谭子毅的事情，我误会你……那个……脚踏两条船，还害得你和凯峰吵架，实在是不好意思。"

　　易礼诗花了大概十秒钟的时间才把他说的话想明白，原来段凯峰那时候是从他口里得知她和谭子毅的过往的啊。

　　不过，现在说这个也没意义了，她比较在意的是——

　　"你说的吵架是什么意思？"易礼诗问。

　　毛峰一愣，皱着眉头答道："因为那件事之后，凯峰一直心情不好，我们问他什么，他也不说。但我大概知道他应该是和你吵架了，难道你们那时候其实没有吵架？"

吵了，易礼诗还要和段凯峰分手。所以段凯峰一直都和他的同学、朋友说他们只是在吵架吗？

易礼诗勉强牵出一丝笑容，对毛峰说道："是吵架了，不过已经过去了，你不用特地过来道歉的。"

毛峰松了一口气，满不在乎地道："没事啦，后来你去 G 市了，凯峰也基本不在学校，我想道个歉都没办法，今天也是刚好碰上了。待会儿凯峰来了你记得告诉他我在那边啊！"

易礼诗答应了一声，陷入了沉思。

婚礼仪式还在进行，她拿出手机来对着那对新人摄像，举得手都酸了，头顶上突然出现了一片阴影，接着一个声音问她："你在摄像啊？"

心跳像是漏了一拍，几秒钟过后又落到了实处。她没有回头，对着前面"嗯"了一声。

身后站着的人慢慢凑近她，高大的身材在众目睽睽之下将她环住，然后，他伸出手指轻点了一下她手机屏幕上的那个红色的按键，在她的耳边轻声说道："你忘记点摄像键了，学姐。"

第三十一章

你很耀眼

摄像键忘记点了……

易礼诗偏过头，看见段凯峰带着笑意的一张脸。她"嘿嘿"傻笑了几声，放下了手机。

"在想什么呢？"段凯峰拉开椅子在她的身边坐下。

易礼诗眨眨眼睛，示意他凑近点。他乖乖地把耳朵送过来，她贴着他的耳朵轻声说道："在想你啊。"

两个人之间的距离被段凯峰骤然拉开，他捂着耳朵，一脸防备地盯着她："怎么突然说话这么好听？你有什么阴谋？"

"……"易礼诗只怪自己平时很少说好听的话，所以导致他一听到她说甜言蜜语就不自觉地怀疑她是不是有什么不单纯的目的。

可她单纯就是想把以前没勇气说的那些好听话都说给他听而已。就觉得很冤枉。

自从段凯峰出现之后，易礼诗坐的这桌，包括旁边桌的人都在把目光投向这边。毛峰隔着人群朝他们招了一下手，段凯峰过去和几个熟面孔打过招呼之后，台上的婚礼仪式也进行到了尾声。他坐回易礼诗身边："我来之前错过了什么吗？"

易礼诗挑重点说道："刚刚新郎哭了。"

段凯峰跟新郎不熟，今天完全是跟着易礼诗过来凑下热闹，他看着台上的那对新人，自言自语地道："你跟我结婚的时候，我肯定不会哭。"

周围的声音嘈杂，易礼诗没听清："你说什么？"

段凯峰摇摇头："没什么。"

立 flag（指设定一个可能实现不了的目标）的话，他才不想让她听到。

婚礼进行到抢捧花的环节，司仪在台上呼唤在场的未婚人士上台抢捧花。易礼诗和段凯峰对视一眼，突然都觉得有些不好意思起来。

结婚这个话题，他们还从来没提起过。易礼诗不提，是因为她觉得现在这种状态就很好，她不想太早把两个人的恋爱牵扯进两个家庭，而且还是差距这么大的两个家庭。段凯峰不提，是他不想给易礼诗太大的压力，所以一直是随她高兴就好。

坐在易礼诗对面的同学突然叫她："你快上去啊，大家都上去了！"

易礼诗对她笑了一下，低着头决定装鸵鸟。

抢捧花这事也就是大家一起热闹一下，她本身并不排斥，但要她当着段凯峰的面上去，不就是在变相催婚吗？

偏偏这时候温敏在台上给她使眼色，就差点名要她上来了。她知道温敏是好心，也不想在大好的日子扫新娘子的兴，于是认命地叹了一口气，准备起身。

站起来的那个瞬间，易礼诗的手被段凯峰拉住，他看着她："我上去吧，你坐在这里就好。"

易礼诗一愣，呆呆地问他："为什么？"他跟新郎、新娘都不熟，没必要上去啊。

段凯峰的眼睛亮晶晶的，他捏了捏易礼诗的脸，凑近她说道："抢捧花这种事，应该是更加想结婚的那个人去吧，不过我没把握能抢到，只是，你明白我的意思就好。"

温敏显然没想到上来抢捧花的会是段凯峰，一时激动，居然鼓起掌来，毛峰坐的那桌也开始跟着起哄。

台上一共十几个未婚人士，女孩子占多半，段凯峰一站上去，她们就开始互相交换目光，全场的气氛被炒到最高点。司仪以为段凯峰单身，特别兴奋地开始对着在场的单身女性进行鼓动，话讲到一半，话筒就被温敏一把抢过去。

温敏面带歉意地说道："不好意思，这位帅哥有主了！"

新郎跟着搭腔："情比金坚！"

段凯峰本人也跟着点头，扭头看着台下的易礼诗笑。

一下子成为视线的焦点，易礼诗窘迫地开始扶额，用眼角的余光瞪了一下温敏，无声地催促道："快开始吧！"

温敏拿着话筒不知死活地开口："我能直接把花给他吗？"

台上的众人纷纷抗议，司仪又插科打诨了几句，她这才拿着捧花背对着众人开始扔。

段凯峰站得比较靠后，温敏的臂力又不够，扔得太近，于是他连捧花的边都没挨到。他低着头走下台，抬眼就看到易礼诗站在舞台的边缘正等着他。

段凯峰走过去，牵住易礼诗的手，略显失落地说道："真的没抢到……"

易礼诗笑盈盈地看着他："没关系啦，你要是想结婚，那我也可以从现在开始考虑一下这件事。"

易礼诗拉着他回座位坐好，他一下子又高兴起来："那你要快点考虑好。"

易礼诗："好啦！"

婚礼仪式结束，终于可以开吃，易礼诗饿了一上午，看见什么菜都觉得是人间美味，段凯峰一边给她夹菜一边要她慢点吃。

坐在易礼诗左边的同学听着他们讲话，突然问道："你们俩是一个地方的人吗？怎么一直在讲方言？"

易礼诗看了段凯峰一眼，这才反应过来段凯峰刚刚一直在跟着她讲她家乡的方言。

段凯峰笑了笑，不客气地替她答道："对啊，我跟她一个地方的。"

他现在性格比以前开朗了不少，居然学会跟别人开玩笑了。

婚礼结束后，易礼诗坐在段凯峰的车上拆开伴娘的红包，数了数，数目居然和她给的份子钱差不多。温敏可太够意思了。她把红包放包里收好，眼里还藏着化不开的笑意。

　　"对了，"易礼诗像是想起了什么，"毛峰刚刚来给我道歉了。"

　　"道什么歉？"段凯峰问。

　　"他说那时候以为我脚踏两条船，所以害得我们吵架，"易礼诗觉得有点莫名其妙，"我看起来像那种脚踏两条船的人吗？"

　　段凯峰仔仔细细地看了易礼诗一眼，很肯定地点点头："像！"

　　"你一看就是个渣女，"段凯峰又强调道，"专门欺骗我这种纯情少男。"

　　语气听起来还带着气，易礼诗伸手揽住他没握住方向盘的那只手，他立刻反手将她牵住，抓紧她的手不放。她盯着他们交握的手出了一会儿神，才开口道："谭子毅的事情，真的对不起。"

　　当初，段凯峰鼓起勇气向易礼诗讨个说法时，她正在气头上，于是口不择言，不肯和他好好说话。现在时过境迁，她终于能够开口为当初的事情向他道歉："我一直不告诉你，就是觉得太丢脸了。只是单纯因为他的身高和专业和以前的你吻合，就想找个一样的人，这种行为好幼稚。"

　　重逢以来，段凯峰其实没再纠结过这个问题，因为易礼诗说了，她想接近谭子毅是因为他，虽然她同时也说了，不全是因为他，不然她也不会在他们第一次相遇之后，先找了隔壁学校的理工男当男朋友，读了研究生，觉得无聊了，才想起心里那段执念，要找个打篮球的男朋友尝尝鲜。怎么想都觉得她的喜欢太过浅薄，感情能很轻易地给出去，又能很轻易地收回来。

　　回忆起当时的心情，他还是觉得有些低落："可你还是先找了别人当男朋友。"

　　易礼诗立刻明白过来他所说的"别人"指的是谁："你这样说就没道理了啊，要认真说起来，你当时不是完全没把这件事情放在心上吗？就记得我的小指是弯的，其他什么都没印象。"

"是啊……"段凯峰垂下眼眸,"所以我也没有立场和你计较这些。"

"所以其实你也知道,你有多难以接近吧?更别说走进你的心里了。"易礼诗将脸凑到他面前,与他相对,"从结果来推导,我其实并不后悔当初去要谭子毅的微信,因为如果我知道当初遇见的那个人是你,我绝对,做不出来那种事。"

"为什么?"段凯峰很不服气,"你对谭子毅能做成那样,对我难道不行?"

"因为我对谭子毅没有任何感情啊,"易礼诗轻声说,"我接近他只是想要报复他,所以我才能厚颜无耻地做出那些举动。如果,我知道当初那个人是你,我一定没有勇气去找你说话。在接近你之前,我就会死于心跳过速;我发消息给你,你如果不回,说不定我就会羞愧得再也不想发任何消息给你了。"

"所以……所以……你会因为喜欢我而不敢接近我吗?"段凯峰将车停在路边,解开安全带,倾身靠近她,漂亮的眼睛里盛满了星光一样,一闪一闪的,带着些忐忑。

易礼诗搂住段凯峰的脖子,在他的脸上亲了一下:"当然啦,你不知道你自己有多耀眼吗?"

段凯峰垂下头,额头触上她的额头:"可是,这对你来讲好像是一种负担。"

"那时候是挺有压力的,"易礼诗实话实说,"主要是怕你发现真相后觉得我是个很坏的人。"

"你是坏啊!你对我最坏。"段凯峰嘴上在吐槽她,却又别别扭扭地亲了她一下,"虽然你很坏,但我还是很庆幸……毛峰那时候给出的是我的微信号,如果不是他,我就遇不到你了。"

易礼诗忍不住笑问道:"所以我是不是还要感谢他?"

"嗯,感谢他无意中当了一回红娘。"段凯峰闷笑了一声,坐回自己的座位,重新将车启动,目的地是他们之前的家。

段凯峰:"易礼诗。"

易礼诗："嗯？"

段凯峰："刚刚忘了告诉你一件事。"

易礼诗："什么事啊？"

段凯峰："你在我眼里，也很耀眼。"

易礼诗："我知道啦！你已经说过很多遍啦，你果然是帅哥眼瞎。"

段凯峰："才不瞎。"

还是熟悉的地下停车场。

易礼诗上一次从这里上电梯时，情绪崩溃得像是天都要塌了，时隔这么久，再一次来到这里，她却突然想不起来当时的感觉。

段凯峰先她一步下车，替她拉开副驾驶的门："回家吧，学姐。"

一只大手紧紧地牵住她，她乖顺地跟着他上了电梯，来到他的家门前。

"你家对面的房子，现在租出去了吗？"易礼诗看了看位于楼道另一边的房门，是她以前租过的那套房子，从外面看好像也没什么变化。不知道现在是谁住在他的对面。

"你猜？"段凯峰笑了笑，直接将她拉了过去。

两个人在门口站定，段凯峰牵着她的手将拇指印上指纹锁，门竟然打开了。

"你……"她嗫嚅着，"你还是继续在租吗？"

段凯峰沉默了一会儿，才说道："如果我说，我把它也买下来了，你会不会觉得我很夸张？"

易礼诗："……是有点。"

但段凯峰好像一直以来就是这样的行事作风，从以前到现在，都不曾改变。她以为门后的家具会铺满厚厚的防尘布，毕竟段凯峰也很久都没有回来过，推开门却发现，门后还是她熟悉的样子。只是如今，她租的这套房子和他的房子已经打通，中间的那堵墙被他找人拆掉了，钢琴也移了过来——以前他很有心机地没把那架钢琴搬过来，于是易礼诗每次练琴都得跑到他家去。

鞋柜里摆着段凯峰曾经送给她，而她觉得太贵，所以根本就没有用武之地的鞋；钢琴的琴盖上放着她没来得及带走的书，翻开的那一页是她为考编准备的面试曲目；卧室的床上整齐地摆了一排她在娃娃机上夹来的公仔——那些公仔每一只都有名字，都是段凯峰逼着她取的名。她取名都是随口取的，摆在那里她也分不清谁是谁，但他却记得很清楚。

床单应该是刚刚洗过，还散发着她之前用的那款洗衣液的味道。

"家政会定期过来打扫。"段凯峰在易礼诗的身后慢慢靠近，张开双臂将她抱住，高大的身子像是要挂在她的身上。

整套房子散发出来的归属感让她紧绷了一上午的神经放松下来，在这里，时间仿佛不曾流逝。像是早晨出发，薄暮归来，而她从来都没有离开过。

对段凯峰的爱意是被烟头引发的山火，在这一刻燃到了顶峰。易礼诗回身将他拥住，然后从来没有这样主动过地，在他的耳边说了一句："我爱你。"

段凯峰说不出话来了，他觉得自己这辈子也就这样了，怎样都是任她宰割。他甚至觉得，即使她当初拿到的真的是谭子毅的微信，两个人顺利地在一起了，命运也会让他被她所吸引。就像她被田佳木伤害的那天晚上，他原本不是一个爱管闲事的人，但他就是不自觉地、毫无道理地停下了脚步，站在垃圾堆旁边回应了她。

回 G 市的机票定在星期一的晚上，易礼诗跟着段凯峰去他爷爷家吃了个午饭。

"只是一顿便饭而已。"段凯峰是这样说的。

两个人两手空空地上门，也没准备什么礼物，仿佛就真的只是去吃顿饭一般。

不过，易礼诗还是有些紧张，她本来就不擅长跟长辈打交道，更何况是段凯峰的长辈。

他们到的时候，段凯峰的爷爷正在茶室喝茶。老人家的头发虽然花白，但脊背挺得笔直，显得精气神十足。

"还知道回来看一眼啊？"段爷爷一开口像是在发难，但手上的动作却没停，亲自给他们倒了两杯茶。

段凯峰拉着易礼诗坐下来，对着爷爷说道："爷爷，您这是说的什么话？您前段时间不还在 G 市养老吗？说得好像很久没见我一样。"

被拆穿了，段爷爷也没恼，转而吐槽了一番 G 市的天气："海边的湿气重，我这副老骨头待久了受不了，还是这里舒服。"接着目光转向易礼诗："小易，是吧？"

易礼诗点点头，段凯峰屈肘蹭了她一下，她才吞吞吐吐地叫一句："段……爷爷。"她不是自来熟的性格，总觉得相识相熟都应该有个按部就班的程序，这番死板的姿态落在段爷爷的眼里，倒显得知进退起来。

段爷爷冲易礼诗点点头，淡淡地道："我这个孙子既然认定了你，那你以后就跟着他叫我一声'爷爷'好了。"

易礼诗的手被身边的人牵住，她偏头和他对视了一眼，一颗心稍微安定下来。

"爷爷。"叫出口的瞬间，她看到了段爷爷略带满意的笑。

段凯峰有不少话要和段爷爷聊，于是易礼诗便先一步出门去逛园子。

段家的老宅是一座三进的院子，园林被打理得极好，处处都彰显着低调的贵气。她不懂那些园林艺术，只觉得难怪段凯峰会是这种温和又有礼貌的性格，在这种环境下长大的孩子，应该就是他这副模样才对。

带易礼诗逛园子的陈妈是这里的管家，她指着园子里的花草树木讲了不少段凯峰小时候的趣事。庭院的西南角种着一棵树龄几百岁的大树，段凯峰小时候最爱躲在树底下睡觉，还喜欢捉昆虫捉弄人，家里没几个用人没被他捉弄过。

"他还有这么活泼的时候吗？"易礼诗无法想象。

陈妈神神秘秘地说道："他还为一只蟋蟀哭过。"

好可爱。

易礼诗忍不住笑出声来。

"可是后来，他就不怎么说话了，"陈妈叹息道，"他爸觉得他的性子软，非要逼他去打篮球，弄得一身伤，也从来没喊过疼。"

段凯峰在大树底下找到易礼诗的时候，她正坐在草坪上发呆。他贴着易礼诗坐下来，用头碰了一下她的头："在想什么？"

易礼诗握住他的手，指尖一一抚过他手上常年打球弄留下的伤疤，说道："我在想象小时候的你。"

"小时候的我……比较脆弱。"段凯峰似乎并不喜欢小时候的自己。

易礼诗："很辛苦吧，被逼着做自己不喜欢的事情。"

段凯峰摇摇头："还好，觉得辛苦的时候，我会想想那些真正热爱篮球、却从小只能在水泥地面上对着连篮网都没有的破架子练球的人，比起他们，我拥有的实在是太多了，人生哪能事事如意呢？"

两个人肩并着肩，安静地依偎在一起，时间仿佛静止了一般，只有树荫在慢慢地移动。

"凯峰，你是不是为我做了很多事情？"易礼诗问道。

段凯峰："嗯？"

易礼诗："好像，被认可得太容易了一点。"

段凯峰笑着捏了捏易礼诗的脸："因为你就是这么地讨人喜欢啊！"

这完全就是在安慰她了。易礼诗知道自己是什么性格，与"讨人喜欢"这四个字可绝对沾不上边。

易礼诗盯着他高挺的鼻梁，自嘲一般地说道："以前，我一直觉得自己做什么事情都要比别人困难一点。同样的事情，别人做起来好像不费吹灰之力，而我需要付出很多的努力才能达到和别人相同的效果，就连讨人喜欢这件事也一样。"

"可是，"易礼诗接着说，"就像你说过的，别人的努力与付出，或许只是我没有看到而已。就像别人以为你球打得好是因为从小得到的优越条件，却没有看到你本人牺牲玩乐的时间在进行日复一日的枯燥训练一样。"

"那些都是值得的，"段凯峰并不后悔为篮球付出了这么多，"我身高天赋有限，理应在别的方面更加努力一点来弥补缺陷。"

"所以啊，"易礼诗轻声道，"我如今这么轻松地就被你爷爷接受，一定是你做了很多努力吧……"有人在她看不到的地方为她默默付出着，所以她才能显得这么地毫不费力啊。

段凯峰将易礼诗的手牵到嘴边亲了一下，偏过头对她笑道："感动的话你就多爱我一点啊！"

易礼诗郑重地承诺："我每天都会比前一天更爱你。"

他们的相遇原本不过是易礼诗荒唐透顶的无聊恶作剧，却像汲取了雨季丰沛养分的草木一般，显现出了近乎夸张的生命力，峰回路转得好似冥冥之中早有安排。易礼诗曾经幻想过自己这一生要找三个男朋友，谈三场恋爱才算圆满，但此时此刻她却心甘情愿被第二个男朋友套牢。

开饭了，段凯峰将易礼诗一把拉起来，牵着她一起往主屋走。走了几步，他问道："刚刚陈妈跟你说了些什么？"

易礼诗眨眨眼睛："她说你小时候是个哭包呢。"

段凯峰："她在胡说。"

易礼诗："哦。"

段凯峰："我一点都不爱哭。"

易礼诗："知道啦！我们家凯峰最勇敢啦！"

—正文完—

番外一

结婚的事情一旦被纳入人生计划，一切就都变得顺理成章了起来。

或许是因为段凯峰一直以来只交过易礼诗一个女朋友，而且恋爱战线拉得比较长，所以他的父母对易礼诗的接受程度比她想象中要高很多。

易礼诗第一次以段凯峰女朋友的身份见他的父母时，就收到了一个沉甸甸的红包，之后的气氛便有些尴尬，像是四个不熟的人为了完成某种仪式硬凑到了一起。

事实上，要带易礼诗来家里见面这件事还是段豪先提出来的。

起因是段豪有一次来 G 市参加体育局的活动，在活动上偶遇了自己的儿子，活动结束后，段豪问道："你和小易准备什么时候结婚？"自己的儿子谈恋爱谈了这么久，去年过年时还跑去了人家姑娘家里，殷勤得很。但这两个小辈看起来好像完全没有要组建一个新家庭的想法，二人世界过得乐不思蜀。不过，儿子不懂事，他们段家总不能跟着他一起胡闹。

"你们找个时间把证领了，办个婚礼吧，"段豪说，"毕竟也在一起这么久了，一直不结婚对人姑娘家的名声不好。"

段凯峰有些无奈："我们不在乎这些。"

"小易不在乎，她的父母，亲戚，朋友也不在乎吗？"段豪淡淡地道，"我和你妈也不是个古板的人，你们选择怎样的生活，是你们自己的事。但人活在社会关系中，总会有一些说闲话的人存在，你们两个倒是一人吃饱全家不愁了，但她的父母都是单位上的，他们承受的压力你们想过没有？"

他们的确没有想过。

段凯峰和易礼诗都不是外向的性格，虽然他很想和易礼诗结婚，但他过了那个劲儿也觉得一张纸证明不了什么。只是双方的家庭需要一场仪式来给处在自己社会关系网中的人一个交代而已。

五月份的阳光很好，天空豁亮。玻璃花房里，易礼诗在一旁看着杨晗耐心地给一盆花修剪枝叶。杨晗最近培养了一个新的爱好——养花，因为花不会和她说话，养花不像养儿子一样，还得照顾他们的情绪。

"其实，我一开始对你不是很满意，"杨晗说，"因为凯峰的性格沉闷，所以我以前希望他能找一个活泼一点的女朋友，能时常逗他开心，最好能像个暖宝宝一样对着他持续发热。可是，你明显不是爱闹腾的性格。而且，那时候我看你们两个的朋友圈，你发的每一条动态他都会点赞，而你几乎不会在他的朋友圈里留下足迹。虽然这种小事证明不了什么，但我总觉得，你不够在乎他。"

她是关心自己儿子的，虽然作为一个母亲，她很多事情做得并不好，但她总是希望自己的儿子能找到一个真心爱他的人。无关家世，只是爱他这个人。她回身观察着易礼诗的反应，眼神轻轻巧巧地落在对方的脸上，有些探究的意味，但不令人讨厌。

易礼诗一直以为段凯峰的性格是随爸爸，因为他爸就是对谁都不热情，一副天生的冷漠相，但现在，她却觉得，他性格当中单纯、通透的那部分，应该是随的妈妈。他和他妈妈一样，因为拥有的太多，所以心地明净，全不计较得失。

而那时候的易礼诗根本做不到这样。

"我那时候害怕自己太过在乎他会没有好结果，"易礼诗说，"所以只能克制一点。"

少女的心事就像暴雨来临前天上的云彩一样，翻滚堆挤，纠结拧巴，直到压抑不住才会汇聚成雨落下来。

易礼诗的担忧与犹豫，杨晗表示理解："所以我一直装作不知道你们两个谈恋爱的事情，毕竟恋爱这么美好，我太早出来当恶婆婆也挺煞风景的。"

杨晗的脸上带着善意的笑，易礼诗的心情也松快了一点。

聊着聊着，话题免不了要转到家庭生活的琐事上，段煜其最近去国外参加大师课，每天不是练琴练到疯魔，就是玩到疯癫，杨晗也打算和姐妹们一起出去旅行一段时间，享受一下难得的宁静。

"近期准备生孩子吗？"杨晗突然问。

易礼诗委婉地说道："暂时没有育儿计划。"或许很长一段时间内都不会有这个计划，但她没把话说死，因为拿不准杨晗是什么态度。

"你们如果没有做好准备，就一定不要生孩子。"杨晗淡淡地道。

意料之外的态度，易礼诗有些感到惊讶。

杨晗笑了，她笑起来特别好看，带着少女的娇憨，连眼角的细纹也是美的："为什么那么惊讶？"

"我以为你们这种家庭会很想要……开枝散叶。"易礼诗实话实说。

易礼诗的冷幽默让杨晗笑意又加深了一层："凯峰有没有告诉过你我的名字？"

"有，杨晗……"易礼诗加了一句尊称，"女士。"

易礼诗以前的确不知道段凯峰的妈妈叫什么名字，她从来不会去记自己学生家长的姓名，只会记住学生的名字，后缀再加上一个"爸爸""妈妈"，或者"爷爷""奶奶"——学校都是这样称呼学生家长的。对于学校来讲，他们交往的主体是学生，学生的家长叫什么根本不重要。

知道杨晗的姓名，是三年前有一次段凯峰询问易礼诗父母的名字，然后两个人才交换了各自父母的姓名。谈恋爱的人就是这样，为了不冷场，往往会找各种话题来聊天，有时候他们两个聊天能聊一整夜，也不知道哪里来的那么多话说。

杨晗女士乍一听到这个称呼还愣了一下，过了一会儿才感叹道："自从木木出国念书之后，很久没有人这样叫过我了……对了，你知道木木吗？凯峰的表姐。"

易礼诗点点头。田佳木嘛，她当然知道，恩怨还很深。

不过杨晗显然不知道她的侄女和准儿媳之间的过往，继续说道："我怀凯峰的时候，还完全没有做好成为一个母亲的准备，所以那时候我对他的到来感到很烦恼。我一点都不觉得欣喜，只觉得自己的人生到头了，从此以后很少会有人记得我本名叫什么，我只是'段妈妈''段太太'。那个时候，只有木木叫我'杨晗女士'，小时候木木妈总说她没礼貌，但我喜欢她这么没礼貌。"

所以难怪，段凯峰说她妈最喜欢田佳木，换位思考一下，这种行为完全可以理解。

"我其实很幸福，但这种幸福也伴随着牺牲。凯峰的爸爸很大男子主义，运动员或多或少都有这个毛病，"杨晗女士嘴上吐槽着自己的老公，但嘴角却带着微笑，"年轻的时候我就喜欢他这样的。"

作为一名舞蹈演员，她有自己的人生理想，她享受着站在舞台中央被人注视的感觉。可是意外怀孕这件事让她不得不放弃自己的事业，安心待在家里当一名富太太。生完孩子之后，她为了迅速恢复身材，没有给段凯峰喂过一口母乳，甚至根本不敢面对自己已经生了孩子的事实。她得了严重的产后抑郁症，以至于整天都在责怪这个孩子来得不是时候，这样的她怎么可能成为一名好妈妈呢？

段豪那时候因伤退役，一心想把自己的儿子送去赛场圆梦，也没给过段凯峰几分温情和关爱。

等到杨晗女士花了很长很长的时间适应了"母亲"这个角色之后，段凯峰已经长大了。一家三口之间错过了建立亲密关系的最佳时期，她也很后悔，只是，那时候已经无从弥补了，段凯峰很排斥和他们亲近。家里冷清得要命，一家三口坐一桌吃饭的气氛像是要掉冰碴。

杨晗女士原本活泼、骄纵的性格也变得郁郁寡欢起来，段豪见她这样实在难受，便提出了再生一个孩子的想法。

为人父母，他们也知道这样治标不治本，但是眼下也没有更好的解决办法，只能寄希望于二胎出生之后，能给这个家带来一点欢声笑语。

多可笑啊！

杨晗女士轻轻叹了一口气，握住易礼诗的手，仔仔细细地问道："你爱他吗？"

易礼诗回答得毫不犹豫："我爱他。"

花房的门口有人影晃动，易礼诗眼尖地瞥见了一片衣角，但她没有声张。

晚饭过后，易礼诗随着段凯峰回到了他的房间。门关上以后，他靠在门边没有动。

"凯峰。"易礼诗斟酌着，叫了他一句。

段凯峰："嗯？"

易礼诗："刚刚我和你妈妈说的话，你都听到了吗？"

"听了一半吧……"段凯峰的声音闷闷的。

"你爸妈其实……"易礼诗的声音很轻，"他们只是不知道该怎么关心你。"

段凯峰朝易礼诗走近，将她的手握进掌心："嗯，我以前不知道，长大以后才懂的。"说完拉着她往床边走去。

易礼诗兴奋地睁大眼睛，一脸跃跃欲试的表情，却还假模假样地推拒："这就开始了吗？我还没消化。"

额头迎来一记轻弹。易礼诗不满地瞪着段凯峰，他笑着回道："别着急，先带你看样东西。"

说着，段凯峰将床单掀起来，矮身爬进了床底下。易礼诗跟着爬进去，厚厚的床单放下来，在床底隔绝出一方天地。

床下很干净，是用人每日尽心打扫的成果。四根柱子将床板架高，但容纳段凯峰现在这副身躯明显有些吃力。他趴在床底下稍微动一下就会碰到头。易礼诗比他好很多，缩在他的身边冲着他笑。

段凯峰一边念叨着"够了啊"一边打开手机的手电筒在木地板上照明，手电筒亮起来的那个瞬间，她才看清楚地板上全是他刻的东西。是各种各样的昆虫图案，瓢虫、蜻蜓、螳螂，还有一些她叫不出名字的生物，刻得虽然不是很传神，但能辨认出来。

易礼诗侧过头看他，一脸惊讶的表情："这都是你刻的吗？"

段凯峰艰难地趴在地上，点头道："嗯，上小学的时候吧。"

"好厉害……"易礼诗抚摸着一只蜻蜓的翅膀，真心实意地感叹。

段凯峰淡淡地笑了笑，干脆将脑袋枕到自己的手臂上："小学的时候，爸爸妈妈把我接回家来养，但我跟他们相处得很不自在。我喜欢一个人待着，但爸爸那时候每次回家都会来我房间看我，我没地方躲，就喜欢躲在床底下，好像躲进来，就能装作自己不在家一样，傻得要命。爸爸也就装作没有发现，在我的房间里转了一圈就出去了。"

手机的手电筒在一旁将床底照亮，易礼诗就着这股亮光看他，他对着易礼诗眨了几下眼睛，瞳孔里闪着脆弱的温柔："爸爸妈妈努力过了，我知道，但是我没办法和他们亲近。我以为我这一辈子都不会和人亲近起来了……"

易礼诗挪动了一下，把脸凑到他的面前，鼻尖相触。

"凯峰……"她说话的时候嘴唇能碰上他的，"我爱你，我这辈子都不会离开你的。"

手电筒被他摁灭，昏暗的空间内，他轻声说道："说好了，不能反悔的。"

易礼诗："嗯，绝不反悔。"

番外二

段豪虽然是一个不苟言笑的人，但双方父母见面的时候，他还是拿出了十足的诚意，早早地将工作安排妥当，专门空了一天的时间来跟亲家公"交流感情"。

易爸爸爱喝酒，段豪就特地送了他一套雍正时期的青花酒杯，两个人的兴趣虽然说不上契合，但彼此相处得还算融洽。

易妈妈和杨晗的交流不多，话题基本都是围着两个孩子转。

为了方便易礼诗家的亲戚前来，婚礼场地定在 G 市。婚礼流程易礼诗没费多少心思，只是表达了想要尽量简单的意思，其他都由杨晗一手包揽。杨晗的少女心在这一刻发挥到了极致，她一手打造了一个森林婚礼出来，场面特别梦幻。

婚礼前司仪询问过这对新人的相识细节，主持词需要用到，而易礼诗突然说不出个所以然来。

其实双方家长之前也问过易礼诗和段凯峰是怎么认识的这类问题，但易礼诗只说两个人是同学，其中的细节并没有交代。

温敏曾经将他们这段相识相知的经历称为"另类替身文学"，一句话总结便是她想找个替身，结果找到了正主还不出来是正主的故事。但这个故事里面牵扯的无关人员太多，讲起来太过复杂，自然是不适合放到台面上供人品味与祝福的。

"是我先追的她，"段凯峰提供了另外一个版本的故事，"期末考试的时候，她来给我们专业监考，我对她一见钟情，于是死缠烂打弄到了她的联系方式，还特地去找了她当时培训学校的老板，让她来我家当我弟弟的陪练。"

司仪满心赞叹："真是一个浪漫的故事。"

发完这条消息，段凯峰才偏头去看易礼诗。

易礼诗一脸奇怪的表情，他一脸的坦然："怎么了？是事实啊。"

段凯峰将手机扔到一边，一条胳膊探入她的腿弯，直接将易礼诗抱到自己腿上坐好。她轻轻环住他的脖子，额头抵着他的额头，低声说道："可是明明是我追的你，你那时候还老不理我……"

"你可真会倒打一耙，"段凯峰捧住易礼诗的脑袋，手指插进她的头发里轻轻地揉着，"我都不跟你计较你当时追的是别人这件事，你还怪我那时候对你不热情。"

是啊，易礼诗也觉得自己莫名其妙，但她只能安慰自己，大概真心喜欢一个人就会患得患失，就会得寸进尺，就会斤斤计较，就会做出一些自己都没办法解释的举动，去不停地试探对方的底线。

"你还记得那时候，你第一次回应我，回了些什么吗？"易礼诗问。

在易礼诗给他唱了二十八首歌之后，他终于回应了她，然而他只给她发了个问号，就再没了下文。

段凯峰记得清清楚楚的，但他还是嘴硬道："不记得了。"

易礼诗噘着嘴，冷冰冰地提醒道："一个问号。"

段凯峰："……"

易礼诗："你觉得你自己过分吗？"

过分的人明明是她。明明那时候她想聊天的对象是谭子毅，如今怀揣着爱意回过头来把那段经历重新回想一遍，又无端地生出了莫大的委屈。如果她一早知道手机对面的人便是她的执念本人，就他的那个态度，她该有多伤心呢？

"是我过分。"段凯峰扣住她脑袋的手微微使了一下力，她在这股力道之下仰面迎上他的嘴唇，而他的拇指还在细细地描绘她的眉毛。

"是我太过分了，"他说道，"我不该觉得你奇怪，不该那么久不理你，白白浪费那么多时间。"所以，面对着她，他真的是毫无底线吧。

田佳木得知段凯峰的婚讯的时候，正跟着乐团在欧洲巡演。她妈在视频电话里向她表达了强烈的谴责之意，说她出了国就忘了爹娘，每次他们想她都只能去德国看她。

三年前的那场风波，让她爸被无限期停职。老头子赋闲在家，成天没事做，就盯着自己唯一的女儿念叨。倒是没有再提让她回国发展的事情，只是想让她有空的时候多打打电话。

小提琴被弄丢那件事对田佳木的打击很大，在国外几年，她的性子也收敛了不少。不是那种大彻大悟似的收敛，而是见识得多了，便渐渐地滋生出了以前她从未有过的"同理心"。

田佳木在婚礼前一天回了国，直奔 G 市。

婚礼当天，天朗气清，是段爷爷专门找人算过的好日子。婚礼现场布置得奢华又梦幻，一看就是她小姨的手笔。

酒店门口竖着今天结婚的这对新人的结婚照，三两宾客正驻足在照片前欣赏。经过他们身边时，她突然听见有个女声感叹道："我就知道会是这个妹子。"

就知道会是这个妹子？怎么就"就知道"了？

田佳木不由得朝对方瞥了一眼，那是个网红，名叫白芸。田佳木跟她在几个高奢品牌的 VIP 答谢会上打过几次照面，不过没有近距离交流过。

只是美女之间的雷达就是这么神奇，白芸像是知道有人在看她，于是侧头对上了田佳木的目光。两个人颔首微笑了一下权当打招呼。

"认识吗？"彭沛伦捏了捏白芸的手。

白芸收回目光："见过几次，不熟。"

"你这趟来倒是积极。"彭沛伦嘴上吐槽着，声音却很温柔。

婚礼大多千篇一律，再高大上的婚礼，都有几个固定的煽情环节，顺着流程走完，新人们累得快要瘫痪，而看客们只想赶快开饭。基于此，白芸对不是特别亲近的人的婚礼基本都不参加，这次破天荒地要一起来，也是奇了怪了。

"那是，看帅哥能不积极吗？"白芸冲彭沛伦眨了眨眼。

彭沛伦："……"就知道她的嘴里吐不出什么好话来。

嘴里吐不出好话的白姐姐悄悄看了彭沛伦一眼，勾着嘴角笑道："不过，家里的帅哥还是最香。"

算她还有点良心，知道补救一下。彭沛伦的面色稍霁，他在她的脑袋上轻轻敲了一下，换来了一个略带嗔怪的眼神。

那边的田佳木没有多作停留，径直进了更衣室。

易礼诗正被两个造型师围着做妆发，一个抬眼的间隙，便从镜子里看到了站在门口的田佳木。她愣了一瞬间，突然对着镜子绽出一个礼貌的笑。

又礼貌又敷衍，总之不是真心欢迎的笑容。

田佳木按捺住想翻白眼的心，走到易礼诗的身后问道："见到我很意外吗？我毕竟是他表姐，血缘关系断不掉。"

易礼诗摇摇头："不意外，我只是没想到你会特地来找我。"

上次见到田佳木，结果可不怎么好，这次也不怪她这么反感。

两个造型师悄悄地交换了一下眼神，不约而同地加快了手上的动作。

田佳木突然笑了一下，放松地坐到旁边的单人沙发上，撑着脑袋说道："放心，我今天是来送祝福的。"

易礼诗认认真真地看了田佳木一眼，半晌，才吐出一句"谢谢"。虽然她并不需要田佳木的祝福，但伸手不打笑脸人的道理，她还是懂的。

"就这样吧，恭喜你们！"田佳木像是完成了什么任务，站起来往外走，拉开房门才看到段凯峰和段煜其都站在更衣室外面，两个人都穿着昂贵的定制西服，看起来有模有样的，不过表情不怎么好看，特别是段凯峰，一脸防备的表情，跟防贼一样。

至于吗？

田佳木皱了皱眉头，没有说话。

最后还是段凯峰先开口："我妈在找你。"

"哦。"田佳木点点头，神色软下来，"那我走了。"

走的时候，她伸手拉了段煜其一把。段煜其个子长得飞快，才九岁就比她穿高跟鞋还要高，不过整个人还跟个二愣子一样，见她来拉他，还一脸不情愿的表情："我要看新娘子！"

这几年段煜其不怎么怕她了，前段时间他去德国参加大师班的时候还去找过她，两个人的关系拉近了不少。田佳木挽着段煜其的胳膊一边往外走一边说道："你也长点心吧，电灯泡！以后少黏着你哥。"

段煜其不以为意地道："表姐，你才要长点心，刚刚大姨还在那边说连我哥都结婚了，你这个做姐姐的还不结婚。"

"呵！"田佳木冷笑了一声，"凡人的快乐，我才不想拥有！一个人多逍遥快活！"

这句话段煜其虽然听不懂，但也觉得一个人是挺快活的，父母不管他的时候，他最快活。

脖子有些痒，段煜其用另外一只没被挽住的手摸了摸脖子，田佳木眼尖地注意到他脖子上有个细小的伤痕，不知道是被谁挠的。

"怎么回事啊？"田佳木指着那个指印问道。

"同桌抓的，"段煜其将手抽出来，将袖子一卷，露出手臂上星星点点的挠伤的痕迹，不严重，看起来就是小朋友在小打小闹，"你看！她下手太狠了！"

田佳木："同桌是男孩儿还是女孩儿啊？"

段煜其："女孩儿！凶死了，跟你一样凶！"

田佳木忍住想动手敲他的头，假笑着问道："那你怎么处理的？"

"我告诉老师了，老师要她给我赔礼道歉，她送了我一个手办，"段煜其把腕上的扣子系好，一脸兴奋地说道，"赚了赚了！"真是个小傻子，跟他哥一样不开窍。

那个白芸说，就知道最后会是易礼诗，其实她也知道，最后一定会是易礼诗。

不是那种讨厌什么就来什么的直觉，而是，她了解段凯峰这个表弟。

他没什么喜欢的东西，对什么都显得很冷淡，每次田佳木都要特别费心思去逗他，他才肯对她热情一点。可是这种热情维持不了多久，她一段时间不去他家，再次见面，段凯峰就跟见到了陌生人一样，连"表姐"都不愿意喊。

相比之下，段凯峰对易礼诗的态度可太不相同了，谁都能看出来他这一辈子都会栽在她手上。

然而段凯峰却丝毫不觉得自己栽了，相反，他还很窃喜自己把易礼诗给套牢了。

更衣室内，易礼诗穿着层层叠叠的婚纱，露出平直的锁骨，面容美好。两个造型师已经替她打理完毕，见到段凯峰进来，便自动退场。

易礼诗提着裙摆站起来，对上段凯峰的目光。他的目光亮得惊人，似是有水光在闪。她凑近了一些，想看个仔细，却被他偏头躲开了。

下一秒钟，段凯峰又过来亲她，但她的唇上涂着口红，于是他只好将吻落在她的肩头。

还未碰触，易礼诗就往后缩了一下，伸手抵住他的额头："肩膀上涂了高光，不能亲。"

造型师太尽责了，将她全身露出来的部位都细心护理过，肩头和锁骨都涂了高光，在灯光下闪着细碎的光泽，就连耳垂，也刷了一层淡淡的腮红，试图将新娘子打扮得美若天仙。

"不过，"易礼诗朝段凯峰伸出手，"你可以亲亲我的手背。"

段凯峰又高兴起来，轻笑着将吻印在她的手背上。

更衣室的门被人敲响，易礼诗的妈妈出现在门口，笑着催促道："快到时间了，出来吧！"

段凯峰握紧了易礼诗的手，低头问道："准备好了吗？"

易礼诗点点头："嗯，走吧！"

早就准备好了呀！